遇见未来，遇见你

Yujian Weilai Yujian Ni

张尘舞/著

时代出版传媒股份有限公司
安徽文艺出版社

图书在版编目(CIP)数据

遇见未来,遇见你/张尘舞著. —合肥:安徽文艺出版社,2017.2
ISBN 978-7-5396-5820-9

Ⅰ. ①遇…　Ⅱ. ①张…　Ⅲ. ①长篇小说-中国-当代　Ⅳ. ①I247.5

中国版本图书馆 CIP 数据核字(2016)第 172770 号

出 版 人:朱寒冬
责任编辑:张妍妍　　装帧设计:徐　睿

出版发行:时代出版传媒股份有限公司　www.press-mart.com
安徽文艺出版社　www.awpub.com
地　　址:合肥市翡翠路 1118 号　邮政编码:230071
营 销 部:(0551)63533889
印　　制:合肥创新印务有限公司　(0551)64456946

开本:880×1230　1/32　印张:10.625　字数:220 千字
版次:2017 年 2 月第 1 版　2017 年 2 月第 1 次印刷
定价:22.00 元

目　录

楔　子

这个世上，有的感情，让你恨那一眼的相见，因为你从开始就以为自己可以预见结局。

这个世上，有的感情，在第一秒的惊艳中便让你的心一世随着它转啊转！

Waiting 酒吧，有一种低调的柔美。暖红色的昏暗灯光下，未来仰首喝下一杯马蹄莲，她的目光紧随着拐角处一位安静的男子。放下酒杯时，她的手颤抖了一下，一下碰翻了台子上的酒瓶，落地的碎片划过小腿肚，生生地痛。她不确定这个男子真的是他。未来从包里掏出餐巾纸把腿上的血迹擦拭干净，静静地打量着他。

他，一个人坐在角落喝着酒，他的脸和她父亲一样，棱角分明。他是个英俊的男人，身上散发出一种淡漠的疏远气息，而她却能捕捉到他眉眼里的温暖。他的生活是怎样的幸福和满足？

未来的手不知不觉紧掐着胳膊上的肉，尖利的指甲掐得她生疼，她感到自己的全身在发热，内心深处的火焰像毒蛇般地吐着芯子，烧得她手脚发麻。

任中宇，是你吗？

真没有想到，15 年后，居然又见面了。

酒吧里碎光闪闪，每个人的脸上都蒙上了一层玻璃似的东西。

舞池里，一个女孩在用妖娆的姿势跳着奇怪的舞。灯光闪烁得让人眼睛发花。未来看见那女孩有着圆圆的脸蛋，她的眉毛画成很时尚的样式。

走到吧台，未来重新要了杯酒，她仰起头大口大口地喝着酒，努力使自己的情绪平静一些。她再次扭过脸寻找那个如墨般的男子时，发现他身边多了个女孩。未来认得她就是刚才独自跳着奇怪的舞疯狂甩着一头漆黑如丝长发的那个女孩。在昏暗闪烁的灯光中，未来甚至看清她的眼角敷着一大把闪亮的银粉，唇膏也是银色的。女孩亲亲他的脸，很快地又闪开，继续她的疯狂。未来默默地喝着酒，眯起眼睛注视着女孩那喧嚣甩动的长发。

终于，未来觉得自己的心不再颤抖了，她放下酒杯朝那男子走去。

未来站到他面前，男子愣愣地看着她。眼前的女孩穿着白色的棉布裙子，裙子上有着凹凸的印花。她光脚穿着一双编织凉鞋，长发很柔软，微微凌乱地从脸的两侧倾泻下来。这是一张非常美丽的脸，尤其是那双眼睛，黑得发蓝，那种漆黑里，让人掉进去却觉察不到丝毫的暖意，让他的心口莫名其妙地痉挛了一下，很熟悉的感觉。她浅笑如花，只是那双眼睛，却承载了无数的伤痛，尽管黑色的瞳仁下，是千波万澜后的风平浪静，但他仍读懂了它。他仿佛着了魔一般摸了摸隐隐发痛的心口，第一眼，她的眉眼，便很突兀地刻入了他的心底。

“我们，是不是在哪里见过?”他睁着困惑的眼问，“你，你是谁?”

未来没有吭声，她静静地在他的对面坐下。

酒吧闪动的灯柱完全地笼罩住他们的身影。他们彼此认真地打探着对方，在近似舞台布景的境遇中，清晰地看见对方的眉毛。杂乱的音乐声蛮横地在耳边驶过。他感觉浑身的热血都凝住了。他咽了咽唾沫，感觉嗓子干得透不过气。

“我叫亚亚。”她开口低声地说。

他注意到她的声音是有些沙沙的、寂静的感觉。

“你好，我叫任中宇。”他向她伸出手，再次提出疑问，“我们是不是在哪里见过？”

任中宇！果然是他！未来的眼眶一热，她以为时间可以冲淡一切，淡到记不起这个名字，忘掉他的声音，可是在梦里，他还是孩子时的模样却越发地清晰，她时常会梦到自己站在悬崖边，而他站在她的身后微笑着。

未来露出一个僵硬的笑，冷冷地说：“我们没见过！请你不要用这种眼神看着我。你是不是觉得我这位主动跟你搭讪的女子，把你当成了猎物？”

被她这么一说，他的表情拘谨起来，他没想到她竟然这么直接，他既惶恐又不好意思，于是牵强地笑了笑，讷讷地说：“不是啊，我只是觉得我们一定在哪里见过。有种很熟悉的感觉……能告诉我你的全名吗？”

她点燃一支烟，吸了一口，吐着烟圈。

“亚亚，我叫亚亚。”她重复着。

“灭了吧！”他凝视她许久，突然口气强硬地命令着，“我讨厌女孩子在我面前吸烟！”

未来扬起眉头对他笑：“你经常对初次见面的女孩子发号施令吗？”

中宇又拘谨起来，不知道说什么才好，他努力地定了定神，不知道自己在她面前为什么这样狼狈。有种自己在明、敌人在暗的危机感，他很不喜欢这种感觉。他轻咳一声，自我解嘲道："我……见你这身打扮像个清纯的大学生，抽烟的动作却很娴熟，觉得有些奇怪……"

"你这话是在夸我吗？"她冲他的脸吐了个烟圈，不深不浅的微笑就像一束聚光打在他的心头。

他沉默片刻，像个孩子般地坚持："不要抽烟了，我真不喜欢女性在我面前抽烟。"他站起来从她嘴边强行拿走烟，放在桌上捻灭。她扬了扬眉头，无奈地笑笑。

"任中宇，任中宇……"她反复地念着这个名字，微笑，"很好听的名字，我很喜欢。"

她对着他微笑，眼底却有着水波涌动。

他的名字，像诡异的小爬虫似的蠕到她内心最苍凉幽深处。

她的忧伤放肆地飘浮在她的眼底，似曾相识。中宇在脑海努力搜寻着，那相识感像从一个遥远的地方飘来的幻觉。他甩甩头，想抛开这种令人窒息的幻觉。

未来默然地看着他，抹去嘴角的笑容，两颗泪珠慢慢地从她眼角溢出。他的内心开始战栗，仿佛被迎面来的冰块击中。待他回过神来，她已踉跄地穿越舞池在人群中消失。他无力地站了起来追了出去，伊人却已消失。

她哭了？

亚亚？她叫亚亚？他们是不是曾经相识？中宇悚然，低垂的眼睛里有着暗涛涌动。

第一章：失落的记忆

当太阳不再照耀大地

当天空不再挂有七色的霞云

当我的愤怒化成了无边的火焰

我悄悄地穿梭在人群中

……你啊！

如果你听到我的歌声落了泪

请你不要问我

“你是谁？”

其实，她一点也不想遗忘以前。

外婆说了，如果注定要体味阴雨缠绵或暴风骤雨，那么她一定要学会等待，学会在寂寞中寻找彼岸。

黑暗中，未来蜷缩在墙角，心底的疼痛像个无底的黑洞向四周渐渐蔓延开来，疼得她忘记怎么去呼吸。她闭上眼睛，仿佛看到自己赤着脚在泥泞中跳来跳去，空气中有着刺骨的寒冷，淡淡的月光照亮黑得发蓝的泥。

蜷缩着，慢慢入眠……

未来所有的记忆都停留在9岁以前，9岁后的时间是好大的一片空白。

9岁前的她，吃上最爱的冰淇淋和看到妈妈的微笑是让她感觉幸福的两件事情。可是，尽管她很乖，妈妈依然很少为她买冰淇淋，也极少冲她微笑。那个名字叫“爸爸”的男人，未来真的很不喜欢他。她讨厌看到他，却又极其盼望他能来，因为只有他来，妈妈才会笑。最近，他已经很长时间没出现了，时间久得未来已经分不清是一年还是两年。

妈妈的脾气变得越来越焦躁，她整天穿着宽大的白袍子披散着头发赤着脚在地板上走来走去，脚上永远染着蓝蓝的指甲油。

她不再对女儿隐瞒她所有的孤独和绝望。

“未来，本来我以为有了你，自己也就有了未来，结果你的到来丝毫没有打动他的心。你知道吗？你出生的时候，他抱住襁褓中的你，只皱着眉头说了一句话——水瓶座的女孩很叛逆……”

妈妈蹲下身子对躲在书本后面的她喃喃地述说着，她突然伸手抓住未来歇斯底里地叫嚷：“他不喜欢你！他连你的星座都嫌弃，什么水瓶座的女孩叛逆……他就是不喜欢你而已！既然你不是我的未来，我为什么要生下你啊？我为什么要带着你来到这个世上和我共同承受这样的痛苦？你不是我的未来，不是我的未来……”

“妈妈，你弄疼我了。”未来惊恐地喊道。妈妈终于松开手，她紧紧地搂住未来，流着泪道歉：“对不起，宝贝，对不起！让妈妈看看，弄伤你了吗？”

妈妈背对着光线的脸让未来眩晕，她伸出手抚摩着妈妈的头发，它们很长很美。她不解地问妈妈：“为什么爸爸要那个女人不要我们？妈妈也很美丽啊！”

妈妈轻轻地放开她，在地板上蜷缩着身体，并把脸深深地埋在膝盖间，昏暗的光线中有些轻微的颤抖。妈妈缓缓地抬起头，泪流满面的脸让未来不知所措，她喃喃地说：“未来，他曾经喜欢我，但后来他不喜欢我了！”

未来并不理解爸爸为什么后来不喜欢妈妈，她也不关心这个问题，只是妈妈流泪的脸让不经人事的她很惶恐。其实对于“爸爸”这个词她并没有什么概念。爸爸对她来说，只是个让妈妈哭、让妈妈痛苦的男人而已！他以前最多是一个月来几次看望一下她们，饭桌上爸爸更多时候是沉默。有时候他们会争吵，然后他怒气冲冲地离去。未来不明白,既然每次他来都会跟妈妈争吵,让妈妈哭泣,为什么妈妈还要盼望着他回来?

这一次爸爸有很长一段时间没有回家了,时间长得让未来都忘记了他的长相。妈妈的脸在等待中变得越来越平静,但未来却越来越没有安全感。未来发烧了,她不敢告诉妈妈,她安静地吃饭,安静地喝水,安静地背着书包去学校,直到她的双颊烧得通红,双目发赤,妈妈才发现她的异状。妈妈吓坏了,抱着她往医院跑,披头散发的妈妈哭得鼻涕都流到她的脸上,嘴里不停念叨:"未来,你不能有事,你千万不能有事。妈妈只有你,妈妈除了你什么都没有了……"她乖乖地替妈妈擦去鼻涕眼泪,虚弱地安慰她:"妈妈,我吃点药就会好的!"未来没有骗妈妈,她真的只吃了一点药就立刻好起来。她得让妈妈高兴,她不能让妈妈担心。她竭尽一切来讨妈妈的欢心,她努力地考满分,放学回家帮妈妈做家务。她很乖,真的很乖,可是妈妈看她的眼神却越来越令她心碎。

晚上,妈妈拥着她睡,她缓缓的声调把人鱼公主的故事演绎得凄惨迷惘。窗外的月光洒在妈妈的脸上,妈妈的表情有种说不出的落寞,未来突然感觉到心底遗落了什么,仿佛要失去什么,却又无力去阻止。

"妈妈,如果我是人鱼公主的话,我会离开王子的!"未来仰起小脸,口气很坚定。

"不行啊,公主已经离不开王子了,离开的话她会死的!"妈妈从刚才的恍惚中回过神来,淡淡地微笑。

"可是不离开的话,也会变成泡沫。"

妈妈拥紧了她。"是啊! 离开不离开的结果都是一样的。"妈妈的声音虚幻而缥缈,"宝贝,未来,我的宝贝,如果有一天回家找不到妈妈，那就给爸爸打电话。”

“妈妈，你要去哪儿？”黑暗中未来的眼里充盈着泪水，“妈妈，你也不要我了吗？”

“傻瓜，妈妈怎么会不要你呢！妈妈想跟爸爸捉迷藏，让爸爸担心一下。只有爸爸才能找到妈妈。”

未来忍不住笑了：“原来爸爸还会和妈妈捉迷藏啊，他不要外面的阿姨了吗？他要回我们的家吗？”

妈妈轻轻地把手盖在她的眼睛上：“要乖乖地睡觉啊，未来！”

妈妈温暖的怀抱让未来感觉很温暖，那份温暖却让她的心底涌上一股不安的疼痛，那深入骨髓的疼痛，怎么也无法消失，她只好带着这份疼痛，静静地进入梦乡。

每一天的天空，都是不一样的。

而这一天的天空，很蓝，阳光照耀在院子里的芭蕉叶上，反射的光芒让未来眯上了眼睛，多好的天气！

当爸爸出现在未来面前时，未来愣了好一会儿才想起这个男人是她的爸爸。

望着对自己接近陌生的女儿，任鑫楠心中也隐隐地内疚，他伸出手来想要抱她，未来却本能地闪开。他只好无奈地收回手。

“妈妈，妈妈，爸爸回来了。”未来冲屋里叫道。

妈妈听到未来的声音立即奔出来，她眼中的惊喜刺痛了未来，未来立刻决定忘记所有藏在心底的对这个男人的恨，她开始围着他，一声声地叫他“爸爸”。

“咖啡很烫，注意点。是不是不够甜啊？我加了很多糖的。”妈妈面对爸爸，有点手足无措。

爸爸笑笑，他坐在沙发上默默喝着妈妈为他煮的咖啡，半天无语。未来爬到他的腿上，搂着他的脖子开始撒娇。

“爸爸，我语文、数学都是满分。”她讨好地对爸爸说。

爸爸冲她勉强地一笑：“真乖啊未来！”

未来看见他的脸苍白而疲倦。

妈妈穿着围裙在厨房忙碌着。“未来，糖没有了，去帮妈妈买点糖，你爸爸喜欢吃甜的！”她冲正在父亲腿上撒娇的未来喊道。

“好的。”妈妈今天很高兴，很久没有看到妈妈这么高兴了，于是未来有些兴高采烈的，她拿着钱一蹦一跳地出去了。

屋子里，空气中飘浮着菜的香味。任鑫楠站起来走进厨房，她见他进来慌忙嚷道：“出去出去，油烟很呛，你最讨厌油烟了。”望着她忙碌的身影，他欲言又止。可是，该解决的还是要解决，他下定决心地深吸了一口气。

“安亚，别忙了，我有话要说。”他拉住她忙碌的手。

像是预感到什么，她对他挥挥手，哀求似的说：“等吃过了再说吧。”她冲他一笑，数落道，“你看，今天有你最爱的红烧鱼、糖醋排骨、大对虾……”

“安亚，我们离婚吧。跟她在一起，我很轻松。而你，一直让我觉得累，我们真的不适合。”

他的话令她忙碌的手停了下来，她沉默地看着他，眼睛深深地望穿他的心，沉寂的空气让人非常不安。语言是苍白的，他垂下头也一声不吭。

就连这么一会儿时间的快乐都不能给她吗？心痛让她的手脚冰冷。

“鑫楠，我想，我可以给你自由了！”过了好半天，她终于开口说话。她淡淡地微笑着，眼睛幽蓝幽蓝，他突然想起这双幽蓝的眼睛曾经让自己心动过……

房间里是寂静的，明亮的阳光从窗户洒进来，她漆黑浓密的长发有一点潮湿。

“我和她的孩子已经7岁了，他需要上学，他不能再当私生子，他需要个爸爸。”他喃喃地解释说，“我实在没有办法，真的很抱歉。”

“未来呢？我的女儿未来呢？她曾经在你心上停留过吗？她也是你的孩子！”她面无表情地问，内心巨大的伤痛已经让她失去感觉。这个男人，曾经爱过自己的男人，他的心永远地走了，虽然早就知道这个事实，可当他终于开口说离婚的时候，他还是伤得她遍体鳞伤。

不要眼泪，再也不要眼泪！

可是，泪水总是那么不听话地流了下来！

未来拿着糖走进屋里，她看见妈妈面无表情的脸上簌簌流下的泪水时，突然有着恐惧而失重的下坠感，从来没有过的巨大的不安涌上来，一刹那，她的泪水也溢了出来。她拿着糖冲过去狠狠地扔到爸爸的脸上，妈妈扬手“啪”的一声给了她一个耳光。未来捂着脸，昂着头对父亲一字一句地说：“你、会、后、悔！”望着女儿，任鑫楠愣住了，未来眼底流露出的恨让他不知所措，他讪讪地苦笑，拿出准备好的离婚协议书放到沙发上。他摸了摸未来的脸，内疚地问：“疼吗？对不起，未来，爸爸也没有办法，真的对不起！”

“你每一次来，不是跟我妈妈吵架就是弄得她伤心地哭，我恨你！我恨死你了！”未来打开他的手，冲他愤怒地叫嚷道。

任鑫楠几乎是仓皇地离去。

安亚望着他离去的背影，那熟悉的身影像细碎的刀片割划着她，在僵硬的肌肤上留下冰冷的疼痛，心早已缩成一团、冻成一团，然后沉沉地坠落下去，仿佛晶莹剔透的玻璃般碎成了数瓣，发出清脆的破裂声。

未来默默地收拾地上散落的糖，扭头望见沙发上蜷缩着身体的妈妈，她的眼睛睁得很大，但是，空洞得没有一滴眼泪。几乎在那一刹那，未来学会了静默，静默地去接受现实。

“未来，你过来。”妈妈轻声地唤她。她走到妈妈身边，妈妈拥住她，举起手抚摸着她的脸：“未来，我的宝贝，疼吗？”她摇了摇头。妈妈抱起她，有点吃力：“来，宝贝，妈妈带你出去玩。”

“不，我不要出去玩！妈妈，你笑给我看！只要你笑就可以了！长大以后，我天天让妈妈笑！妈，妈！忘记那个人吧，他不要我们，我们也不要他好了！”未来哽咽着声音惶恐地哀求母亲。

妈妈的手很轻很轻地抚过未来的脸庞，睫毛上的泪珠温柔地滑落。

“宝贝，不要哭！有妈妈一个人哭就够了！我的宝贝不要哭！走，跟妈妈出去玩！”

妈妈牵着未来的手，带她逛遍街上每个角落，让她吃所有爱吃的东西，未来感觉累得实在走不动了。前面一家肯德基，门口的白胡子老头对着她们和蔼地笑着。妈妈带着未来走进去，一口气给她点了六个汉堡，还有鸡翅、薯条、玉米棒。妈妈望着低头默默吃着东西的未来，心中针扎般地痛。

“妈妈，我饱了。”未来抬起头哀求。

“饱了吗？再吃一点吧！再吃一点！”她拼命地把食物往未来

面前堆，未来早已经饱了，可她还是听话地拿起汉堡机械地啃着。她不知道如何去做，这个模样的妈妈让她感觉害怕，她只有不停地咀嚼着食物。突然，她的泪水涌了出来，扔下汉堡扑进妈妈的怀里，她抱住妈妈的脖子哀哀地哭着："妈妈！妈！你不能不要我！不能不要我！以后，你说什么我都会听的，我一定很听很听你的话！"她的声音委屈又凄苦。

肯德基里面所有的人都在食物、音乐中洋溢着幸福和微笑，只有她们，那些悲伤被泪水怎么洗也洗不掉。

回去的路上，未来靠在母亲的怀里，疲倦的她在公车的颠簸中睡着了。睡梦中她看见一片阳光下生长繁盛的槐花树，清香又洁白，树叶在风中轻轻起伏。

第二天放学，妈妈没有像往常一样来学校接未来。未来等了很久，直到学校变得空荡荡，一个人也没有了，才背着书包往家的方向走去。回家的路上，经过一家鲜花店，她突然想起妈妈最喜欢花。妈妈把爸爸很早以前送给她的鲜花制成干花绣成一个个小荷包挂在窗帘上。妈妈说，那是爸爸在刚认识她的时候送的花，后来就不再有花。没有关系，制成了干花就可以永远留住了！

没有爸爸送的花，没有关系，因为她也可以给妈妈送花！以后就让她来送花给妈妈吧。

未来走进鲜花店里，店主是个胖胖的老太太。老太太帮她选好了花，笑眯眯地说："你妈妈一定会很高兴的，女儿送的花呢！多懂事的孩子！"是啊，妈妈一定会很高兴的。未来付了钱谢过老太太，她捧着鲜花加快脚步往家赶去！

到了家门口，未来敲着门叫道："我回来了，妈妈！开门！"叫了几声都没有动静。她把鲜花靠放在门上，从肩上吃力地褪下书包，找到了钥匙。

打开门,映入眼中的是桌上已经摆好的饭菜。

“妈妈,妈妈,我回来了!”未来一边换着鞋子一边对着屋里喊。

屋里静悄悄的,没有一点声音。

进屋后,未来放下书包捧着花,找遍所有的房间,可都没有看到妈妈的身影。她看着桌上的饭菜,感觉自己的心在下坠、下坠……妈妈不要她了!她的脑海中立刻涌现出这个念头。她突然又想起那天妈妈跟她说的话:如果找不到她就打电话给爸爸!未来颤抖着手拨通爸爸的号码,她绝望地对着话筒哭泣着告诉爸爸妈妈不见了……

放下电话,她不死心地再一次找遍所有的房间,几乎恐惧到极点的她突然看到衣橱开了个小缝,难道妈妈真的在跟爸爸捉迷藏?她轻轻地走到衣橱边,做梦一般慢慢打开衣橱,一个披散着头发低垂的脑袋出现在她面前,苍白的脸被低垂的长发掩住,从头发之间的缝隙中,未来依然看到了妈妈那双绝望空洞的眼睁得大大的,她脖子上的蓝色丝巾深深地勒进肉里……

爸爸赶到的时候,未来在妈妈低垂的脑袋前呆呆地坐着,不哭也不说话。她静静地望着妈妈那似乎微微飘动的头发。

妈妈是先吃了安眠药之后,再在衣橱里用丝巾吊住了脖子的。那条丝巾,是爸爸在一个情人节送给她的!她死得惨烈而凄美。她怕自己的死会吓到她的女儿,那是她唯一的牵挂!所以她躲进衣橱。她依然期待自己的死可以在她爱的男人心中激起一丝涟漪,她死得那么从容。只是她没有料到,她还是吓到了未来,她可怜又懂事的小女儿未来。

未来像一艘船,沉入海底,寂静得再也发不出任何声音。

葬礼上，闻讯赶来的外婆悲恸得说不出任何话，那种压抑不住的苍老的哭泣撕扯着空气。

未来默默地烧着纸钱，那些纸钱焚烧后慢慢向上飘浮的灰垢，像一只只黑蝴蝶飞舞着。注视着那些黑蝴蝶，未来那颗小小的心被巨大的疼痛挤得无法跳动。外婆过来抱住她哭："未来啊，未来，你以后要怎么办？你再也没有妈妈了，我可怜的未来啊……"任鑫楠一直对着她们流泪。"妈妈，对不起！"他哭泣着跪在外婆面前。

"不要叫我妈妈，我唯一的女儿死了，在这个世上已没有人可以叫我妈妈了！"外婆扭过头不看他。鑫楠又抱住未来："未来，我的女儿！今后爸爸会好好照顾你的！"

未来的目光不再掠过他的脸，她的眼睛空洞得一如临死前母亲的眼，没有喜，没有怒，也没有哀！没有丝毫的感情。

直到李佩的出现。

李佩就是那个女人，父亲爱的那个女人。

李佩出现的时候，未来安静地看着她。她很美丽，没有母亲的那种抑郁，她整个人明亮地发出灼灼光芒。那光芒刺痛了未来的眼睛，刹那，她决定了跟他们走。李佩走到她面前抱住她，脸上堆满了同情和怜惜："未来，小家伙，你一定吓坏了吧？以后，我就是你的妈妈了，我会好好照顾你的！"未来扬着嘴唇，似乎笑了。她走到外婆面前亲了亲她，外婆搂住她又泣不成声。突然间，未来的眼泪就涌了出来，带着仇恨滚出了眼眶，落到地上转瞬便消失。可是只一会儿，她就止住泪。拭干眼泪，又亲了亲外婆后，未来默默地走到李佩的身边，她牵住了李佩的手。

纸钱在风中如同蝴蝶般地飞舞，振动着蝶翅。望着闪动的火苗，未来突然间明白了：有些东西失去了就永远地不存在了！

这一年,她9岁。

安亚:

还好吗?

我很想你。

我真的很想你。对你的情况我一无所知,不知道你过得好不好,我时常很为你担心。

看到这里,你一定又会对我说:“不许叫我安亚,我是你的妈妈。”哦,呵呵,那我就叫你安亚妈妈。

今天,我又见到了他。你爱的那个男人的儿子。

今天,我流泪了。已经干涸的泪腺重新化作失控的情感,成为冷泪,流满我的面颊,我痛痛快快地哭了一场。

忽然发现我已经好多年没有流泪了,从你离开我以后!

见到他时,我感到寒冷的血液在血管沸腾,心底刻骨的伤痛让我颤抖不已,那无法抵挡的痛排山倒海地向我涌来,我痛得落荒而逃。我想,他已经不记得我了。没有关系,我们会重新见面的!

任中宇,这个名字多么奢华大气啊!不像我的名字,念出口就能够发现它饱含着过多的期望。

安亚,祝你一切都好!

写好信后,未来拿出打火机点燃了它。从她和外婆一起生活时,她就养成了给去世的母亲写信的习惯,这个习惯一直保持多年。床底下,专门放着一个燃烧信笺的铁盆。打火机那蓝莹莹的火苗很调皮地跳跃着,未来点燃了一支烟,默默注视着信笺在火苗的燃烧下变成灰烬，她长长地吐出一口蓝色的烟雾。在下雨的日子里，她总是感觉特别地寂寞，是雨天特别地想念母亲吗？应该不是！她的那些想念跟天气完全没有关系，因为她对母亲的想念，已经无根而生，盘曲密布，见缝插针，那些想念爬满了她的整个心壁。

未来淡漠的眼神飘忽着，眼睛已经蒙眬。在她的成长过程中，母亲并没有给予她多少的爱和温暖，可她就是想念母亲，深入骨髓地想。

窗外的天，阴沉沉的，犹如她的心情，死气沉沉，激不起半点波澜。未来依靠着窗户，窗子开了半扇，貌不惊人的冷风呼呀呼呀地吹到脸上，让她不由自主地打了个寒战。

“未来，你又在抽烟吗？”不知道什么时候，外婆站到她的身后。未来赶紧掐灭了烟，拍拍手，冲外婆笑笑。外婆叹了一口气，嘱咐她：“上班的时候记得把桌上的鸡蛋饼吃掉，不要饿着肚子走。”未来看着外婆，外婆那清瘦的身体和干净的面容像一幅古朴的风景画，山水的青绿仍在画卷上，只是纸张陈旧了些。外婆虽有了年纪，但气质在，仍将自己收拾得清爽得体。外婆年轻的时候据说是个绝美的人儿，只是命运差了点，四十岁的时候外公便去世，剩她一人咬牙把女儿带大，却不料女儿又离世。若是没有她陪伴的话，外婆只怕早已活不下去。

吃早饭的时候，外婆坐到她的对面，神色戚戚：“未来，开心点吧，已经过去的事情，就让它去吧。外婆不知道还能陪你几天，外婆若是不在了，我的未来，你是多么可怜啊！你的爸爸，他一直在找你，昨天我又看到了他登在报纸上的寻人启事，用的还是你七八岁时的照片。”

未来淡淡一笑：“寻人启事？还是没有缘分。都在同一座城市，到了相见的时候自然会见面的。外婆你就不要费这个心了。”

等待吧，会有相见的一天。

这个世界上，有些等待是痛苦的，因为你永远不知道自己还要等待多久。而任中宇却认为，只要有等待，就是幸福的。之所以还可以等待，是因为心中有希望。从 Waiting 酒吧见到那个叫亚亚的女孩后，他每天都在那个时间段去酒吧守株待兔，他懊恼自己居然忘记要女孩的联络方式。

从事保险业的中宇，对生命和健康能用金钱来替换一直感觉很悲哀。

一直以来，他过着寂静的生活，像女友许碧寒背上的肌肤那般洁净而没有皱褶。他上班，下班，经常去一个叫 Waiting 的酒吧，和碧寒约会，吃饭……这样千篇一律的生活。城市的喧嚣尘烟轻轻淹没所有的想象和激情。然而，人生中有时无意的邂逅却重锤般猛击着那颗平静的心，平常的生活于是变得不平常了。中宇站在落地窗前，看着天空发愣。他的早晨一向都是忙碌的，办公桌上的卷宗堆积如山。早上来到公司，感觉办公室各个角落都打扫得尤为干净，连角落里那几盆从不被人关注、任其自生自灭的盆栽也被换成了几盆怒放的月季花。中宇愣了愣，他拿起电话把助手小王叫了进来，问：“我的办公室是保洁阿姨打扫的吗？”

小王说：“是许小姐今早来帮你整理的。”说完，她用眼角的余光扫了扫那几盆花，打量着中宇不太好看的脸色，小心翼翼地补充说，“那几盆花也是许小姐换进来的。”中宇揉了揉眉角，强忍怒气，说：“不是跟你说过吗？我的办公室不要随便让人进来。”

小王嗫嚅着，有点委屈地说：“可许小姐不是别人啊，她是你的未婚妻呢。”

中宇看着快要流泪的小王，感觉自己有点过了，弄得这个小姑娘哭就不好了。他叹了口气，正想安慰她，却看到碧寒已经走了进来。她斜睨着他，嘴角挂着笑意："你不要怪她。她说得对，我不是别人，是你的未婚妻呢！"中宇苦笑，尴尬地问："你怎么来了？"碧寒扬了扬手机："我不来行吗？你已经有九天没有一个电话，连一个问候的短信都没有。"中宇沉默了一会儿，说："我怕打扰你救死扶伤。"

"中宇，你最近是怎么了？是不是我什么地方做得不好惹你生气了？"碧寒向他走过来，修长的手指轻轻划过他的脸颊。助手小王见状立刻退出办公室，轻轻带上门。中宇抓住她的手，不落痕迹地推开碧寒，清亮的眸子里盛着些许心虚。他带着一丝隐晦的、说不清楚的情绪问她："碧寒，你爱我什么呢？"

碧寒愣了一下，她眯起眼睛，幽幽地说："中宇，你到底是怎么了？"中宇突然感觉头痛欲裂，他用双手揪住自己的头发，懊恼地说："我也不知道我怎么了，也许我生病了……"碧寒从背后紧紧抱住他，用下巴在他的肩膀上蹭来蹭去，安慰他："大概太累了吧。其实你何必坚持创业，守着这个小公司？回去帮你父亲吧。"中宇猛地站起来推开她，有点悲哀地看着她。她是真的不了解他。了解他的话，她不会说出这样的话。中宇看着碧寒那头如丝的长发，当初他就是爱上她那头长发的。那长发似曾相识，让他想起灯光下那粉生生的脸、披散的长发、受伤的天使……那似曾相识的眉眼，仿佛在他很久以前的梦里，一阵痛涌上心头，他赶紧甩甩头，掩饰着情绪牵起碧寒的手："走，妈叫我们回去吃饭。"

一路上，中宇紧抿着嘴唇一声不吭，碧寒的内心忐忑不安，她隐隐觉得中宇的心离自己更远了。也许，他的心从来没离她近过。

说老实话，碧寒不喜欢见到中宇的母亲，她知道中宇的母亲也并不喜欢自己，每次见面，她都用挑剔的目光打量着自己的装束，从头到脚。碧寒虽然是一名外科医生，可她并不循规蹈矩，她永远跟随潮流。从外表看，她更适合当明星。记得第一次来中宇家见他父母时，她穿着一件紧身吊带和超短裙，李佩的目光仿佛带着刺向她横扫，杀得她落荒而逃。

李佩接到中宇的电话，早让王妈准备了饭菜。中宇和碧寒刚走进院子就闻到从厨房飘来的炸蚕蛹的香气。李佩听到他们停车的声音立即迎了出来，她穿着一件白色绫子的旗袍，上面绣着散乱的梅花，绲的是浅蓝色的边。看到李佩，碧寒心生胆怯。李佩不同于那些和她年龄相仿的女人，她的皮肤光洁，在阳光下泛着柔和的光。因为岁月的缘故，她的眼角有些细碎的痕迹，可那些痕迹却像花上的细密纹理，看上去令她的脸更生动，比那些不起波澜光滑得像嫩鸡蛋的面颊更有气质。

碧寒浅笑着和她打招呼："佩姨好。"

李佩淡淡一笑："嗯，饭都备好了，都饿了吧？"说完，她用手掸了掸中宇西装上的灰尘，嗔怪道，"你这孩子，给你打了多少电话才肯回来陪我和你爸爸，你爸和我真的很想念你。"

碧寒有点尴尬地用脚尖踢了踢脚下的草，敢情人家想的是儿子，她跟后面凑这份热闹实在是多余。她无聊地打量着周围，欧式风格的建筑让这里看起来很有些异国情调，院子里种植的花花草草生长茂盛，一派春意盎然之色。

因为他们的归来，平日里午饭时分略显清冷的气氛变得热闹而温馨。比起中宇的父母，王伯夫妻似乎更加高兴。中宇是王伯和王妈一手带大的，他们对他的喜爱自是不言而喻。有时中宇长时间没回来，父母能忍住不念叨，王伯夫妻俩却忍不住天天在家念叨他。此时，王伯一个劲儿地抱怨王妈这个菜咸了，那个菜淡了，要不然中宇怎么吃得那么少呢？王妈也是一脸的懊恼，又是心疼中宇最近的清瘦。中宇只得把头埋进碗里，大口大口地吃着，王伯王妈这才露出笑脸。王妈欣慰地说："我说嘛，中宇少爷打小就吃惯了我做的菜！"

餐桌上，碧寒坐立不安，任鑫楠心事重重，他的通达公司集团这些年发展很好，标准的现代化大楼，坐落在本市最繁华的商业地段。此时，任鑫楠的脑海中还在回想着那个企划案，跟另一家公司合作的一个项目已经让他连续几个星期都没有休息好。他揉了揉布满血丝的眼睛，冲碧寒打了声招呼便回卧室休息去了。望着任鑫楠的背影，李佩忍不住又劝说儿子："中宇，你爸最近为一个高尔夫球场的企划案忙得焦头烂额，你回来帮他吧。"

"妈，我想做自己的事业，这件事您就不要再劝我了。"中宇头疼地说。

李佩不满地责怪："你这孩子，你爸的事业不就是你的事业嘛！你是他唯一的儿子，将来不都是你的吗？"

"妈，爸爸的事业不只是我一个人的，您是知道的。"中宇生硬地说。李佩看着他，皱了一下眉，就此打住这个话题。她知道，中宇内心一直在怪她把未来送进了疗养院，可她除了把未来送走，还能做什么？那次，中宇落水被救上来后，醒来得知未来已经住进疗养院，小小年纪的他并不清楚疗养院是干什么的，他问王伯，王伯恶声地说："疗养院就是精神病院！她是个疯子，就该去疗养院！"当时他"哇"的一声哭了，他怎么也不相信未来有精神病。哭完以后，他懊恼地发现，自己居然怎么也想不起来未来的模样。

记不住她的模样也没有关系，心里的真实的疼痛会提醒着他，她曾经真的来过他身边，并且一直在他的梦中颠簸。

饭后中宇好不容易应付完母亲和王伯夫妻俩，总算有了自己的空间。碧寒端着一杯茶和中宇上楼。楼上共四个房间，一间书房，还有一间客房，走廊最里边的房间是供中宇偶尔回来暂住的。中宇突然想起钥匙还在车上，于是下楼去取。碧寒一个人百无聊赖地转悠着，她看到紧挨书房的第二间门开了一个小缝，在她印象中，每次来的时候，这个房间的门总是上着锁的。她走过去推开门，惊讶地发现这居然是一个充满粉色基调的房间，粉色的窗帘、粉色的床单，还有粉色的地砖。碧寒被眼前的粉色梦幻深深吸引住了，她情不自禁地走了进去。这很明显是个女孩的房间，可她从来没听中宇说过他有姐姐或者是妹妹啊，难道他曾经有过姐妹？因为意外去世了？碧寒正在胡思乱想，李佩冷飕飕的声音在身后响起："谁让你进这屋的？"碧寒吓了一跳，她不好意思地解释："我看到门是打开的，所以……"她一边解释一边慌不迭地退出屋子。李佩沉着脸锁上门，喊道："王伯……叫王妈上来，打扫完房间也不随手锁好门！"不一会儿，正在厨房洗碗的王妈慌张地跑了过来，见李佩阴沉着脸，讪讪地说："听到中宇要回来吃饭，我一时高兴，急着忙活做他爱吃的饭菜，忘了锁门……"李佩叹了口气，说："这个房间平时也没有人住，何必打扫呢？"王妈低声说："我见最近下雨下得厉害，怕屋子里窗帘被单之类的会发霉，所以拆下洗洗。"

"以后不要进这屋子了。"李佩淡淡地吩咐，又对碧寒说，"下楼去吧，中宇在楼下为我鉴赏新买的几个玉镯，你也去看看，若有喜欢的就拿去。"

碧寒诺诺答应，忍不住又朝那房间瞥去一眼，只觉得这房间的装潢设计和其他房间的基调格格不入，尤其是地砖，那艳丽的粉色很唐突。这个房间，让她感觉很怪异。

从中宇父母家离开时，已经是晚上 8 点了。车驶出盘山公路往碧寒家驶去，碧寒看着熟悉的路径，不敢置信地问："任中宇，你就这么送我回家了吗？"

中宇的神情有刹那的呆滞，他低声说："天不早了，你明天还要上班，早点休息吧。"碧寒的眸底是一闪而过的受伤，她冷笑："你就不想跟我亲热亲热？"说完她伸出双手搂住他的脖子，开始亲吻他的脸颊和嘴唇。中宇猛地一打方向盘，把车停到路旁。他不假思索却万分坚决地推开她，甚至是有些粗鲁。碧寒的脑袋"嗡"的一下，蒙了，她不理解地问："为什么？你不喜欢这样吗？中宇，我们都已经订婚了。"

中宇注视着她的脸，沉默不语，他的眼中慢慢地溢出抱歉和无奈，还有他僵硬的肢体也漫溢出浓重哀伤的气息。碧寒的心脏没来由地一缩，她半开玩笑地脱口而出："你是不是爱上了别的女子？"

她以为，中宇会对她解释，会对她否认。可她失望了。她不敢置信地看着中宇紧抿着嘴唇，那是一种默认。碧寒吃痛地看着他，惊愕又愤怒，她的脸刹那间变得苍白又脆弱："是谁？"望着眼前这张受伤的脸孔，中宇的右手情不自禁地抬起，眼看就要落上她的头发，却又在她失望的瞬间急速垂下。他这是在干什么？他真想狠狠抽自己一嘴巴。他硬着心，没有一点的迟疑，肯定地告诉她："抱歉，碧寒！我爱上了别人。"

碧寒呆呆地坐在副驾驶上，一声不吭。满腹的怨气和不甘心化成一根尖利的刺卡在她的喉咙，手心攥着的包带被她的汗水濡湿，眼角有酸涩的感觉，她不敢眨眼，生怕泪水会当着他的面流下来，她许碧寒从懂事那天起就从未流过一滴泪水。她从来都是拿得起放得下的人！

“我们分手吧。真的对不起！”

碧寒瞪大眼睛注视着他，一声不吭。

“碧寒……”中宇低声地叫她，不知道如何安慰她。

碧寒深吸一口气，挤出一个笑容：“中宇，能告诉我她是谁吗？我许碧寒就是死，也要弄清楚是死在谁的手上，你总不能让我死得不明不白吧？”

中宇觉得自己仿佛进入了一场醒不过来的混沌的梦境中，撞了墙一般眩晕，他无力地说：“我……我甚至不知道她的真实名字，她说她叫雅雅，或者是亚亚？我只见过她一次，短短的几分钟而已。”

碧寒哑然失笑，觉得血管快要爆裂似的：“任中宇，你居然为了一个仅仅见过一次面连姓名都不清楚的陌生女子要跟我分手？你是不是脑子坏掉了，还是你从来就没有爱过我？”碧寒掷地有声地质问他，她的眼神中充满了讥讽，她是多么希望中宇可以摇摇头啊。可令她失望的是，中宇却艰难地点点头，脸上挂满了无助的承认：“是的，我想我的脑子一定坏掉了。可是，我没有办法再面对你。碧寒，抱歉！”

沉默片刻，碧寒突然问：“是不是那天晚上在酒吧遇见的那个女孩？”

中宇一惊：“你怎么知道？”

果然如此！碧寒嘲讽地笑了笑：“女人这方面的直觉！”碧寒仿佛想起什么似的，恍然大悟地说：“难怪前段时间听我哥无意中说在酒吧碰见你一个人在喝果汁，我当时还嘲笑从来不喝酒的人，居然跑到酒吧去喝果汁……原来如此！守株待兔呢！”

中宇丝毫听不出碧寒的讽刺，他好像虚脱了一样喃喃自语：“可是我一直没有等到她。也许，这辈子都不会再有机会见到她……”

碧寒甩了甩头发：“任中宇，我许碧寒从来就是个光明磊落的女子，我输也要输得漂亮。我等你寻到那个女孩，我要和她一较高低。我从来不信几分钟的爱情！我就不信，这么短短几分钟能让我输得干干净净！”顿了顿，她又自嘲地笑了笑，“中宇，你从来都是个诚实的人，你学不会撒谎。我宁愿你对我撒谎欺骗我！可我就是偏偏喜欢你的这份淳朴劲儿，可你有时真实得又让我受不了！”

说完，她猛地打开车门，下车拦住一辆出租车钻了进去，这时才泪流满面。她以为他即使是一块千年寒冰，她只要用一点点的温度去暖着他，就可以将他融化。可此时她才猛然发现，原来他是一把利刀，她的温度只会让他变得更加锋利，让自己变得更加柔软脆弱，她只能眼睁睁地看着他划过她的心，令她的心鲜血淋淋。

中宇坐在车里，静静地看着碧寒远去。感情，本就是自私的，他不是普度众生感化众生的佛祖，他不能为了让碧寒好过而去欺骗她，虽然难过，但他相信长痛不如短痛，碧寒值得拥有更好的男人。

生活永远在继续。

中宇养成了一有空闲就去 Waiting 酒吧的习惯，他做梦都期待着能够遇见她。

当那个魂牵梦绕的身影突然出现的时候，中宇看了看时间，下午5点37分。他的淡定只持续在查看时间的这两秒内，紧接着，他便感觉心都快要跳了出来，他甚至听到时间嘀嘀嗒嗒地从耳边走过。中宇用力地闭了闭眼睛，因为他觉得自己的双眼发花。待他眼底的蒙眬消散，她清晰的眉眼完完全全地印入他的瞳孔时，他看到她美如夏夜的眼睛，带着苍茫的雾气，像是清晨笼罩了寒雾的湖，没有焦点地散开。他屏住呼吸，观察着她细微的表情，她每一个动作。突然，她涣散的眼睛变得光芒四射，像是黑云背后永远高悬的北极星，灼灼其华，她冷漠的嘴唇弯成一道轻柔的弧度，她无声地垂首笑了笑。她似乎知道他在观察她，但她并没有走过来打招呼的意思，甚至都没有抬起眼皮看他一眼。直到中宇端着一杯柳橙汁来到她面前，她才抬起头望着他。

中宇丝毫不想隐瞒自己的内心，他缓缓地向她坦白："最近我天天来这里，因为我希望可以再次遇见你。"

她接过他的柳橙汁，洁白而修长的手握着杯子慢慢地摇晃着。

听到他的话，她丝毫不觉得惊讶，抿了口柳橙汁，她说："我也很希望能够再次见到你，所以今天我来了。"

中宇呆呆地看着她，一时无语。

这时的他，这时的她，面对面站在灯光昏暗的酒吧里，沉默着，几乎幻化成静静的风景，隐隐约约的情愫流动着，还有点不那么明显的哀伤渗出。

中宇打破沉默："我对你有种似曾相识的感觉，我们是不是在哪里见过面……"

"也许上辈子我们就认识，那时候你是梁山伯，我是祝英台……呵呵，不过梁山伯跟祝英台注定七世不能在一起的！"说话的时候，她眯着眼睛看着前方，样子像极了一只准备出击的猫。他顺着她的目光看过去，一个几乎半裸的女孩正跟两个男人争吵。突然，女孩挨了一个耳光，动手的男人又扬起巴掌。中宇来不及思考便冲了过去一把抓住了男人的手，刚想说话脸就挨了那男人一拳。中宇顿时感到脸上热辣辣地疼，他还未反应过来，对方的拳头又如同雨点般地砸下来，他丝毫没有还手之力，只好用手护住头。混乱中中宇朝她叫道："你快走！"他眼角的余光瞥见她不慌不忙地踱到吧台，拿了两瓶啤酒打开瓶盖对着瓶口喝了几口后朝他们走过来。毫无预料地，她突然拎着酒瓶冲上来用力地砸在那两个男人的头上，霎时，尖叫声一片。中宇目瞪口呆，她拉起他的手朝外飞奔。

不知跑了多久，直到两个人都累得喘不过气才停下来。中宇上气不接下气，他瞪大眼睛，紧张地问她："你都干了些什么？你知道自己干了什么吗？天啦！那两个人会不会被你砸死了？"她满脸的不在乎，靠在墙上喘着气，脸红红的，鼻尖渗出汗来，略显凌乱的头发如海藻般垂在两颊边。她淡淡地说："有时候，对人对自己都要狠一点，目的都是为了保护自己。"她眼中的光芒一闪而过，嘴边若有若无的笑像烟花一般在漆黑的夜空中碎成无数柔软的小点点。中宇感到有些眩晕。

他的脸早已迅速地肿了起来，到了医院，医生只给他开了一些消炎的药水。他们拿着药走出医院准备去地下停车场取车，天已经黑了。

过马路的时候，一个外地妇女凑过来问路，她操着一口外地方言极难听懂。中宇准备走人，她却很有耐心地对那个妇女讲了半天，最后干脆领着妇女找到那个地方。一路上，中宇默默地跟着她。分别时，她柔声对那个外地女人说："一个人到陌生的地方一定要小心，千万别迷路了。”女人对着他们千恩万谢。

停车场入口处，一个盲人拉着二胡，不知道是什么曲子。二胡拉出来的音调很是凄凉，尤其映衬这灯火通明又冷冰冰的地下停车场。人本来就不多，二胡的声音在偌大的停车场回荡，更是让人有着凄惨的感觉。来往的人匆匆从盲人身边走过，但却极少有人往他面前的破瓷碗中扔下一两个硬币。她摸出身边的硬币，然后对他发号施令：“交出你身上所有的硬币。”他掏出口袋中的硬币交到她手上，她捧着一把硬币放到盲人的碗中，蹲下身来对盲人说：“大叔，这里是地下停车场，来往的人很少，你应该到人多的地方去才能讨到钱的。”盲人置若罔闻，闭着眼睛继续拉着二胡，没有理她。她站起来对中宇耸耸肩，一脸的无可奈何，样子可爱极了。

中宇开的是一辆蓝色保时捷，她在车上把音响开得很大，音乐节奏很强，一下一下顶得人头皮发麻。

“你的人格有双重性。”车开出停车场时，中宇开口对她说。

“为什么你这样认为?”

“你的身体里有股狠劲，眼神尖锐慑人。而有时候你却又如雪花般纯洁。”他思索片刻，又补充道：“你让我想到无辜又有毒的花。”

“你才见我几次？说得像很了解我一样。”

他没有说话，专注地开着车。

她默默回味着他的话，他的话让她的心颤悠悠的。

她感觉眼睛微疼：“不是每个人都像你那么幸运，可以开保时捷。双重人格也是这个世界逼出来的……”

他的声音有些飘忽：“我没有机会去接受苦难，我从小就是个乖孩子。也许，我确实比较幸运吧。”

她转头看向车窗外："你知道吗？有些人，他们的生活就像一块没有模板的拼图，拼了以后，除了悲伤还是悲伤。"

他深深地瞥了她一眼，没有任何表情。

她的脸色有点难看，声音沙哑低沉却又咬牙切齿："我可没有你那么幸运！我的成长过程是血淋淋的。很多事情的发生把我原本美丽的世界撕得粉碎。现在的我忍住痛想要慢慢去拼凑那些回忆，可每次的拼凑，都让自己的心鲜血淋淋。"

他踩下刹车，突然的急刹令他们的身体猛烈前倾。天黑得不像话，一颗星星也没有。他探察般地望着她，内心翻江倒海。慢慢地，有种东西模糊了他的眼："能否告诉我，你的痛苦是什么？"她望着他的眼睛。他眼里的真诚在某一瞬间让她迷惑，但转眼她的心便又变得硬邦邦的。她扭过头，抿着嘴，双眼坚毅又冷漠地望着前方。

她眼里瞬间的变化让他深深地失望，好久，他才开口对她说："你家在哪里？我送你回家。"

"能去你的地方吗？当然，如果方便的话。我是说在没有你父母加恋人的情况下。我现在还不想回家。"她说。

"好的！但是我怕你父母担心，现在有点晚了。"他担忧地看着她说。

"我父母在我很小的时候就不在了，我跟着外婆长大的。"她看着他平静地说。

他的心顿时被堵得紧紧的，原来她是孤儿。惊讶、同情、心疼……复杂的情绪让中宇再也找不到任何话题，于是他把车开得飞快。

一路上，他们再没有说话。

很快到了他住的公寓楼，下车后，他去停车。门卫房的老头一直在身后用窥探的眼神打探着她。

上楼时，她突然转身用手做了一个枪的动作指着老头，眯着眼睛嘴里砰的一声，老头在她身后震惊得跌落眼镜。她呵呵地笑着转身往楼梯上跑。

他住的是二楼，房子很大。客厅里铺着大理石，长斜纹布沙发很雅致。冰箱上放着一盆塑料百合花。

他进厨房烧开水，水开了后替她冲了杯咖啡。

“你一直一个人住吗？”她说。

“是的。”

泡咖啡的是个紫色的透明水晶杯，那杯口像一只小动物的眼睛在灯光下对着她幽幽地闪现着紫光。她低头把玩着手中的杯子，脸上是欣喜的表情。

“喜欢吗？”他问。

她点点头，冲他粲然一笑：“非常喜欢。”

中宇的脸一直挂着温柔的微笑。他的笑让她飞得很高，从来没有过的高。温暖令她感到眩晕感到窒息，却不知道要说些什么。

她的脸在灯光下鲜花一样浮在他的眼前，散发出阵阵馥郁而幻梦般的气息。

一时间，很让人懊恼的沉默让彼此坐立不安。

放下手中的咖啡，她站起身要告辞，中宇顺从地送她下楼，没有任何客气的挽留。

路过门卫房时，她歪着头闭着一只眼睛冲老头笑着，老头赶紧把头低了下去。

“回去吧！我一个人走回去就行了！”她转过身对正在开车库

门的他说。

“为什么?”他愣住了,“很晚了,你一个人回家我很不放心。”

“呵呵,够了！谢谢你的关心！这么多年我哪天不是一个人?早已经习惯了!”

她坚持不让中宇送她,争执了一会儿,她干脆转过身奔跑起来,长长的头发随着她的身影在夜幕中一颠一颠的,他只好无奈地看着她消失在夜色中。

拐角黑暗处的汽车里,碧寒静静地看着眼前的一切。这一刻,她是真的流泪了,从小泡在蜜罐中的她,何曾真正地伤过一次心啊?而此时,她却如此的手足无措,直觉告诉她,她是真的失去中宇了。一种漫无边际的绝望在体内一寸寸膨胀裂开,融入骨血,周围流动的仿佛都是中宇那清俊的面容。终于还是忍不住,她猛地打开车门跳了出来。中宇看到她吓了一跳:“碧寒?这么晚了,你在这里干什么?”

碧寒冷笑:“哼,干什么?我埋伏在这里想看看你的新欢长什么样子。”

“碧寒!”中宇皱了皱眉头,“这件事我知道是我不对。”

碧寒沉默了一会儿,问:“我们分手的事情,你父母知道吗?”

他犹豫了一会儿:“还没机会告诉他们。你父母那边呢?需要我去开口跟他们说吗?”

“她长得挺好看。”碧寒答非所问。

中宇沉默着不接她的话。

“你们睡过吗?恐怕还未得手吧?”碧寒扬起脸,一副欠揍的表情。她那蔷薇般的嘴唇在路灯的映照下濡湿如流动的毒药,地上的几片落叶让人想到腐烂的尸体。

“我们去 Waiting 酒吧。”中宇叹了口气说。

来到 Waiting 酒吧,他们找了个角落坐下。

黑暗舞池中情人们搂抱在一起,空气中飘浮着情欲的气味。这些身份不明的人,白天潜伏在隐秘的角落,当夜幕降临的时候,便一个接着一个地出现。

碧寒喝完一杯马蒂尼,又点了一瓶威士忌苏打。中宇一声不吭地依从着她,任由她发泄着情绪。

灯光下碧寒的脸犹如盛开的玫瑰花瓣,炫目得让他睁不开眼。台上歌手的声音微微沙哑飘浮着疼痛,一如他现在的心。他现在是如此矛盾,生活中充满了躁动。

“碧寒,是我对不起你,我知道一句抱歉并不能弥补什么。”他的声音歉疚而又无奈。

“我有点冷。”她咕咚一口喝下杯中的酒。

他忧伤地看着她:“碧寒,你说,我要怎么做才能让你好过一些?”

她用涂着指甲油的手再次替自己斟满酒,端起杯子一口喝光。放下酒杯,她怔怔地瞪着桌子不看他,说:“你重新爱我,重新爱我我才会好过。”她的声音有点发抖。

他愧疚极了,只能默然。

碧寒极力地想掩藏自己的愤怒,身体却不听使唤地颤抖,长长的头发从一边流泻下来半掩住脸颊。他望着她,有一种想要掉下眼泪的感觉。

“中宇,你爱过我吗?”她用手捋了捋头发,凄凄地问。

“我爱过你的头发。”

“现在,你遇见更好看的头发了?”她自嘲地笑了,终于喝干杯中最后一滴酒，他在那一刻变得很遥远，在她不可触及的地方，不可理喻地陌生。碧寒忽然感觉自己好像从来就没有真正认识过他。

舞池中情人们依然跳着舞，黑暗中的人们像一头头随时出击的野兽。

如果人的感情转了一圈，最后在瞬间可以归零那该多好啊！那人生就可以隐去许多的伤痛！碧寒狠狠地甩甩头，深吸一口气，想要使自己的心不要太痛，留不住的就让他走吧！

走出 Waiting 酒吧，他们沿着马路往前走，空气中弥漫着浓郁的香气，对面的鲜花店灯火辉煌。

“你说，那家酒吧为什么叫 Waiting 酒吧？老板是在等待顾客呢，还是在等待着一个特别的人？”碧寒饶有兴趣地问他。

“不知道。”他显然没有心情和她讨论这个问题，只能无力地再次道歉，“对不起，碧寒！”

“不要跟我说对不起，结束意味着新的开始！”她扬着眉笑，头发在风中微微摆动。

回到家，中宇躺在床上，没有喝酒，却有些晕。他闭上眼睛，脑海中一片空白，心却被什么东西装得满满的。他翻来覆去地无法入睡，于是起身抱起墙角布满灰尘的吉他，拨弄一下，吉他发出刺耳空洞的声音。他闭上眼睛，心底闪现出那张美丽淡漠的脸。

第二章：水瓶座的天使

轻轻的风捶打着树叶

我拽了一把云朵，送给你

瘀青的筋骨一路看尽来往的眼睛

如出一辙的午后，来不及整理的恐惧

划伤我的肌肤，满地的碎片都沉默

安亚，你说

不要怕，妈妈赶在回家的路上。

可是，我寻找你的地，都疯长着

却不再长出鲜艳的蔷薇

未来站了起来，点燃一支烟，深深吸了一口。

回忆是痛苦的，但她并不想遗忘。

黑暗中，未来的脸在微弱的火光中闪烁着。吐出一口烟，她的眼睛迷蒙了。

死亡像蛇的蜕皮，为此而有新生。

未来打开窗户，站在窗前闭上眼睛深深地呼吸着空气中弥漫的植物清香！大大的月亮挂在天上，像极了一只眼睛，她曾经画在墙壁上的那种眼睛。

隔壁房间里，外婆又在咳嗽着，她年纪大了，最近她走几步就要停下来喘气，那声音像是一个人垂死的呻吟。未来听了感觉自己也喘不上气。

安亚，外婆是我仅有的所有了，感谢她可以活这么的长久！夜晚她的抚摸让我可以睡得安稳，就像在你身边一样。未来的眼睛变得湿湿的。记忆总是一次又一次地跋山涉水，回到最初。她永远忘不了 9 岁那年，在母亲的葬礼上，李佩拍了拍她的脸颊，脸上挂着温柔的笑，她回过头对任鑫楠说："鑫楠，给我一段时间准备好吗？我们得给这个可怜的孩子一个盛大的欢迎仪式，我要为她准备一个小公主般梦幻的房间。”

外婆噙着泪水对任鑫楠说：“让这孩子先陪陪我吧，她是我女儿唯一的骨肉啊！过段时间，等你们准备好了再接她过去。”外婆的泪水嵌入纵横的皱纹里，她紧紧地抱着未来的脑袋，凄凉地说：“你妈对不住你啊，她怎么能这么对待你呢！可怜的孩子！陪陪外婆，也让外婆陪陪你！孩子，你怎么跟外婆一样命苦啊！你那天杀的狠心的妈啊……”

未来扬起小脸，看见外婆的脸因为痛苦扭曲在一起，挤成一只干瘪的核桃似的。

任鑫楠红着眼对外婆说：“妈……未来先拜托你了，过段时间我就去接她过来一起生活……妈，对不起！”

“啊……不要这么叫我……”外婆捶胸顿足地号啕大哭，瘦小的身体摇摇欲坠。未来把头仰得高高的，试图把即将夺眶而出的泪水逼回去。

葬礼结束后，任鑫楠望着瘦小的老人牵着同样瘦小的未来离去的身影，忍不住眼眶一红。他赶紧低下头悄悄拭去滑落在下巴上的泪水。李佩轻轻牵住他的手：“鑫楠，相信我，我会好好对她的！”

任鑫楠强忍着泪水，他的小女儿让他如此的心疼，他喃喃地说：“我不知道，她竟然如此的决绝。不，我应该知道的，她的性子从来都如此。其实，不离婚又怎样呢？为什么我一定要坚持离婚？是我，断了她全部的路，我该死！”

“不，鑫楠，这不是你的错！要怪，只能怪她太绝！她太狠毒了，她要用她的死来禁锢住你，她连她唯一的女儿都不顾了……”李佩有些激动，她的眸子里似乎有什么被点燃了，她咬着嘴唇，哀求道："鑫楠，让我们好好地、好好地过日子……就让这些噩梦全部过去吧，好吗？"

任鑫楠默默地注视着她，无言地拥她入怀，不远处，那些纸钱随着一阵风渐渐飘远……

公交车上，外婆把下巴抵在未来的头上昏昏欲睡，她轻声安慰道："未来，不要怕，我们是最后一站呢。"

未来听着外婆轻微的鼾声，泪水此时才肆意流淌。

外婆带着她在最后的站点下车，又走了四五里，眼前出现一排平房，平房的对面是一小片楼房。未来仰头看着那排楼，眼前的楼群像是一座山，一座高大而不可逾越的山，这山里或许住着仙女，或许住着鬼怪，这群楼就像一大片纪念碑一样，矗立在未来的视线中。

外婆指着那片平房，说："前面就是外婆的家。"那平房在群楼面前显得有些卑微，交叉在一大片平房街区的街道中，就好像蜘蛛网一样交结在一起，中间的空白处就是一户户的人家。"未来，外婆这里条件不好。不过，你很快就会去跟你爸爸生活在一起了……"外婆念叨着，又开始流泪。

外婆的家不大，光线也不好，唯一吸引人的地方就是有个院子，院子里种满了各色的蔬菜，绿油油的很是可爱。

外婆家的床很高、很大。外婆的大棉被用洗得很旧的洁白棉布缝起来，盖在身上很是沉重，却感觉安全。每晚睡前，外婆都会在灯下轻轻地唱赞美诗，然后在黑暗中祈祷。或许，外婆是在恳求上帝能让妈妈进入天堂吧？

外婆心灵手巧，她给未来炒香喷喷的瓜子、花生、蚕豆，为她包饺子发馒头，为她做豆沙馅的糯米团子。外婆哄着她宠着她，恨不得在有限的时间里把所有的爱都捧给她。可是未来却总紧抿着嘴，连一个字也不肯给外婆。未来最喜欢做的事情是用外婆锅灶里那些烧焦的树枝蹲在地上画画。有时甚至一天画上好几个钟头，依然兴致勃勃，不厌其烦。她似乎无比享受在画画过程中的每一分每一秒，那也许是她最大的快乐！外婆悄悄地留意了，未来画的是一个人，长头发的女人，是她的母亲吗？

外婆见她如此迷恋画画，便给她买来画笔和白纸，可她依然拿着烧焦的树枝蹲在地上专注地画着。画画带给她的感觉是那样快乐，她陶醉在画中的世界，流连其间，乐在其中！在画中，妈妈可以笑得那么幸福，她永远不会流泪哭泣。有时候，她的腿蹲麻了，会跌倒在地上半天爬不起来。这时候，外婆很心疼地过来抱起她，无论如何也不肯再让她接着画。外婆替她擦干不知何时流下来的泪水，牵着她的手带她一起去院子里择菜，带着她一起赶着新捉养的鸭子去不远处的河里吃螺蛳。晚上，她睡不着的时候，外婆带着她来到屋顶平台上看星星，外婆指着天上最亮的那颗星星对她说："未来，那就是你的妈妈！她变成了那颗最亮的星星，在天上看着你呢！我的未来，一定要快快长大啊！"外婆搂着她，对着满天的繁星为她讲《圣经》里面的故事。当她在外婆怀里熟睡时，外婆的泪水一滴一滴地落在她的脸上："呵，未来，你什么时候才肯开口说话呀！"

在睡梦中，未来看见自己的心，像一朵干花似的，没有疼痛，没有眼泪。

只有平静！

为了迎接她的到来，李佩是真的费了心。她累得满头大汗，指挥着装潢工人："来，这些地板砖要贴得用心些，缝一定要小，否则不好看！"甚至，她的嗓子也由于劳累而发哑。任鑫楠从公司回来，见她如此劳累很是心疼，责备说："佩佩，这些其实交给王伯夫妻俩去做就行了，用不着每样材料非要亲自去采购。"

李佩凝眉，温柔的眼神专注地看着他："鑫楠，我说了要把她当成自己的女儿一样疼爱，你以为我是说着玩的吗？我要亲手为她设计一个漂亮的房间，让她一来就感觉到这个家的温暖！"

任鑫楠感动了，眼眶微湿："佩佩，谢谢你！"他用力地握住李佩的手。李佩穿着一双乳白色的凉鞋，一身淡蓝色的连衣裙，漂亮的小腿裸露在外。李佩的眼睛不似安亚那般黑得发蓝，透出绝望清冷的气息。李佩长着一双清澈而深邃的眼睛，总让人忍不住地想多看几眼。任鑫楠仿佛看到了一潭清水，那样柔美，那样让人沉醉。她那小巧的鼻子，在柔美的笑靥下显得格外玲珑。乌黑而浓密的卷发，散发着淡淡的清香……这是他爱的女人，为了她，他付出了多惨痛的代价啊！

李佩用手擦了擦额头细小的汗珠，笑着说："地砖贴好后，就要买油漆了，我要给我们的女儿一个粉色的童话世界。因为要整个房间协调美观，所以她的房间不用木地板，我跑了好多地方才买来这么鲜艳美丽的粉色地砖呢……"

任鑫楠揉了揉发痛的太阳穴："随便你吧。这个你做主！我只希望她来了以后，能忘却她母亲去世的伤痛。"任鑫楠用手捏了捏李佩的脸，嘱咐她，"你不要太累了，购买油漆之类的重活就交给王伯夫妻俩去办，你最近也瘦多了，要照顾好自己。我还要出去见一个客户，你带儿子在家乖乖的。"

望着任鑫楠憔悴的背影，李佩睁大双眼盯着他有点踉跄的脚步，内心深处狠狠地痛了起来。那痛让她绷紧了脸上的每寸肌肤，如骤然喝了两瓶二锅头一般，热量一股脑地往头上涌，脸红得发烫，令她下意识地用手摸了摸自己的脸庞。她知道他的心情很低落，否则他就不会常常发呆，和客户喝酒每次都令自己酩酊大醉。夜里从噩梦中惊醒，他嘴里大声喊着“安亚”。他梦见了什么？他嘴里呼出的“安亚”两个字如凉水一般从她的头顶淋到脚跟。李佩感觉自己的心在某种疼痛中冻成了小小的冰块，冰冷而又坚硬。不知道从什么时候开始她的脾气变得焦虑，她惶恐不安。

那个女人，用她的死，达到了某种目的！

任鑫楠是个心软的男人，但他耐心十足。每当她无所顾忌地对着他发脾气时，他总是把她拥入怀里，亲吻她的额头。她喜欢这样。可是，从安亚死后，他有多久没亲吻过自己的额头了？当遇到她担忧的目光时，他会把手小心翼翼地放在她的头发上，沉默一笑。他的眼中流露出的痛苦让她如此的担忧，她害怕他今生永远无法摆脱对安亚的愧疚。在他噩梦醒来浑身大汗时，她抱住他大哭，她问他：“你还记得你曾经说过的话吗？”任鑫楠曾经说，他永远记得初次见到李佩时，她那张如百合般纯净的脸。他说她那张如鲜花般的笑脸，从此在他心里盛开了，并且永不凋谢。任鑫楠并非不记得，他只是无力再去回忆，他轻轻地推开李佩的胳膊，起身说：“我去阳台透透气。”

一瞬间，李佩真要抓狂了，任鑫楠的憔悴和沉默，让她的心支离破碎，她真受不了了。

幸好，儿子中宇很懂事，每当他看到她悄悄擦眼泪时，他会立刻放下手中的玩具跑过来，抱住妈妈，用他软乎乎的小嘴轻轻啄着她的脸庞，哄她：“妈妈，妈妈你怎么了？妈妈，不要伤心，中宇给你擦眼泪……”

李佩心头柔软和慈爱的那部分，都来了，把泪水通通压住！

不要伤心，不要伤心，可是我们的心，为什么经常会受到伤害？

这个世界，再美好也经不住遗忘，再悲伤也抵不过时间。

无论发生什么，这个城市中所有的人还是和往常一样日升而作，日落而息。对任鑫楠而言，原先的生活已经像被打碎的镜子一样找不到完整的躯体，在繁忙的日子里，他无助的魂魄来回游荡。安亚的死像一道无形的网，把他罩在里面任由他苦苦挣扎，让他为她的死煎熬，为他们的小女儿担忧痛苦。

当疲倦的他被李佩带到为未来准备的房间里时，他真的被眼前的一切感动了。李佩望着目瞪口呆的他，抿嘴笑了，说：“每个爱幻想的女孩心中都有一个公主，她纯真、勇敢、善良、富有想象……住在美丽的城堡里。我想，未来的心中一定也有这样一个公主，所以我为她设计了这样的一间公主屋，我希望她能幸福，忘却丧母的痛，在今后的日子里把我当成她的妈妈……”

李佩的眼眶湿润了。

任鑫楠呆呆地打量着房间，整个房间充满了梦幻色彩，粉色的大床、粉色的帐幔、粉红色的墙、粉色的古典雕花衣柜、花朵造型的沙发、粉色的书桌与书架……连地砖都是鲜艳的粉色！任鑫楠感觉整个房间色彩过于统一，尤其是地砖，反而让人有种说不上来的感觉，如果铺上普通红实木地板也许会更好看，但面对李佩的辛勤付出，任鑫楠忍住没有说出来，他从来就不是个挑剔的男人。

李佩说：“为了买整个宫廷式的粉色帐幔，我可跑遍了整个市场。对了，这里，我们可以在床头摆放一个粉色的相框、可爱的粉色闹钟，还可以在迷你沙发上放上女孩们最喜爱的抱抱熊、Hellokitty 等等。”李佩歪着脑袋想了想，又说：“对，再加上可爱的仙女魔法棒、小星星和月亮造型灯等装饰品，哇，太棒了！我要为她营造了一个充满想象的空间。让她当一个幸福的公主！”

“未来什么时候可以住进来？买的材料都是最好的吗？会不会有辐射污染……”任鑫楠的声音中有种担忧。他仿若自言自语，仿若不曾启口，平静一如既往，可她还是听到了。于是他的担忧，像是穿越了某个特定的时空，直直落入她的心底。

李佩的笑容有一秒凋谢，下一秒，又桃花重绽。只是，那笑凉得让人心颤。她笑盈盈地说：“家里装潢当然买最好的材料了，你当我是傻子啊！”任鑫楠伸手揉了揉她的头发，他对眼前的她，是疼到骨子里的，她笑盈盈的眉间浸染着化不散的忧伤让他为之难受。他看着李佩脸上强带的微笑，看着她藏起来的担忧，看着她用所有的温柔筑起的关切，看着她不经意间落单的不坚强……看着看着，便很自责——过去的事情已经无法挽回，还是珍惜眼前人，莫再辜负了！

有时候，我们的缘分里充斥着太多的无可奈何，让人注定要背负一生的自责。

这夜，微凉。

未来觉得自己的小床，像一只船，漫无目的地漂泊在大海上。她坐在床沿上，看着外婆家的窗户，那小框架型木条的窗户有点歪斜，长方形的玻璃上，贴着外婆买回来的福字，那福字已经被雨水浸打得褪了色。绿纱窗外那棵粗大的桉树上，新发出了梭状嫩叶儿，像浅红色的小鲤鱼。正在发呆，外婆一下拉开窗木上的闩销，探出大半个身躯，对着未来轻声唤道：“乖未来，烧卖蒸好了，快来吃！”

低头咬着烧卖，滚烫的烧卖让她冰凉的心微微动了动。外婆瘪了瘪嘴，又要哭出声音来：“可怜的孩子，你要多久才肯说话？我可怜的外孙女儿啊，你瞧你脸上的皮肤，洁白得都快起壳了。”电视上的广告，一群孩子坐在旋转木马上转呀转，未来的头就有点眩晕，突然想起妈妈带她坐旋转木马时所说的话——旋转木马大概是这个世界上最悲伤的马，它们无论怎么努力都无法追上彼此。

安亚，你的女儿大概是这个世界上最悲伤的女儿，她无论怎么努力都无法跟上你的心、你的脚步！

抬头，天空中的太阳黄黄的，好像病了一般，让未来的眼睛跳了一下，她赶紧闭上眼睛。再次睁开时，任鑫楠和李佩的身影在黄黄的太阳底下晃啊晃，晃得她胸口一闷，她猛地蹲下身体，把刚才吃下的烧卖全吐了出来。

“未来，怎么样了？是不是受凉了？”任鑫楠见状飞奔过来搂住她，李佩也疾步走过来，关切地拍着她的后背。

看见他们，丝毫没有心理准备的外婆怔住了，她喃喃自语反复地说：“这么快，这么快……”

“妈，未来让你费心了！”任鑫楠对外婆说。

外婆一低头，无法面对他的那声“妈”，她低声近似哀求地问：“不能让这孩了在我这里多待段时间吗？”

李佩解释道：“她得上学呀，落下不少功课呢！”

外婆不再说什么了，她一转身，进屋去收拾未来的物品。磨好的炒面、采的鲜蘑菇、做好的汤圆……对了，还有她母亲安亚留下来的牛角梳、高跟鞋……外婆低头忙着，泪水流啊流，怎么也无法止住。

“妈，不要忙了，这些东西超市都能买到的……”任鑫楠说。

“你不要叫我妈，叫我妈的人已经死了！”外婆突然停下忙碌的手，站直了腰猛地回头看着任鑫楠大声地喊。看着外婆脸上的泪水，任鑫楠的眼眶一红，垂下了头。李佩的脸一红，张了张嘴，终于什么也没说。

外婆搂着未来的脑袋，流淌着泪水说：“迟点走行吗？我煮几个土鸡蛋给未来带上……”

“不用煮熟的也行，鑫楠开车来的，方便，不怕碎的。”李佩说。

外婆不吭声了。

离别是在所难免的。

到了离别的时刻，外婆躲在房间里不肯出来，说不舒服。未来走到了巷口的时候，她回头望了望，一条狭窄悠长的胡同，湿滑长满青苔的地砖，向尽头望去，静谧的走道里，显得一片荒凉。外婆小小的身子站在那片荒凉中……

未来的眼眶涩涩的，却没有泪水。

天空，黄黄的太阳消失了，下起小雨来。

转过头，一辆奥迪静静地停在那里，任鑫楠带来的司机靠在车身上抽烟，从口中释放出来的烟雾也是细弱的，被雨水稠密的银线浸湿。奥迪在雨水中现出光亮的油漆，恰似一种将要蓄势待发，又静如处子的鲜明。

那青石巷和外婆越离越远……

转眼又跨过了一座桥，桥在飞速转动的车轮底下，发出闷闷的声响。桥身灰色的钢梁从前方、从侧面横扫过来，让人压抑。河面被那些竖横交错的影子分割成小块，无法细别。眺望着远处的河，水流的去向与她驶向的方向是不同的。

未来闭上眼睛休息。

她要去的地方，无法改变。一如河流有着它自己的目的地，千山万壑，终究要投入属于它归流的地方。

佩姨7岁的儿子中宇，有一双胖胖的手，眼睛圆圆亮亮的，如同他母亲的眼睛，里面闪现的都是幸福。一切事物在他的眼中都是美好的！他对突然到来的未来很是喜欢。刚见到她的时候，她的脸色苍白，辫子散了，长长的黑发柔柔地搭在瘦瘦的肩膀上，白裙子在风中轻轻闪动。他小小的心紧缩了一下。

李佩对他说："这是你的姐姐未来，以后她会跟我们住在一起。"

他惊喜地不得了，跑过去拉住她的手："未来，你叫未来？我叫中宇，中国的中，宇宙的宇！"

未来却一直不肯抬头。

李佩对儿子说："姐姐累了，让姐姐休息吧。"她转过脸牵起未来的手，说："我带你去洗澡。"

未来安静地让李佩帮她洗澡，一如以前妈妈安亚帮她洗澡那般。洗过澡的她，脸粉生生的，眼瞳里装着沉静的琥珀。李佩给她穿上一件粉色的连衣裙，灯光下，未来美丽得像个公主。李佩笑着对任鑫楠说："我们的未来是个美人坯子。"

任鑫楠呆呆地望着未来，她实在让他心疼，罪恶感又袭上心头。他在她母亲的尸体前发现她的时候，她不哭也不闹，一直安静到现在，也没有开口说一句话。她听任他们对她的一切安排，只有在火化她母亲尸体时，她趴到火化炉前怎么也拖不走。透过火化炉上小小的窗户，她看见火苗猛烈地跳跃着，吞虐着一切，她的眼睛随着那些火苗一起燃烧着。

埋葬她母亲的骨灰时，她紧紧地抱着骨灰盒，指甲深深地掐着盒子，嫩嫩柔柔的手指甲掐出血来。

他很担心她，但他不知道如何去安慰她！

李佩把未来领到精心为之准备的房间，期待着能看到她眼里小女孩的喜悦。可未来的表现令她很失望，她依然是一脸的漠然，静静地坐到床沿上。

未来的沉默丝毫影响不到中宇，他从见到未来那刻起就一直跟在她身后，对着她说东说西，虽然他的话从来得不到任何回应。天花板上的粉色灯光，笼罩着未来瘦小的身体，中宇感觉她像一只可怜的小狗。她是多么漂亮的一个女孩啊！她那清澈漠然的幽蓝眼睛，像水晶球一样晶莹剔透，散发着神奇的光芒，让中宇小小的心泉，荡漾起一丝涟漪，久久不能释怀。

中宇歪着头打量着未来的房间，突然嚷道："还缺些东西！小孩子最爱的东西！等一下哦未来！"他转身跑进自己的房间，不一会儿，抱来一堆玩具，还有他最心爱的大灰熊，每晚睡觉他都要抱着它睡。

"未来，这些是给你的！还有大灰熊，没有它你会睡不着的，因为我没有它就无法入睡！"中宇把它们一股脑全堆到未来的床上，李佩眯着眼睛笑着说："呀，中宇表现不错啊！知道把好的东西让给姐姐了！"

未来面无表情地看着冲自己笑的中宇，她目光的焦点渐渐集中到中宇身上，继而瞳孔又慢慢地扩散，变得没有焦距……她的眼前越来越模糊，仿佛隔着一个世纪的距离，缥缈得不真实。望着浑身散发着阴霾气息的未来，李佩的心沉重重的，一种上不着天下不落地的感觉令她打了个冷战。

“中宇,来,我们走吧,让姐姐休息,姐姐今天很累了!”李佩牵着中宇走出未来的房间。走到门口,中宇依依不舍地回头看了看未来,冲她嚷道:“未来,我要叫你未来,不要叫你姐姐!你要乖乖地睡觉哦!我就在你楼下,你不要害怕!”

躺在床上,中宇兴奋得一直睡不着,未来的到来让他高兴得无法入睡。他在床上翻来覆去,终于忍不住又跳下床,来到未来的房间门口,轻轻地打开门,小声地喊道:“未来,你睡了吗?”

他又轻声说:“未来,爸爸刚才指着天空告诉我,你是水瓶座的小天使。你知道我是什么星座的吗?爸爸说我是双鱼座的!”

未来还是不吭声。

“未来,晚安!我是来跟你说晚安的!我走了哦。”说完,他准备离开,可一转身却撞到了李佩的身上,李佩蹲下身子抱住中宇,问:“怎么这么不乖,又悄悄跑上来?”

“我来跟未来说声晚安!”中宇振振有词地说,“道过晚安才能睡觉,否则会睡不着!”李佩无奈,牵着中宇胖胖的小手把他送回房间。中宇躺在床上,问李佩:“妈妈,未来为什么不说话?”

李佩愣了愣,笑着说:“因为姐姐的妈妈死了,姐姐得了失语症,无法说话。所以你不要老缠着未来姐姐,她说不出话会很难受的。”

“那她可以听我说呀!”中宇双手拉着胸前的被子说。

李佩皱了皱眉头,想了片刻,她俯下身体低声说:“中宇,你答应妈妈,没事不要随便地进未来姐姐的房间。”

“为什么?”中宇不满地问。

“因为未来姐姐是可爱的小女生,我们中宇是男孩子,男孩子不能随便进女生的卧室，否则未来姐姐会不开心的。未来姐姐要是不开心了，她就会离开我们的家不和我们生活在一起……”

“好好好，我不会进姐姐的房间，妈妈我一定听话，你让未来不要走。”中宇吃惊地睁大眼睛，眼里竟然噙满了泪水。李佩心疼地替他拭去泪水，真是个傻孩子。

李佩轻轻地拍着中宇的胸口，直到他缓缓地闭上眼睛才离开，她轻轻地带上了房门。

妈妈走后，中宇立即睁开眼睛，冲着天花板处的黑暗发呆。

记得小时候，他问幼儿园里的老师：鱼儿为什么总是待在水里。老师这样告诉他，曾经有一个传说，传说鱼儿本来也是快乐地生活在陆地上的，可是有一天鱼碰到了很伤心的事儿，但它很倔强，一定要掩饰自己的泪水，它不想让其他人看见自己的眼泪，所以它永远藏在了水里。嗯，这样就没有人能看到鱼的哭泣，它把眼睛浸在深蓝色的清凉中，一滴滴微不足道的温润就融在了浩瀚的海水中了。

中宇想，莫非未来就是一条鱼？她的眼睛黑得发蓝，是海水染的吗？

慢慢地，那条名字叫未来的深海里的鱼，就这样在中宇的梦境中变得那么忧伤，倔强，细腻，寂寞。

第二天，早餐的时候中宇坐在餐桌前不时抬头往楼上看，未来怎么还没下来？正在焦急中，他看见妈妈牵着未来的手出现在楼梯处。未来穿着李佩准备的粉色宫廷式连衣裙，像是个从天而降的小天使，只是这位天使的脸色过于苍白。

见未来下来，中宇立刻起身让出自己靠窗的座位，那是他的特权，全家人只有他可以坐在那里。他喜欢边吃饭边看窗外的花儿、小草、蝴蝶、小狗、阳光……任鑫楠宠溺地摸了摸他的头，夸道："中宇真乖!"中宇骄傲地看着未来。想从她的脸上找出一丝友好，可未来只是面无表情地坐到临窗的位置上，中宇微微有点失望。

未来静静地坐在靠窗的位置上，早晨的阳光照在她的身上，偶尔吹过的风拂起她那贴在额头上的碎发，她浑身散发出清冽而落寞的气息，让任鑫楠忍不住为她而难过。李佩轻轻地走到未来身边，温柔地为她披上外套，没有过多的话语，她似乎已经习惯了这样的未来。早餐是蜂蜜煎饼、椰子吐司、水果沙拉，还有五谷豆浆，很是美味。任鑫楠不时为未来的碗里添加食物，李佩也爱怜地替她夹了一块饼，说："多吃点，你这么瘦!"

"对，还有这个，这个草莓沙拉很好吃的。"中宇也不甘示弱，用勺子往未来的碗里添加了不少的沙拉。李佩注意到未来默默地吃光碗里所有的食物，除了她夹的那块煎饼。李佩不动声色地掩饰住内心的异样情绪，站起身为中宇盛了一碗小米粥。

任鑫楠看着未来，忍不住开口说："未来，不要这么沉默好不好？医生说你是刻意封闭自己，我知道是我对不住你母亲，但错已铸成，我无法改变。你相信我，我会加倍补偿你!"

错已铸成？李佩别开脸，有时候犯错是必须的，犯错的对象却是可以选择的！不对安亚犯错，就得对她李佩犯错误！想到未来的母亲，李佩的心底真不是个滋味，那个骄傲又阴郁的女人，从未拿正眼看过自己，可是骄傲又如何？骄傲能留住男人吗？因为爱上同一个男人，原本陌生的她们却刺痛着彼此，在对方心底留下了最深的伤。

李佩想，安亚予任鑫楠自由，成全了他们的今生，那么愿他予她来世吧！来世，她愿意退让。

早餐后，李佩和鑫楠商量，决定让未来跟中宇到同一所学校就学。手续很复杂，于是未来暂时待在家里。

中宇见状，也哭闹着不肯上学要留在家里陪未来，鑫楠怕未来一个人在家寂寞便答应下来，李佩见状也就不好多说什么。中宇高兴得跳了起来，他蹦着对未来说："未来，我带你捉蝴蝶好吗？我们家别墅后面的草地上有很多的蝴蝶，还有蚱蜢……"

未来恍若未闻，她一直沉浸在自己的世界里。中宇牵住她的手，他感觉到她的手指冰凉，她冷吗？

"未来，你要笑！为什么你不笑呢？来，我带你去玩，以后我会照顾你的！"中宇认真地说着，他拖着她的手往草坪跑去。

看着他们的身影，李佩欣喜地说："鑫楠，中宇有个姐姐，很好！你瞧他乐成那样子！以后我们一家人好好地生活。你放心，我会好好照顾他们的，还有你！"

任鑫楠的表情颓废极了，他无力地说："佩儿，我对不起她！"李佩没有说话，她走过来紧紧拥住他，他们像两柄相亲相爱的刀子，闪着冷冷的金属的光。

一切都会好的！

屋后的草坪上，果然有很多的蝴蝶在飞舞，阳光暖暖地照射着大地，青草叶子上的露珠反射着光，逼仄得让人有些眩晕。未来仰起头，天空中，一只鸟儿扑腾着翅膀飞了过去……

中宇把捉到的蝴蝶放在一个木头盒子里面，那些蝴蝶在盒子里扑腾着薄薄如绢的白色翅膀。他把盒子放到她手上，对她说："这是我送给你的礼物，你喜欢吗？"

未来抬眼看着他，她的眼睛游离不羁，干涸得没有丝毫感情。

中宇小小的脸上满是辛苦捕捉蝴蝶的汗水，他企盼地看着她，希望能获得一丝肯定。未来木然地盯着他看了一会儿，突然扬起盒子狠狠地砸到他的脸上，他的脸立刻红了一大片。

中宇愣住了，怔怔地看着她。内心，第一次有了受伤的感觉。他看到未来的唇角冲他微微上扬，似笑非笑。

他用胖胖的小手盖住了自己的眼睛，不想让她看见自己的泪水！

她无声的出现，这是一场多么不一般的相遇，他的泪水如何能当着她的面流下？

中宇是多么的喜欢她啊！她像童话世界里的公主、美丽的小天使！

中宇悄悄地拭去泪水，弯腰捡起盒子，装作什么都没发生似的对她说："我们回家吧！你不喜欢捉蝴蝶！"

未来注意到他脸上被她砸中的地方已经青了。

安亚，你那天使般善良的女儿，她那颗柔软的心脏，已经像冰凌一般锐不可当！

回到家的时候，任鑫楠不在家，他去帮未来办转学的手续。李佩正在替鱼缸里的金鱼们换水。那是几条大泡泡眼睛的金鱼，中宇很喜欢在阳光洒满鱼缸的时候欣赏它们在鱼缸里来回游动的身姿。当它们转身时，金色的尾巴在水中温顺地摆动，然后缓慢地转身，既定地停住。时间就这样和阳光融合在一起。

曾经死过一条，中宇哭了一整天，并且连续几天都没有心思吃饭。从那以后，李佩就亲自给金鱼换水不让王妈动手了，她生怕金鱼又有什么闪失！李佩给金鱼换好水，回头看到他们，便笑着喊保姆王妈："王妈，给孩子们洗手，给他们削苹果……"话未落音，李佩便看到中宇脸上的伤，她愣了一下，然后一把把中宇拉入怀里心疼地问："怎么搞的？脸怎么青了？"中宇挣脱她的怀抱，往卧室走去，头也不回地大声说："我不小心摔的！"

李佩狐疑地看着未来，一直低垂着眼睑的未来突然抬起眼皮，幽蓝深邃的眸子，就那么直直地看着她。李佩震惊了，她从未如此压抑过，一时间竟然有点喘不过气来，她赶紧摇了摇头，甩开异样的感觉。她只是个孩子。李佩这么告诉自己。

晚餐时，任鑫楠看到中宇脸上的伤，奇怪地问："怎么弄的？"

所有人都沉默。

任鑫楠张了张嘴想说点什么，但最终又忍住了，他伸出手摸了摸中宇的脸："下次小心点，很疼吧？"

中宇低头往嘴里扒饭，头也不抬地瓮声瓮气地说："不疼。"

李佩往未来碗里夹了一块排骨，未来把它放到嘴里用力地咬着，洁白的牙齿发出骇人的寒光，莫名地，李佩的额头开始流汗。

饭后，未来随着大家坐在沙发上看电视，她的目光无所谓地放在屏幕上，偶尔会流露出一丝悲伤。中宇不时偷瞟着她，终于忍不住地把屁股往她身边移了移，轻声地问她："你喜欢看大脸猫吗？这是我最爱的动画片！"

她依然是不吭声。

"来，遥控器给你，你自己换台吧，你想看什么就换什么，我无所谓的，只要你爱看的，我就爱看。"中宇大方地把遥控器塞进未来的手里。他花一般干净的面容和明朗的笑脸落在未来的视线中，刺得她不由自主地举起手中的遥控器朝他的头砸过去。只听咣的一声响，似乎全世界都静了下来，连保姆王妈正在擦地板的手都定住了。

任鑫楠立刻放下手中的报纸冲了过来,他紧张地瞟了一眼李佩那铁青的脸,低声询问中宇:“怎么了？你是不是跟姐姐争夺遥控器？姐姐刚来,你要让着她……”

中宇静静地看着未来,他沉默片刻,淡淡地说:“好的,是我不对,我知道错了!”

李佩的脑子轰然一声炸开似的,她小小年纪的儿子居然如此维护着这个伤害着他的人。她就知道,他脸上的伤并非是他所说的那般“不小心”摔的。

任鑫楠低声责备着未来:“就算弟弟跟你抢遥控器,你也不能动手伤害弟弟呀!”

“爸爸,你不要责备未来了,大概是抢遥控器时我弄疼了她,她才动手的。而且,一点都不疼,真的！我没事。”中宇装作无所谓的样子,冲爸爸笑了笑。

晚上,睡觉前,中宇依然偷偷地来到未来的床前对她轻轻地说:“我一点都不疼,真的！晚安,未来,晚安！你要乖乖地睡觉哦!”

黑暗中,未来睁大眼睛,头脑有一阵微微的眩晕。回忆是个车轮,她滚动着这个奇特的车轮子,轮子也在滚动着她,轮下斩碾的是她的过往。朝着一个方向,朝一个不会停住的点,急速而去。

时间的沙漏沉淀着无法逃离的过往,记忆的双手总是拾起那些无法忘却的绝望。

我的妈妈安亚,我还在这里,你在何处呢？

安亚,你那边,黑吗？

李佩躺在床上背对着任鑫楠,眼泪不停地往外涌。任鑫楠伸手，抚到一手的泪水。他的手立刻像被烫到一般缩了回去，如同做了错事的小孩一般，有些慌张和不安。沉默了半晌，他伸手拥住她，叹气说：“佩佩，你不要往心里去，她只是个孩子……而且，她刚刚失去母亲……”

李佩呜咽着说：“鑫楠，她恨我们！她恨我们！我感觉她恨我们！”

鑫楠蹙起眉头，微微有些不悦：“佩佩，难道你还会跟一个几岁的孩子计较吗？”

李佩一愣，是啊，她不能跟一个几岁的孩子计较！

“佩佩，我知道你的心情，可是我现在的心情更糟糕，所以请你原谅我，我无法像往常一样耐心地安慰你！”

李佩没有说话，她翻了一个身，把头枕在任鑫楠的胳膊上。

任鑫楠知道她此刻是伤心的。

李佩的伤心不像安亚那般歇斯底里。李佩的悲伤带给人一种凝重的感觉，如水般的平静却又带着无比的绝望，恍若窒息的感觉。

她的悲伤不煽情，却能让任鑫楠仿佛看到她的心在眼前一瓣瓣碎裂。此时的任鑫楠极其地矛盾，曾经做了梦地想离婚，想要摆脱那个女人。而如今，真的得到了自己想要的，脑海里却无时无刻地不在想起那个女人，安亚！他想起她喜欢用大蒜子串起来做成风铃挂在阳台上，她总是穿干净的白衬衣和牛仔裤，每天清晨都会去楼下的早点铺为他买豆浆和油条，黑色的长头发在晨曦中将她那种尖锐的美丽显露得淋漓尽致。

他曾经爱过她。只是后来，爱就淡了。

有的时候，并不是你走了，就意味着我不爱你了，恰恰相反，你的离开，才让我的爱变成了永恒。

似乎，在那一个瞬间，任鑫楠沧桑了。

手续终于办好，任鑫楠开着车送未来和中宇去学校。下车后，中宇牵着未来的手走进学校。任鑫楠对他们摇着手嘱咐："中宇，你要照顾姐姐啊！"中宇背着书包回过头冲他咧开嘴笑了："放心吧，爸爸！"

老师介绍新同学时，未来站在老师的身边神游发呆，双眼迷离，同学们鼓掌欢迎时她也没有换上别的表情。

她坐到自己的座位上，班级依然沉浸在新同学到来的喜悦和好奇中，吵吵嚷嚷的，一时无法安静下来。"你的名字真奇怪！"耳边有个声音响起，未来一下子没反应过来，她缓慢又迟钝地侧过脸，看见同桌的男生正在对着自己笑，那胖胖的脸蛋上有一对浅浅的梨窝……同桌的笑脸悄悄地把未来的思维撬开那么一小点儿，记忆随之翻涌而来，不知道为什么她居然想起了中宇。他也总是这样冲着她笑。未来的心，突然间就像是寒冷的冬日里洒进了一丝阳光，开始一点点地温暖，明媚地游离阳光之中。

下课铃响了，中宇跑到未来的班级，看见未来一个人坐在座位上一动也不动。这时，老师走到班级门口喊道："任未来，课间操的时间，你要跟同学们一起做操的，知道吗？"未来依然一动不动，她垂着脑袋，甚至没有抬起眼皮看老师一眼。老师有点气愤地提高嗓门说："任未来，老师在跟你说话，你听到没有？"未来抬起头漠然地扫了老师一眼，依然不吭声。老师真的生气了："任未来，你真没有礼貌，你难道不会说话是个哑巴吗？还是你的耳朵听不到声音？"中宇再也忍不住了，他冲了过来大声地维护她："她不是聋子，也不是哑巴！她只是不舒服而已！”老师疑惑地看着中宇说:“任中宇,她是你的亲姐姐吗？为什么老师跟她说话她都不理会？她真的会说话？”

这时,校长来找老师,他是来告诉老师新来的同学的特殊之处——受到重大创伤突发性失语,这个创伤有多大？校长不清楚。

老师走后,中宇走到未来身旁轻声说:“未来,放学等我一道回家哦!”顿了顿,中宇又补充说,“老师的话你不要在意,她什么都不懂!”

呵,她不懂,你又能懂多少呢？

未来的目光静静地落在他的脸上,她突然扯了扯嘴角,露出一个淡淡的、意味深长的笑。

放学的时候,保姆还没有来接他们,未来径直往家的方向走去,中宇只得跟在后面。学校的工程总是一桩接着一桩,工地在某些角落不分时间地喧嚣着。九月份的太阳呈现出晕开的姿态,从遥不可及的光源上把那些建筑体照射成扭曲的画像,炽热的气息似幻似真地翻滚着。

路上,中宇想牵着未来的手,她却甩开他大步地朝前奔跑。路过一家糖果店时,中宇对未来喊:“未来,慢点,等我一会儿!”他跑进糖果店用零花钱买了一包糖果。出来时,未来已经走了很远了,他追上未来,气喘吁吁地把糖果放到她手上,像个大人似的吩咐说:“未来,给,吃吧！我最爱吃这种糖果了!”未来看了他一眼猛地一挥手,继续往前走着。

身后,糖果散落一地。

中宇默默地追上去,跟在她身后不紧不慢地走着。他微笑着感叹:“原来你也不喜欢吃糖果啊！我知道了!”中宇想起自己在哪一本书中看到这样的一句话：水瓶座的女孩聪慧敏感，她那颗最纯洁的心遭到伤害时也会变得极端淡漠，鸵鸟精神是她受到侵害时最常用的方式。如果，有一天，水瓶女孩成了鸵鸟，那请不要再伤害她，你只需包容。

呵，未来，我不会生你的气的！我永远原谅你！

母亲离开后的时光让未来感觉仿佛一直被困在寂寞的深秋，天寒欲雪。那些候鸟们早已耐不住寒冷，成群结队地往南方飞去，只剩下忧郁而安详的云朵守候着高远的天空。未来时常站在别墅前的空地抬头仰望着天空。在黄昏迫近时，天地间一片怆然的深蓝色，几声远去的鸟鸣声，凄凉入骨。

中宇曾经试图和她站在一起，如同她那般仰头望向遥不可及的天空，那里空荡荡的，什么也没有。

未来，你在仰望什么？

未来，你为什么从来不笑？你站立的姿势冷冰冰的，让人难以接近。你的眼睛就像是被风沙吹过一样显得那么忧郁，我能为你做点什么呢？

他们家附近有一个教堂，教堂里应该有个巨大的时钟，因为每天早晨未来都在震耳的钟声中醒来。醒来后，静静地躺着发会儿呆。未来赤脚走下床推开窗子，就会看到一群群灰色的鸽子呼啦啦飞翔的身影，像是一朵巨大的铅色的云在空中来回飘荡。她喜欢这种低调灰暗的颜色，它像被蒙上一层灰尘的那种记忆，干燥而温暖，它们像极了母亲的抑郁症。未来一直觉得母亲的一生，就像是长在沙漠里的仙人掌，被太阳晒得干绿干绿的，光长刺，等了多年，生了她，本想开出一身鲜红繁复的花，可没想到那花开是开了，可不喜欢的人终究还是不拿正眼看的。

未来知道，她心里被种下的抑郁和仇恨，像一粒种子那般日渐茁壮，风吹雨打都不死。

中宇最见不得未来那双干涸的眼睛不经意流露出哀伤。他做梦都希望能看到她笑一笑，他想，未来的笑容，一定如初开的雏菊，灿烂如斯，美丽如斯。

他掏心掏肺地想巴结她，逗她开心。面对她的抗拒，中宇只能束手无策地站在她身边。无论她怎么伤害他，他都神色安详地接受。他不愿意她一个人闷在房间里，他悄悄地推开她的房门，看见她坐在地板上呆呆地捧着几双鞋子，眼泪一滴一滴打在鞋面上。看见他，她用力地擦了擦眼泪。中宇缓缓地在她面前蹲下，他的鼻子也酸酸的。在他最纯真的年代，遇到最悲伤的她，他要怎么样去做才能让她绽放笑脸？

"一个人闷在屋子里多无聊啊。"中宇把她手里的鞋子拿起来放到地板上，努力地笑着说，"我从来没有看见过你笑，就连哭也是第一次看到呢。"

未来扭过头望着墙壁，假装没有听见。

"未来，我知道你一定是想妈妈了。"中宇凝望着她，像个小大人似的试图安慰她，"可是，有些已经发生了的事情是没有办法改变的。你想妈妈，你会难过，可就算你再怎么难过，妈妈也不会回来了。你的妈妈，她现在住在星星上呢，到了晚上她就会悄悄地看着你，你这样难过，躲起来哭，让她看见了她会多么的难过啊！未来，不要哭了，笑吧，我希望能看到你笑。"

未来茫然地打量着周围，这梦幻公主屋里那些高大的家具都向她投下无边无际的阴影，阴影重叠着阴影，就是黑暗。比夜还黑的黑暗。她待在没有母亲的屋子中央,手足无措。她周围所有原本和蔼的面容都在她的内心变得狰狞,这就是缺爱的世界。

不讲任何道理。

何时才能够薄雾散尽?未来慢慢地举起手放到中宇的脸颊上,她的指甲渐渐用力掐他的脸,中宇一动也不动,只是悲哀地看着她。未来的心一抖,手下立刻卸了力。门突然被打开,李佩带着一脸的慌张冲进来一把拽起中宇大声地呵斥道:“你怎么又跑进姐姐的房间了?不是告诉你姐姐需要安静吗?姐姐现在心情不好,她很难过不想有人打扰她,你怎么又跑来了……”李佩拖着中宇朝外走,看也没看未来一眼。中宇不时地回过头看着未来,走出门,他轻声地问李佩:“妈妈,未来什么时候才肯开口说话?她什么时候才会笑?”李佩蹲下身体捧着他的脸,认真地说:“中宇,答应妈妈,不要总是去姐姐房间打扰她。姐姐的妈妈去世了,她需要一个人待着,她不喜欢别人在身边吵吵闹闹地说话。”中宇眨眨眼睛,说:“可是,我怕她一个人会感到无聊。妈妈,我把你分给未来,这样她就会忘记她死去的妈妈,她就不会难过了。”中宇的眼圈红了,李佩叹了一口气:“唉,中宇,你太善良了。”中宇脸颊上几个月牙形的指甲印引起李佩的注意,她忙凑上前仔细看了看,那印痕新鲜醒目。李佩厉声问道:“中宇,这是怎么弄的?有人掐你吗?”中宇慌忙摆摆手,否认道:“不是不是,没有人掐我。是我的脸感觉好痒啊,我自己挠的。”

李佩不相信地看着他:“挠的?这分明就是掐出来的,你再挠个月牙形的指甲印让我瞧瞧!”

“真的真的!妈,你看,我觉得很痒,然后就这样对着脸掐一下……”中宇抬起手在自己脸上掐给李佩看,他急切地向母亲解释：“这样掐一下，就不痒了。”李佩轻轻地拍开他的手，放低声音对他说：“脸不可以这样掐，痒的话就告诉妈妈，可能是皮肤过敏。待会带你去看医生。”

中宇这才放下心来，他扬起笑脸说：“不用了，我现在已经不痒了。下次我不掐了，痒的话我自己挠。”

“也不可以挠！”

走到客厅的鱼缸旁，中宇顿下脚步注视着它们，他轻声地问李佩：“妈妈，我在书上看到鱼的记忆只有七秒钟，不管它们经历过什么惊心动魄的事情，都会在那七秒钟后就忘掉。那么人要多长时间才能够忘记一些伤心事呢？七个月？七年？妈，未来要过多久才能忘记她的妈妈？她要多长时间才能对我笑？”

李佩怔怔地看着中宇，心里掀起无法平静的涟漪，她不解地问：“你就这么喜欢她？”中宇瞪着清澈的眼睛看着她，郑重地点点头：“是的。我喜欢她，我讨厌看到她伤心，她不开心，我也很难受。”李佩摸了摸他的脑袋，沉思着说：“你未来姐姐，她太固执了，带着浑身的利刺活着。其实，生离死别是每个人都要经历的，总有一天她会长大的，而身边的人就像花瓣一样在岁月中慢慢脱落，消失……那个时候，她会明白这个道理，也会接受事实。”

中宇似懂非懂地看着那些游弋的金鱼。

未来，你带着浑身的利刺，我要承受怎样的疼痛才能靠近你啊！我收起彷徨不安的眼神，安然地待在你的身旁，你却不曾看见，我被你刺得满身是伤。

中宇长长地叹了一口气，李佩一脸担忧地瞅着他。

这天，中宇抱着个布娃娃在未来班级门口等她，未来总是最后一个出来,她一向慢吞吞的。当看到她拎着书包出来时,中宇忙跑上去接过她的书包背到自己身上。他冲她扬起手中的娃娃:“可爱吧?芭比娃娃,很像你哦!送给你的!”未来盯着娃娃看了一会儿,她冷然地扫视了他一眼,突然伸出手去,慢慢地拧下了娃娃的头,然后蹲下身子,把头放在脚下,她抬起脚用力一踢,娃娃的头便飞出去,在空中划了道弧线落到地上。中宇心中一阵难过,但他并没有表现出来,小小的他已经学会隐藏自己的感受了。他淡淡地说:“为什么?你不喜欢吗?这是我用存了很长时间的零花钱买的,选了好久的,是限量版的。”未来抬脚往前走着,看也没看他。远处王伯开着车来接他们了。

上车后,中宇的心情很快恢复了,他伸手摸了摸她有些凌乱的头发,笑着说:“我知道了,原来你不喜欢布娃娃,下次我不会送布娃娃给你了。”

晚饭时,餐桌上依旧是沉闷的气氛。未来是从不说话的,任鑫楠心事重重也不知从何说起,李佩内心含满了委屈也懒得开口,就连中宇,也埋着头不吭声。饭后,未来趴到阳台上,眯着眼,像一只猫一样蜷缩在落日的余晖中,似乎在静静聆听周围的动静。阳光从对面高大的樟树叶缝隙之间透射下来,刚好投在未来的脸庞上,从眉目一直到嘴角,最后消失在她身后粉红的墙壁上。李佩垂下眼睑,努力地露出如芙蓉般灵动唯美的微笑,巧妙地遮住了藏在眼底的阴霾。

“未来,冷吗?添件外套吧。”

李佩从身后帮她披上外套,未来头也没回,依然一动不动地看着窗外,一副方外之人,世间一切都跟她无关一般。李佩的心渐渐冷下来,那寒意仿佛是深埋在泥土中的种子,破土而出,慢慢发芽。

她是真的努力想跟未来搞好关系，她给她买衣服，买一切小女孩喜欢的东西来送给她，极力地想做个好母亲！她发现自己几乎是在讨好未来，可是未来对这一切都无动于衷。只要是她买来的东西未来从来不去碰。未来在看着她的时候，眼里发出阴郁的光。李佩越来越不确定起来，她感觉到一种无能为力，未来恨她！她能清晰地感觉到未来的恨。有时候背后会传来一股寒气，让她不寒而栗，转过身来，未来那双阴郁的眼睛正冷冷地看着她，她的眼神让李佩极其不安！那是怎样的眼神啊，充满了恶毒！对，是恶毒！9 岁的小孩怎么能拥有这样的眼神呢？她从来不知道，一个 9 岁的孩子能恨得这么彻底。

一想到身边总有这样的一双眼睛在盯着自己时，李佩就感到寒气从脚上慢慢地上升直至笼罩了全身，牙齿都寒得咯咯响！最让她不安的是儿子中宇，他常常受到未来的伤害却总是在她的面前替未来掩饰着。一个孩子在自己的母亲面前隐藏起别人对他的伤害，这意味着什么？为什么会这样？这到底是怎么了啊？李佩对这一切感到惊慌！

怎么会呢？不会的！小女孩未来，她是那么的美丽，冷白面色，长长睫毛，天使般的面容。那种恶毒的眼神，她不可能会拥有！

只是所有人都忘记了，天使也不会一直甘愿在自己的忧伤里居住。

那些哀伤的尖锐化成一根根针，刺透了天使的皮肤，她在流血，泛出墨红的光朵。天使的伤会累及身边每个人，凝结淤积成黑色的痂，那些黑色的痂变成了天使的影子，永远地相随。

李佩在冷静的时候，也想尝试着平心静气地和未来好好沟通，可每每看见未来冷白的脸上那双漆黑幽蓝的眼睛和嘴角一丝若有若无诡异的笑时，她那鼓足的勇气顿时就泄了，心里只有一个念头——逃！

“未来，我带你去放烟花，好吗？”中宇似乎又忘记了傍晚放学时芭比娃娃的事情，用白胖的小手牵起她，清澈明亮的眸子充满着期盼。未来顺从地任由他牵走，她扭头看了李佩一眼，李佩的心跳顿时停住了，脸色变得苍白。多年以后，李佩依旧清晰地记得这一刻未来的眼神，就像星星坠入深海，她也跟着那星星点点的光斑，坠了进去，未来眼睛的最深处是无止境的黑暗……

“怎么了？你不舒服吗？”任鑫楠放下手中的报纸，走过来担忧地替她抚走额前的一缕发丝。

“呃……没有，感觉有点累了吧。”李佩强颜欢笑。

“让我抱抱你。这段时间，我只顾着内疚和担忧未来的心理，没有好好地关心你，是我不对。”任鑫楠温柔地说。他的脸沉甸甸地压过来，湿热的温暖气息打在她的脸上，让她迷离。回想着过往的岁月，总有让自己潸然泪下的冲动，为了这个男人，她付出了怎样的代价啊，甚至去了酒吧买醉，度过人生最荒唐的一夜……李佩抬起头，黄昏时分的光线透过玻璃窗打在任鑫楠轮廓分明的脸庞。他温柔的眼神被空气中飘浮的灰尘隔离得模糊不清。

李佩的嘴角微微地勾起了一个弧度，不管怎么样，任鑫楠，这辈子你只能是我一个人的。

别墅左边是一大块水泥空地，一些运动器械孤零零地或立或躺，高大的篮球架如巨人一般俯视着它们。中宇回首对身后的王伯吩咐说：“王伯，你把烟花先放地上吧，现在天还没有黑，等天黑了再放。”

王伯有点担忧:“中宇,你可千万不能自己点,需要放的时候叫我一声。”

“知道啦!”中宇脆生生地答应着。王伯仍然不放心,想了想,他把中宇手里的打火机没收掉,这才放心地离去。未来爬到双杠上盯着天边的云彩发呆,晚风袭来,她感觉有点冷,便不由自主地抱着双膝缩着坐在双杠上。昏暗的光线下,她的倒影就像一个正在子宫中沉睡的婴儿,脆弱得不堪一击。这种姿势渗透的凉意,就像“未来”这个名字一样的虚幻。中宇爬了上去坐到未来的旁边,握住她的手。

“未来,你冷吗?”

“未来,你看,天边有一颗星星出来了。”

“未来,你有生日吗? 哦……是人都有生日的……那么,你什么时候生日?”

“未来,你说,天上那只黑鸟要往哪里飞呢? 晚上它不怕黑,不怕迷路吗?”

……

自言自语不知道说了多久,中宇的内心长长地叹了一口气,未来,你要永远用这副表情对我吗? 两个孩子沉默地坐在双杠上,看着夜色渐渐地迷离,黯然的星光越发遥远。未来的思绪也化作一尾金色鲤鱼,飘游而去。

万籁俱静。

突然,中宇轻轻开口:“未来,你,不说话是因为想你的妈妈吗?”

未来的眼皮跳了跳,她缓缓地转过头,静静地注视着中宇,眼中闪过一丝复杂的神情。中宇咧嘴笑了笑,他从双杠上蹦了下来,伸手在怀里摸出一个打火机,狡黠地皱了皱鼻子说:“看,我早有准备!”

中宇小心翼翼一个接一个地点燃烟花,只见火光一闪,一个耀眼的光球抛向幽深的夜空,哗的一声炸响,顿时幻作成千上万只的彩蝶,纷纷飘落。不等这群彩蝶落尽,另一群彩蝶又出现在夜空……间或也有无数的金色流星伞状散开,追随着彩蝶飞去,把暗淡的夜空装扮得美轮美奂……那些烟花,在未来的眼中已经变成一条条游曳的鱼、一朵朵极盛的花,赤橙黄、绿蓝紫,夜空中开出了一片花园。那一片花园是那么的鲜艳,仿佛一大片软软的泥土中忽然跳出了几粒闪亮的钻石。未来完全醉在这梦幻般的夜空中,忘记了寒冷,忘记了疲倦,忘记了想念,也忘记了疼痛和仇恨……一丝水汽在她的眼底氤氲,朦胧得有如清晨的露珠。璀璨的烟花中,未来的泪水像是一串突然断裂的珍珠项链,一颗颗地坠落,跌撞在通往中宇心脏处的小小幽径处,无声无息地逆淌,蓦然间,一种说不出来的莫名感伤挤满了中宇的心房,在那里,像烈火一样肆无忌惮地翻涌着。直到王伯他们惊慌失措地奔向他们,中宇这才反应过来。未来一低头,正好对视上李佩惊疑的目光,李佩紧张地摸着中宇的身体,关切地问:“怎么了怎么了?受伤了吗?”未来的脸上还挂着泪,却又恢复了面无表情,她静静地看着他们。王伯搓着手,懊恼地自责:“哎呀,中宇受伤了没有?未来受伤了吗?都怪我,应该陪着他们俩的。”任鑫楠也弯腰仔细检查了一遍中宇的全身,确定没受伤,这才走到未来身边把她从双杠上抱下来。“未来,受伤了吗?为什么哭了?是中宇欺负你了吗?跟爸爸说,爸爸打他屁股!”

“中宇,跟妈妈说,你为什么流眼泪啊?是不是放烟花时烫到了?”李佩握住中宇的胳膊问。中宇摇摇头,伸手擦了擦眼泪,说:“不是,我是见未来哭了,突然间,我也就很想流眼泪,于是泪水就下来了……”李佩的心里涌上一股说不出的滋味,她愣了愣,站了起来柔声对任鑫楠说:“咱们的中宇真善良啊,都见不得姐姐的泪水呢!”说完,又歪过头冲未来笑笑,说:“未来,你要坚强哦,不能哭鼻子。你哭的话,弟弟也会伤心的。”

突然,未来的心脏毫无预兆地痛起来,就像是被人在心尖上钻了一个洞,然后系上一条绳子,被人时松时紧地扯动着,好像,整颗心,都要被扯碎了……

安亚,你说,我什么时候有了一个弟弟?

风扬起未来的发丝,身后干燥的树叶在坠落后变得支离破碎,就像那些曾经。晚风正好,泪珠碎裂在风中,蒸发,一如齑粉,消失不见。

第三章:她在梦里一路颠簸

她对成长并不熟悉，她只熟稔
母亲脖子上青肿的勒痕
感情对孩子来说是个秘密
她回忆着，速度因此减慢
暴露自己欲盖弥彰的身份
她惊飞了一只斑鸠，扑腾着翅膀乱飞
开始杀戮，在一个人的梦中
制造扑朔迷离的杀机。 这是
虚构的黑，让结局如此不安
死去的人变作天上的灯笼；未死的人
尚是沉睡的种子，苟延残喘的种子
那就让种子继续沉睡吧，永远
也不要醒来，要不要将醒未醒

“水瓶座的女性，内心像寒冬一样冰冷，是标准的神秘主义。唉，我最好的朋友居然是破水瓶座……”柳情叹着气，她拍了拍手中的一本关于星座的书。未来淡淡地看了她一眼，她的目光一直追随着默默坐在一角喝着果汁的任中宇，她知道他是在等她。柳情顺着她的目光，可是却什么也没看到，酒吧里的灯光太闪烁。未来很喜欢酒吧里的音乐像着了火一样向她劈头盖脸地撞击过来。她本来是不打算带柳情一起来的，可柳情缠着她，她从来都无力抗拒柳情的请求。柳情经常向未来抱怨她陪自己太少，这个城市她只有未来一个朋友，她整天伏案写作，再没有机会结识其他朋友。可未来觉得柳情像个芬芳的水果，她不愿意这只水果被撒上砒霜。酒吧这样的地方，不适合柳情。

柳情又凑了过来，问：“我的大化妆师，你今天晚上有工作吗？你最近怎么总喜欢来这家酒吧？”未来想了想，回答她：“这里有我的回忆！”

回忆？酒吧能有什么回忆？柳情挠了挠头发，不明白。

是啊！任中宇，看到你，那些被印成一张又一张的旧照片从不同的方向再次向我奔来。我，永远不会忘记它们。

未来看见中宇用手指揉了揉太阳穴，估计是嫌弃音乐太吵了。

嗨，中宇，你还像小时候那般喜欢我，看着你傻傻地坐在这里等待我的感觉，真的很好。

“你脸上的笑很吓人！”柳情盯着她，不解地说，“你到底在想什么？有时候，我觉得自己不了解你，可事实上，我又挺了解你的。这种感觉真让人矛盾。”

“你了解我什么？”未来问。

“你唯一的乐趣是化妆……当然，这是你的工作，你不喜欢的话也不会当一名化妆师的……”柳情咬着指头说，看到未来白了她一眼，她赶紧补充说：“你是天生的画家，你可以把手下每张脸孔都变得格外精致……”

对于柳情这种有拍马屁嫌疑的话语，未来只能无奈地笑笑。其实，柳情还是挺理解她的，因为她是自己唯一的朋友。柳情本来是一个小城市挺有名气的作家，她常写些皆大欢喜的爱情小说，小说中的男女主人公永远是那么的完美，结局又总是那么的圆满！未来永远记得第一次见到柳情的情景，她当时正赶着去为一个时装表演的模特们化妆，柳情莫名地冲出来拦住她，结结巴巴地说：“我下火车时钱包丢了……”多老套的故事！未来看了她一眼，她穿一件绣花长裙，头发很随意地扎起，眼神清澈而无邪，紧抿的嘴泄露了她内心的慌乱和紧张。未来歪着脑袋又认真地打量了她一番，然后掏出钱包扔给她一声不吭地就走了。

第二次见面的时候，在这城市特有的灰色雾霭中，未来看到柳情穿过马路，步履轻捷地向她这边走过来，看见她的时候，柳情眯起眼睛微笑着，向她问好。未来感觉她的声音略带鼻音。蓦地，太阳似乎笑了，绽出大朵的光芒落在柳情的发间，落在她还带着肥皂香味的白色蕾丝裙上。未来抬头，微眯着眼打量着柔和轻暖的晨光，她也笑了，像是樱花纷飞时节那般美好无邪。然后她们肩并肩地走在街上。作为感谢，柳情坚持要请未来喝咖啡。

猫儿咖啡厅里面的光线有点暗，猫是喜欢黑暗的。

咖啡的醇香和一些烟雾飘浮在空气里，前台的音响喇叭像缩小的棺材一样硬邦邦地竖在那里，柔柔的音乐从那儿幽幽地飘出来。顾客并不多，一些穿着黑色紧身衣的女侍迈着猫步悄无声息地来回走动着。

咖啡很好！

音乐也不错！

柳情在听到未来的名字时眯着眼睛笑了。“未来？多么奇怪的名字！你这么美丽的姑娘应该值得更美好的名字！”柳情低下头用手摇晃着手中的杯子，咖啡的香气扑入她的鼻中。她想了想，抬起头认真地对未来说，“你很漂亮，可是你的眼中总飞着若有若无的忧伤和冷漠。未来……这个名字好像总是在提示着什么，很逼人的感觉！”柳情用手轻轻敲打着桌子，吟道：“北方有佳人，绝世而独立。一顾倾人城，再顾倾人国。秀色掩今古，荷花羞玉颜。俏丽若三春之桃，清素若九秋之菊……”

未来忍不住笑了：“什么乱七八糟的！连红楼梦的诗句都用上了！”

“唉！你不知道你是多么的美丽，美丽得我都无法嫉妒你了！看见你的时候，我的脑中就只浮现出两个词：天使、西施。”

“呵呵，那天我不过是顺手帮了你一把而已，你用不着这么使劲拍我马屁。”

“真的，”柳情认真地看着她的眼睛，说，“你永远不会懂得自己的美丽！我叫你西施吧！”

未来翻了翻眼皮："西施？呃……虽然我觉得实在是过于直白，但你若是喜欢，也可以。"

"西施！西施！"柳情哈哈大笑，故意大声叫她。柳情的笑带着逼仄的热量向她冲来。未来的心里就像是平静的湖面突然之间被人扔了颗石子，并且还是颗巨大的石子，她内心的湖面泛起阵阵波澜，到最后变成了浪。她喜欢柳情，柳情恰如除夕的烟花，灿灿烂烂。

咖啡厅里光线渐渐从暗淡变成了淡淡的橙色，隔着玻璃看窗外的马路，霓虹从街道上空冒出来，闪现着幽幽的光。一些行人来来往往着，带着疲倦而冷淡的神情匆匆赶着路。

成为朋友后，未来经常陷入柳情的一个循环问题，每次的对白都一成不变：

"西施，为什么当时帮助我？不怕我骗你吗？"

"你不像！"

"怎么就不像？"

"因为你长得阳光！"

"是不是每个长得阳光的人求你帮助你都会帮他们？"

"不是！"

"那为什么帮我？"

"因为你阳光！"

柳情挠挠脑门，瞪着迷茫的眼，未来都懒得看她，点燃一支烟吸起来。柳情皱起眉头："吸烟对皮肤不好！对身体更不好！"

未来看了她一眼，捻灭了烟。她从来不违背柳情的意愿，她喜欢柳情的天真阳光、充满幻想，喜欢她的健康向上，柳情永远是乐观的。

此时，乐观又充满想象力的柳情顺着未来的目光看到黑暗角落中寂寥的任中宇。她夸张地做出一副了然的表情拍了拍未来的脸惊叹：“我的西施，你终于春心萌动了！”未来差点喷血，她狠狠地瞪了柳情一眼，说：“你以为我像你！”

柳情讪讪的，她伸长脖子想看清角落里任中宇的脸，可任中宇突然站起来离开了。柳情失望地咕哝着：“没看清脸呢！他是谁呀？”

“一个老朋友。”

柳情不解地看着她：“为什么不上去打招呼啊？”

未来咬了咬嘴唇：“还没到该打招呼的时候。柳情，这个世界上，最不可靠的就是感情。我不是你，我永远不会有你的勇气。所以，不要乱猜测了，我和他，绝对不是你想象中的那样。”柳情是不缺乏勇气的，这份勇气令未来佩服，也令她害怕。柳情本来拥有一份好工作，事业蒸蒸向上，在她的那个小城里她也算是小有名气的人物，来到这所城市一切便从零开始。她是为了一个人来到这所陌生的城市，一个男人。

男人是个吉他手，终年漂泊不定。见到他时，柳情一眼便被他迷住。他有种捉摸不定的美，长发下的眼睛像隔了一层透明的胶布，流露出对生命的疲惫。

吉他手面对柳情的爱情反应平淡，柳情一直把他的平淡理解成是理智的克制。乐队离开的那天，他来找她。见面后，他无语地看着她，然后开始静静地亲吻，他的吻温情脉脉，像肌肤在冰上滑动时的那种润滑。他的手紧紧地握住了她的手。

刚开始的时候，柳情几乎是靠着未来的救济度日，渐渐地，她开始陆续地发表一些文章，可以断断续续地有一些收入。表面上，仿佛是柳情依赖着未来，可未来心里清楚，其实是她依赖着柳情呢。每当她在思念着母亲时，身体某个部位感觉到丝丝缕缕的痛时，她就会来到柳情租住的小屋，像只猫一样一声不吭地蜷缩在沙发上。这时，柳情就会默默地坐到她身边，直到未来睡着。睡梦中的未来，脸上若隐若现的痛苦和抑郁时常让柳情震撼。柳情注视着未来那双白若柔荑的素手，这宛如从水墨画中走出来的美丽仙子，身上为什么蓄满那么多的悲伤气息？

直觉让柳情认为未来的身上一定有不同寻常的故事，她很想探索这个故事，可未来的那些过往只能让她遥遥相望。柳情希望自己可以越过未来生命里的那些浮光掠影，那些细碎时光，向她献出自己所有的温暖、所有的热量，让自己如万丈斜晖，去冲刺她心中冰冷而厚重的浮云。然后，穿越而过，剔除未来的悲伤与黑暗。

而未来就像悬崖中石缝里的花一般倔强而沉静，柳情毫无能力。

未来看了看时间，对柳情说："我们该走了，我晚上还有活儿要干。"柳情不满地翻了翻眼皮，说："哼，我知道，那人走了嘛，你自然坐不住了。"

未来哭笑不得地说："真不是你想象的那样。"

柳情斜睨她一眼："嘿，远远地看着他，却不敢上前去打个招呼，还能是哪样啊？你暗恋中的男神呗！"

未来拍了拍柳情的脑袋："走吧，废话这么多。我还得先回去一趟取我的化妆箱呢。"

走出酒吧，路灯泛着亮白的刺眼的光，恍如那些过去的梦境。

未来回家取化妆箱的时候，外婆已经睡着了。她俯下身轻轻地亲了亲外婆布满皱纹的脸。睡梦中，外婆的呼吸声很粗重，最近外婆的身体一天不如一天了。

呵,外婆,感谢你可以活这么久。

晚上来到夜总会的时候,夜总会的经理红姐突然对她说:“丽人模特公司最近正在招化妆师,我已经推荐了你,你可以去试试!很好的机会!”未来冲红姐笑了一下。她从来没有跟红姐说过话,甚至碰面走过的时候也只是淡淡地对视一眼。她一直认为红姐一定很不喜欢自己,没有谁喜欢她这样性格孤僻的女孩,没有想到现在红姐居然主动跟她打招呼,而且还把这么好的机会留给她。未来感激地看了红姐一眼,然后低下头,她不知道说什么好,她已经不习惯别人对自己的关心。

红姐又笑着说:“就知道你的英文名 Kimikou,这么长的时间都不知道你的真名,连你的声音都不清楚呢!”

“谢谢你。”未来说,她的眼圈因为感动而有些微微发红,“红姐,我先去做事了!”她赶紧转身离开,害怕自己会流泪。

未来在心底默念着:对不起,红姐。不是我不想告诉你我的真名,只是,我不想不时地记起我曾经辜负过一个女人的期望。她把我当成她的未来,而我,什么也不是!我也不想每次告诉别人自己的姓名时,别人都用惊讶的眼神问我:为什么叫这么奇怪的名字?未来?为什么叫未来?

望着未来远去的背影,红姐很无奈地笑了笑。一个孤独奇怪的女孩,不过,她挺喜欢她的。

应聘的这天,人很多。未来一个人坐在丽人模特公司大厅的长凳上,隔着右侧的玻璃向大厅里的房间看去,来来往往的人们像一些晃动的电线杆,带着黝黑的富有韵律的动作。这时她突然看到了一个安静而独特的男人。看见她朝他看来,他那双幽黑明亮的星眸倏然颤动，带着微微的震惊眯了眯。他抬起手摸了摸下颌，唇边顿时蔓延一抹深邃笑意，以懒洋洋的派头斜倚着大厅玻璃带着笑意冲她打量着。未来左右四顾，身边并没有其他人，确定他的确是冲自己笑，她奇怪地看着他，带着探寻。他依旧是微微歪着头朝她笑，魅惑的眼神，迷人的笑。

未来转过头不看他，可他却慢慢地向她走过来，踩着投在地面的阳光，不缓不慢地朝她走过来。他指指她旁边的座位，用低而圆滑的嗓音说："可以吗？"

"可以。"她没有看他。

"你叫什么？"他冲她笑嘻嘻地问。

"Kimikou。"

"中文名呢？"

她不再回答，她抬起眼皮面无表情地看着他，黑白分明的眼睛如寒水沥沥，他竟然不敢对视。

他轻咳一声，试图使自己放轻松，说："我叫许之俊。我看了你十几分钟了，你始终保持着同一个表情——面无表情！请问你还会其他的表情吗？"

她换了一种很奇怪的表情看着他，愤愤地说："臭小子，偷偷地打量着别人，是不礼貌的，你家大人没有告诉过你？"

他愣住了，老半天，他才回过神来，蹙了蹙硬挺的剑眉瞪视着她说："那叫人家臭小子是礼貌的行为吗？"

她扫了他一眼，发现他居然在瞪自己，于是干脆转过头来睁圆眼睛对视着他。

这时，大厅里的音响放起了 *YOU ARE SO COOL*，音响里那男人懒洋洋地唱着"You are so cool, you are so cool"。

他在她的这种注视下突然变得害羞起来,他的脸上漂流着羞涩的气息。他又拧了拧眉,幽黑发亮的双瞳更显深邃,闪动着如同墨玉一般的魅人光泽:“呃……我知道自己长得比较帅,但你这么赤裸裸地盯着我看,我还是觉得挺不好意思的。”

“你说这么无耻的话还理直气壮,挺好意思的。”她冷冷地说,毫不示弱地直视着他。

她的目光如此漠然,又是如此淡定,淡定得让他浑身不自在。他开始低头看着手心的掌纹。

“算命先生说我今年会遇见我深爱的那个人!”他抬起头讪讪地笑了笑。

未来的心无端地颤了一下,眉宇间那化不开的忧伤如雾霭氤氲上来,她认真地对他说:“你跟我母亲一样,你们真的相信这种事情?人的掌心也会受伤,伤口会让你手心的纹路突然断裂。”

许之俊那张深沉冷峻的脸微微动容:“你的母亲,她也相信宿命?”

她月一般的眸子沉静地看着他,孤寂又安详。

“那你的母亲,她过得幸福吗?”许之俊好奇地问。

“她三十多岁就死了,很短命。”她淡淡地说。许之俊皱起眉头,想要看穿她的眼底。可她长长的睫毛半掩下的眸子里,永远罩着一层稀薄的雾霭似的,蒙蒙眬眬,清冷疏离。他想将那雾霭缕缕抽出,好看清那雾霭下掩藏的到底是什么。

这时,工作人员叫到她的号码,她站了起来从容地走到模特的面前。

给模特上妆的时候,她深深沉浸其中。望着模特的脸在她手下渐渐耀眼夺目,她不知所以然地愉悦起来。她盯着化好妆的模特，模特那变得格外生动的脸犹如黑暗中忽然出现的一片阳光，闪亮的是生命，也是喧嚣中的孤独。

一个星期后未来接到丽人公司的录取电话，来到公司签约的时候，她看见那天那个男人，许之俊，他坐在办公桌前冲她暖意融融地笑。

“恭喜你！”他说。

“臭小子，”她冷冷地说，“原来你是负责人啊。”

他使劲地咳嗽一声，装作正色的样子说：“我是这家公司的老板。你化妆技术很好，否则，就你那声臭小子……对，你是那么叫的——臭小子！凭你如此侮辱我，我一定不会录取你的。不过，你的化妆技术好……”

不知道为什么，他感觉有点不自在，语无伦次地啰唆了半天。当发现她正在用一种很奇怪的目光看着自己时，他赶紧用手拍了一下额头，然后很正经地对她说：“从明天开始你可以上班，你主要跟随公司最走红的模特江欣。你是公司为她安排的化妆师之一，她工作的时候你必须要工作，她不工作的时候，你也需要来工作，为其他的模特。”

“在私人时间里我可以另外找事吗？”

他探究地看着她：“你很缺钱吗？薪水我们开得足够高。你必须要保证工作时间，周一到周五，时间是早上8点到下午5点，晚上有需要的话要随时赶到。下班时间里加班的话，薪水会加倍。在周六和星期天里，你可以自行安排。当然，如果公司没有演出安排的话。”

“我不缺钱，但是，我不喜欢闲着。”她淡淡地说。

“你化妆技术真的不错。真的。”他移开自己的目光看着前方，

“但是,这份工作不是很容易做的,那些模特,尤其是像江欣那么火的模特,很难伺候的。”

未来笑了,有意逗弄他说:“臭小子,你给我一个机会,我会努力让我手下的一切面孔变得完美。”

许之俊俊美的脸上露出丝悻悻然,在员工面前一向冷酷出名的他,居然一失足成千古恨,被一个丫头片子一口一个“臭小子”地叫。他看了看在门外拖地的清洁工阿姨,低咳一声,带些恳求味儿对她说:“呃……Kimikou,我一公司总裁,‘臭小子’这个称呼还是不要叫了吧?”

未来迷惑地看着他,不相信地说:“你就骗人吧! 你是总裁? 就凭你? 有总裁亲自应聘员工的吗?”

许之俊摸了摸脑门,感觉浑身冒汗。难道他要告诉她,那天他是因为看到她如此貌美一下没 hold(把握)住,不由自主地跟随她来到应聘大厅?

面对她怀疑的目光,许之俊支支吾吾地说:“呃……我嘛,我工作认真负责啊,对公司的每一位员工都要亲自过问才放心使用……”

她嗤之以鼻:“可以不可以理解成,你整天很无聊闲得没事干啊?”

许之俊气结,又拿她没办法,只好拍着脑门长叹:他承认自己真的很无聊!

下班时,未来在公司门前等出租车。许之俊在办公室的落地窗前探头看见她的身影时,立马飞快地从 11 楼飞奔而下。他努力平息呼吸,然后装作不在意地踱到未来身后,鼓了半天勇气才终于敢开口:“Kimikou,下班后去哪儿啊? 跟男朋友约会吗? 还是回家啊？要不要我送你……呃，我的意思是，反正我的车闲着也是闲着……”咬住舌头了，他懊恼地拍了拍脑袋，他这是在胡说八道什么啊？未来怔怔地看着他半天，忍不住笑了起来：“你拍脑门的动作真给力啊！我从来没见过使那么大力拍自己脑门的人。”

整个人都散发出冰冷之气的未来，笑起来却灿烂如冬日的暖阳，在许之俊的心头绽放出一朵朵莲花。他感觉自己灵魂深处最幽微的地方被一道最富有穿透力的阳光击中了，他的心哗啦啦地沦陷。

“西施。”马路对面的叫声让许之俊终于缓过神来，他转过头一看，一个穿着绿色连衣裙的女子小鸟般轻快地朝他们走过来。见到他，她夸张地叫起来：“西施，你太不够朋友了，什么时候交上这么帅的男朋友，害我还一直为你担心，以为你对男人不感兴趣……”

“柳情，这是我的上司，我为他打工的。”未来淡淡地说，言语中一下子就拉开了和他之间的距离。许之俊看着又恢复冰冷气息的她，有点受伤。未来瞥了瞥有些兴奋的柳情，说：“瞧你这副模样，见到帅哥就这么开心。”柳情不理她，眨巴眨巴眼睛，笑眯眯地对许之俊说：“我们西施就这样，她心里再喜欢嘴里也不会说出来的。她这人，外冷内热。”未来有些恼怒，轻轻一巴掌拍到柳情的脑袋上，愤愤地说：“你少在这里胡说八道了。”

许之俊也不理她，径直地冲柳情问道：“西施？是她的小名吗？她本名叫什么？不会是叫什么凤啊梅啊之类的吧？虽然她长得挺好看，但我觉得叫西施还是有点过了……”

柳情收起嬉皮笑脸，装作一脸认真：“过吗？哪里过了？你睁大眼睛瞧瞧，我们西施多么美的一个人儿！”

未来见他们两个聊得如此热火，干脆沉默。等出租车停在面前，她打开车门钻了进去，冲柳情说："你再不进来的话，就跟帅哥去吃饭吧。"柳情朝许之俊吐了吐舌头，朝出租车奔了过来。车开动之时，柳情居然还把脑袋探出车窗，伸出手握拳示意许之俊加油，可气的是，许之俊也笑嘻嘻地握紧双拳冲她回复了个加油的动作。未来冷冷地说："干脆甩了你男朋友，跟了他去！"柳情一扁嘴："那我可不干。我可舍不得我们家木本。"说完，她瞥了未来一眼，笑嘻嘻地说："再说了，人家喜欢的是你，对我可没兴趣。"未来淡淡地说："你别胡扯了，我是他的员工，捧人家饭碗的打工妹。"柳情得意地一笑："我看得懂他的心，隔条马路我都看见他那颗为你怦怦直跳的心。"

"那你就是他肚子里的蛔虫！"未来白了她一眼，"你今天这么急找我干什么？上班时手机都快被你打爆了。"

柳情对着她莞尔一笑："今天我带你去见一个人。"

未来白了她一眼："是见那个让你跋山涉水抛弃一切来到这个城市的人吧？"柳情伸了伸舌头："你真英明神武！"

未来微微一笑，不再说话。透过窗外，灰蒙蒙的天空不时越过几只鸟。

来到木本工作的Apple酒吧。墙是灰色的，上面嵌着一个个如同萤火虫般的灯。台上乐队正在表演。她们坐到一个靠前的位置，未来去吧台点了两杯橘汁。坐下来后，未来顺着柳情的眼光看到台上的吉他手。看到木本时，未来顿时心中一凉。吉他手木本整个人散发出一股阴郁的气息，那种气息很美丽，如同那黑夜中的昙花。柳情和木本，他们看上去就好像冰淇淋跟月球，两种扯不到边的事情。未来瞪大眼睛，仔细地打量着台上的木本，他正低着头专注地弹着吉他，头发掩住半张脸。未来注意到他那双正在弹着吉他的手特别白。再转眼看看柳情，柳情眼中散发的爱意令她的心里咯噔一声，未来心中涌上一阵难受，她知道柳情已全无保留地付出感情。而吉他手木本，绝不是她的良人，柳情也许会被伤得体无完肤的，就像母亲！未来深陷在自己的思绪中，直到台上表演结束，吉他手来到她们的桌前她才反应过来。

木本呆呆地看着未来了一会儿，带着疲倦的表情。他像枚寒冷刺骨的冰棱一样伫立在未来的眼前，在空气浑浊的酒吧中凝固，吉他手不带一点微笑地凝视着未来。

“我叫木本，大家都叫我阿本。”木本的声音细微而悠长，穿越四季一般跋山涉水来到她耳边。

“这是西施，我的朋友！她是我在这个城市中唯一的朋友！”柳情说。

木本目光深邃地注视着未来：“西施？你配得上这个名字。”

未来愣愣地迎视着木本的目光，她当化妆师几年了，从没有见过男人居然有这么细腻的皮肤，洁白如玉。他往那里一站浑身便散发出一种悲情的美。这个男人长得很悲情！很奇怪吧，居然可以用“悲情”来形容一个男人的长相。

木本转身去吧台点了一杯酒然后坐到她们面前。

未来发现自从木本出现后柳情的眼光就没有离开过他。柳情一直用热切的眼神捕捉着木本每个动作。木本的目光却时常是茫然的一片，看不清里面的任何东西。

离开 Apple 回家的路上，未来一直没有说话，回到了柳情住处，进屋后未来便把自己扔进床中。柳情走过来在她身边躺下，说：“我知道你不喜欢他。”未来不语，过了一会儿，她忽然翻过身扳正柳情的脸,未来的眼睛有火一样灼人的热流,柳情望而胆战。未来缓缓地对她说:“柳情,他不适合你,离开他吧!”

柳情挣脱她从床上跳了起来,激动地望着未来喊道:“为什么?虽然你不喜欢他,但是你也不应该要求我离开他呀!”

未来慢慢地坐了起来,点燃一支烟,吸了一口然后吐出烟圈,说:“这个男人,他的心是飘浮的,不会为你而停泊的。”

柳情不说话。

未来看着她幽幽地说:“我喜欢你的原因其实不是因为你阳光,而是因为第一次见到你的时候,你惊慌失措的表情像极了我的母亲,我母亲时常会露出那种表情。她就是死于感情上的伤害,一个男人的伤害。”未来的声音低了下去,“我只有眼睁睁地看着她慢慢地崩溃,一步步走向死亡。”

柳情心底震动了,未来那双漆黑的眼瞳中充盈着泪花,这是她第一次在自己的面前提到她的母亲。柳情在她的注视下无奈地露出一个无力的微笑,目光中带着无限的热情和痴迷,落在未来的脸上:

“可我是真的喜欢他!其实我也曾经想过离开他,跟他在一起,我也很痛苦,我知道自己无法得知他心底的东西。他的心,我进不去。可是,我真的爱他,为了他,我众叛亲离,抛弃了父母亲人,抛弃自己稳定的工作。你说,我还能怎么样?”

未来感觉所有想要说出口的话全部堵塞在喉咙,她的眼睛像被风沙吹过一般干涩起来。沉默了很长时间,未来低沉地开口说:“那么柳情,请你答应我,无论什么时候,请你给自己留条退路。”

柳情的眼睛一红,她明白未来的意思,未来对自己的好令她十分的感动。她嗫嚅着,终是无法说出任何感激的话语,许久,她只能对未来报以淡淡的一笑，笑容中略带一丝恍惚。

人一旦被猝然的巨大的爱轰炸，要么一起幸福，要么独自毁灭或是一起毁灭。

时光永远无痕。一个星期眨眼又过去了，这几天来中宇越来越感觉到自己的躁动不安。晚上严重失眠直到焦虑得全身发热发干。

他也去 Waiting 酒吧，但她一直没有出现。他恼怒自己居然连她的联系方式都没有就彻底地爱上她。这种爱，仿佛一直藏在他的骨子里，时机一出现就迸发出来。他害怕她像天外的浮尘一样飘远。

这个星期六的下午，不知道从什么时候开始下起了雨，那雨带着一丝悲伤的气息，中宇感觉自己再这样待下去的话，心都要发霉了。床头手机剧烈地震动着，他瞥了一眼手机，是碧寒打来的，他把手机往抽屉里一扔，从床上一跃而起，决定开车到街上买点最新的碟片回家打发时间。

街道上灰蒙蒙的，行人在雨中匆忙地赶着路。他感觉心情很低落，想了想便又掉转车头去 Waiting 酒吧。

Waiting 酒吧，门口竖着大幅广告，似乎有演出。一看时间，是今天下午 3 点的演出。反正无聊，去看看也好。走进去，里面音乐很吵，走道中的灯火昏暗，舞台上有人正在整理一些彩灯。他向服务生点了杯啤酒，转过头无意中便发现了她，霎时他感觉触了电似的亢奋。“亚亚，亚亚。”他对着她招手。未来正在为几个歌手上妆，把粉底胭脂像刷油漆似的匀净地涂在她们的脸上，听到他的呼喊，她放下手头的工作由另外一个化妆师接替。

“真巧啊!”他说。突如其来的幸福感觉让他眼角有些湿润。

“是啊!”她笑笑。她仍然是光着脚穿着一双平底凉鞋,身穿白色纯棉的对襟纽扣的连衣裙。未施脂粉的脸洁白如玉,站在那里像海棠花般的浑然和安静,像天使般的纯洁。只是一双眼睛清冷如寒水。他试图想从那双眼睛中看出些什么来,为什么一个天使般的女孩会有一双这样的眼睛。

找了个角落坐了下来,她望着他的眼睛,戏谑地笑了笑:“这段时间,你是不是很想我?”

中宇像被迎面一拳重击一般愣住了,脸上有些狼狈:“是的!你是故意的!”很心虚的感觉,她能洞穿一切的眼神让他有些不自在。她却不说话,脸上带着若有所思的笑看着他。

“真是想不到原来你是化妆师啊!这工作很难做吧?化妆是门艺术。”他转移了一下话题,感觉自己的手心出汗了。

“是啊,这工作得高智商的人才做得来,比如中宇你就不行了。”她对他露出坏坏的笑。

“哦?智商?你是说我智商低吗?”他委屈地看着她,“我读书的时候是一直跳级到大学的。”

她一脸平静,正色地说:“我可以测试得出来,证明你的低智商。来,我们做个测试。测试的规则是回答速度一定要快,不许多余的时间考虑,因为我提的问题简单到3岁的孩子都会回答。来,看着我的手指!”

她伸出一个手指在他眼前晃着:“这是多少?”

“一。”

她又伸出两个手指:“这是多少?”

“二。”

她再次伸出三个手指晃到他眼前，大声地问道："1 + 1 等于几？"

"三。"他毫不犹豫地回答。

她立刻露出很鄙视的眼神，调侃道："一直跳级的高智商，怎么会连1 + 1 等于几这种幼儿园小朋友都知道的问题都回答错了呢？"

他不好意思地摸摸耳朵，样子憨态可掬。

"哎，你骗我！"他笑了笑，认真地对她说，"你知道吗？你调皮的样子真的很可爱。"中宇夸奖人的时候，一脸真诚，他从小就是个淳朴老实的孩子！

未来眼中的恍惚一闪而过，她掩饰性地端起他面前的酒一饮而尽，然后用手抹了抹嘴说："高智商，我要工作去了！"

"好的。我等你下班。"他傻傻地笑了笑。

未来深深地看了他一眼，转身自顾去忙碌。

等她工作忙完已经是下午6点了。中宇一直坐在那里看着她的身影穿梭于各个演员之间。未来觉察到中宇正盯着自己，便转过头，冲他笑了笑。未来这个回过头来的微笑面容，从这一刻起，就在中宇的心底扎下了根，并且永远也不会褪色。

走出Waiting酒吧的时候，外面依然下着小雨。远处的高楼大厦盛气凌人地在雨中静默，一幢比一幢更直指上帝居住的地方。

"累吗？"他问。

"嗯？"她反应过来，笑了笑，说，"工作的时候并不觉得累，只有当停息下来，什么都不做的时候，那时候，真的感觉疲倦。那种累，从内心深出像虱子一样拥挤着往外爬，真让人受不了。"

他把伞递给她，自己冒雨去把车开过来。打开车门钻了进去，未来一上车便打开音乐,克莱曼德的钢琴曲缓缓流泻出来。

“你喜欢吃什么菜？川菜？粤菜?”中宇的声音里有掩饰不住的兴奋。他自己都有些瞧不起自己,他觉得此时自己的脸上一定是一脸油光,一副期待被宠幸的贱样。

“我对吃提不起来兴趣。”她冷冷的一句话一下子让他变成一个泄气的皮球。

“那你对什么有兴趣我们就去干什么。”他继续试探。

“我？我对什么都不感兴趣,我的心如同一位历经风霜的老妪,毫无波澜可起伏。”

中宇赌气地说:“你可真是老气横秋！像你这样的女孩,漂亮,年轻,为什么不像正常女孩一样天真烂漫些呢？其实,每个人生活在这个世界上都会遇到很偶然的不幸。比如失去亲人,失去朋友、恋人,可是我们不能因此就要在伤痛中活着！像你这样奄奄一息地……”

“奄奄一息地活着?”她似笑非笑地扫了他一眼,又继续闭上眼睛沉思着。

“是的！从此以后,冷若冰霜,就像此时的你一般,带着安静而病态的眼神看着万事万物。亚亚,我希望你能幸福。请你不要再病态地生活了。”中宇坚毅的日光注视着前方,扶着方向盘的手却有些颤抖。

“停车！我要下去!”她突然翻脸。

中宇不理她:“今天我一定要送你回家！我不想再连你的联络方式都没有,整天扒心扒肺地处处去期待着什么偶遇。”

她解开安全带,面无表情地说:“停车！我就在这里下！现在我还不想让你知道我的一切,包括我的卑微、我的贫穷。无论是感情上的贫穷还是精神上的匮乏，我都不想自己现在就这样在你面前显山露水。你知道我住哪里又怎么样？更加了解我又怎么样？”

他无奈地把车停到路边，无语地看着她。他拿她没有任何办法，只能陷在她恣肆泛滥的冷漠中奄奄一息。

未来下车，弯下腰对着车窗里的他盈盈地笑：“不过，我可以给你我的电话号码。”她从包里掏出一支笔，把手伸进车窗里拽了一张餐巾纸“唰唰”地写了几个数字递给他，然后头也不回地向前走去。路灯下她单薄的身影，和着路边疏离树木的影子，映成了一地寂寥。

雨又大了起来，没完没了的雨变得毫无诗意而且惹人厌。中宇目送着像一只蝴蝶般在雨中穿行的她，那逐渐消失的身影带着一种凉丝丝而飘忽的感觉，给他一种绝望的不真实。

未来扭过头，看见中宇正伸长脖子朝她这边愣神地注视着，她的心猛地一酸，眼睛忽然就模糊了。中宇的脸变得越来越浅，浅到时光深处，孩童时期中宇那张稚嫩的脸如洪流般在眼前慢慢浮现，她嗅到强烈的时光味道。

呵，中宇，我的那些有你参与的过往，叫我如何能忘记！

是的，病态！未来加快脚步朝前飞奔，在她很小的时候，她就已经病态了，并且一直未能痊愈。

在她小学四年级学期快要结束的时候，未来突然不肯再到学校，任凭李佩和任鑫楠怎么劝说都没有用，她害怕人群。

任鑫楠对她感到无能为力。未来看东西的眼神飘忽不定，思绪常在自己的世界中飘荡，但当她听到李佩的声音时，就会很冷静地收回一切幻想，转过头冷冷地看着李佩。

未来的行为开始逐渐变得极端。她把中宇的照片撕碎扔了一地，中宇送她的书她把它泡在浴缸里。

最近这段日子经常下雨，细长的雨丝犹如三千愁绪，人一出门，连心都湿了。未来却喜欢这样阴霾的天气，她淋着雨游走于黄昏之中的大街小巷。任鑫楠和李佩不得不开着车满大街地寻找她。有一次，寻了她很久，任鑫楠几乎绝望了准备报警的时候，却看见未来垂着双臂孤零零地站在别墅后的教堂前，任雨水顺着发丝垂坠下落，"滴答，滴答"的声音仿佛是时间的尽头。未来单薄的身影扎得任鑫楠措手不及，他难过地看着她开始流泪，眼底蕴藏着浓浓的倦意，那种无力从指尖渗出，游走全身。

李佩撑起雨伞为未来披上外套，轻声责备道："傻孩子，你想把你爸爸急疯？淋雨会生病的！真是个傻孩子！"未来垂下的眼皮跳动几下，始终没有看她一眼，李佩自嘲地笑了笑。回到家，李佩赶紧放了一浴池的水，吩咐王妈给未来取来干净的衣服。未来一动不动地任由李佩为自己涂上沐浴露，为她洗净身体擦干头发。未来一扭头，身后的镜子里，她憔悴的模样像只快要病死的猫。

洗完澡出来，李佩靠在墙壁上为自己的手仔细地涂上护手霜。未来坐在沙发的拐角处静静地注视着李佩那双白嫩的手，她突然忆起母亲安亚那双枯瘦有并且点红肿的手，感觉自己的灵魂仿佛被抽走了，一切都在这个时候停止，眼前的一切变成了一幅静物油画，无声的。李佩那个轻揉护手霜的动作，停顿。四周的薄雾不知道从哪儿冒出来，跟家具电器混合在一起，未来合上了眼皮，却还能看到眼皮外的世界，那个世界是以黑色为主，无数的麻点，不断地向她圈来。再次睁开眼睛，李佩正在给中宇的金鱼换水，未来的灵魂一下子又回来了。李佩给金鱼换好水后，向厨房走去，她准备让王妈给两个孩子弄几个点心，中宇待会儿该放学了。

未来眼前的薄雾散了，这是一个清晰的世界。她轻轻地向鱼缸走去，伸手抓住金鱼，用力，再用力……一、二、三、四、五，一共五条。它们白生生、胀鼓鼓的肚皮朝上翻着，这些生灵，它们曾经那么美丽，那么自由，那么快乐！而现在，它们直挺挺地躺在她的手心。未来紧紧握着金鱼走进中宇的房间，她掀起中宇的被子把那些金鱼放在被子下面。做完这一切，她的嘴角浮现出一丝残忍的笑。

中宇回家第一件事情就是寻找未来，他给她买了一袋爆米花。未来窝在沙发中，双手放在膝盖上，视线茫然地投向玻璃窗外，似乎在看雨。

“未来，给你！”中宇拖起未来的手，把爆米花塞进她的手中。未来一松手，中宇似乎早已预料到这样，他抢在爆米花掉落地板之前抓住它，冲她咧嘴笑了笑：“来，很好吃！要不，我喂你好不好？”

未来紧紧地抿着嘴巴。

中宇小小的心脏涌上一种无奈的感觉，他像个小大人似的叹了口气，伸手摸了摸未来的脸蛋，说：“未来，你要多吃点哦！不要这么瘦……”

未来定定地看着中宇，眼睛里似乎有万千星光，那星光却又像被一层轻纱覆盖着，只露出淡淡的光芒，仿佛是那宇宙中最神秘的地方。未来的眼睛是那样的美丽、炫亮。

“中宇，给你的鱼喂点食，然后洗好手准备吃饭。”李佩从厨房中探出头来吩咐。

电视屏幕中的画面，街灯就像多米诺骨牌似的亮了起来，那城市看上去就像一条铺着金子的地毯。未来垂下眼睑。那是别人的世界,跟她又有什么关系呢?

中宇把爆米花放到茶几上,跑去取鱼食。

“金鱼呢?我的金鱼呢?”中宇怔怔地望着空空的鱼缸,中宇转过头把目光投到未来的脸上,隐隐的不安感涌了上来。他希望未来能感觉到自己的焦急,能冲他摇摇头安慰一下他此刻焦急的心。

未来的嘴角,却慢慢牵起,怪异地笑。中宇明亮的眼睛黯淡下来,他沉默地把手中的鱼食扔进垃圾桶。

“咦?我刚才还帮金鱼换过水啊!怎么现在一条都没有了?”李佩端出几样小点心,望着空空的鱼缸惊讶极了。

中宇站在鱼缸面前沉默了一会儿,他强忍住泪水。李佩以为中宇会大哭大闹,心中正惴惴不安。可是中宇只是回过头看着她,淡淡地说:“我刚刚看到一只野猫,黑颜色的!从窗口那边跳了下去。恐怕金鱼都给野猫偷吃了!以后我再也不会养金鱼了!”他深深地看了未来一眼,低着头走到餐桌前坐了下来,拿起筷子默默地往嘴里扒着饭。

吃了几口,中宇感觉心里堵了一团棉花似的,难受得要命,便回房间休息了。

夜,静得出奇,却再也掩饰不了中宇内心的挣扎!他赤脚下床,踮起脚尖悄悄上楼,站到未来房间门口,轻轻地拧开房门,他低声跟她问安:“未来!好好睡觉,不要蹬被子哦!”黑暗中,未来的身体紧紧蜷缩在一起,她的胳臂也是那般用力地交叠在一起,看起来像是一个被丢弃的布娃娃,那么的孤寂、落寞。

“未来!晚安!”临走,中宇像想起什么似的,又补充强调似的说:“未来,我永远原谅你!”

道过晚安,终于可以安心睡觉了。中宇的背后,李佩站在黑暗中，不动不吭，指甲深深地掐入手掌。她的心里有一股难以言喻的情绪在涌动。她究竟是为何，要如此地忍耐？

第二天，好天气，王妈把家里被子抱出去晒。当抱出中宇房间的垫被时，床底下那些被压得稀烂的金鱼正对着她张着嘴巴，金鱼已经微微发臭。王妈吃惊地叫了起来："天啦！金鱼怎么跑到被子底下了？"

正在吃早饭的中宇听到叫声，放下饭碗跑了进来。当他看见那些金鱼烂兮兮的身体时，忍不住蹲下身体大口大口地呕吐着。

金鱼，对不起！对不起！我不是故意要压你们的……中宇呕吐得眼泪都流了下来。

闻讯过来的李佩抱住中宇轻轻拍着他的背。任鑫楠沉默地站在一旁，然后吩咐王妈说："把被子拿出去处理掉！给中宇换床新的！"

客厅里，饭桌上，未来一个人默默地吃饭！

李佩狠狠地盯着未来，嘴唇抖了半天，终于没有说出话。

中宇很伤心，在母亲面前他坚强地昂起头，想要把泪水逼回去，嘴里念叨着："没什么，没什么，我不伤心，我不难过。"

任鑫楠一摇一晃地走进未来的房间，身上散发出难闻的酒精味。未来没有理会他，她瞪着大眼睛看着天花板，脸上带着奇怪的笑。那奇怪的笑容里面，夹杂着太多太多的意思，刺激了酒精上头的任鑫楠，他一把捏住未来的胳膊，冲她的脸喷着嘴里的酒气，嘟哝着问："未来，是你干的吧？是你把金鱼弄死放到中宇床上的吧？你为什么要这么干？那些鱼碍着你什么事了？中宇碍着你什么事了？"未来的视线越过他，眸底无光，胳膊上的疼痛令她不自觉地皱了皱眉头。任鑫楠猛然醒悟过来，他松开她，轻轻地摸了摸她的脸颊，喃喃地说："未来，你不应该把自己变成这样……"

"鑫楠，送她去看心理医生吧！"不知道什么时候，李佩走了进来站在他的身后面无表情地说。

任鑫楠怔怔地看着她，半天才低声说："她害怕陌生人。她现在这个状态没有办法和心理医生交流的。"

李佩缓缓地说："那就送她去疗养院接受治疗。"

任鑫楠急了："疗养院？那不都是精神病人待的地方吗？我女儿没有精神病，她只是因为恨我……"

"鑫楠，都这么长时间了，她还是这个状态，并且有加重的趋势，你不觉得她应该去接受治疗吗？你这样护着她是没有好处的。"李佩冷冷地说完话，扭头走了。

任鑫楠和未来像两个木偶人一般呆坐着，一动也不动。夜越来越深了，黑得让人可怕，房间里安静得没有一丝生气。房间里没有开灯，漆黑的夜晚也没有任何光线照进来，不知道坐了多久。任鑫楠没有力气再说任何话，他脸上的肌肉绷得生疼，可再怎么疼也抵不过那心上的疼，仿佛一刀一刀地刺进去，抽出来，难受得让人喘不过气来。未来啊，你就在我身边，可是我却怎么也找不到你。我的小女儿未来，我该拿你怎么办？

任鑫楠觉得作为一个父亲，他应该为未来做点什么，可他真的感觉无能为力。他不知道如何去跟未来交流，未来从不再开口说话那刻起，就不再看他一眼。

未来，我的女儿，我知道，你这一路走得那么不平坦，细针密缕地缝着自己的创伤。可你能否忙里偷闲地瞅瞅外面的阳光，它们是多么的明媚，晒在脸上的感觉是多么的暖。任鑫楠闭上眼睛，生活果真似茧。

无处遁形。

是他让那个整天黏在安亚身边的勇敢而偏执的小孩，过早承受了生命之重。

未来，原谅我！请不要伤害中宇。

那些仓皇南飞的大雁，可不可以，带走那些伤害？

睡到半夜，未来醒了过来，她没有开灯，摸着黑悄悄来到任鑫楠的书房。她把书架上的书一本本抽出来，摊在地上铺满整片地板。她穿着鞋子站到任鑫楠书桌前的真皮椅子上，双手抱住一大摞书高高举起，以最大的力气把那些书朝空中抛去，那带着嘈杂呼啦啦地撞击声塞满了整个房间。未来在这种纸张翻飞的响声中咯咯地笑了起来……房间里的灯忽然亮了，任鑫楠、李佩还有王伯都站在门口，惊讶地看着她。未来却在大家惊诧的目光中，恬然而笑。

李佩一脸幸灾乐祸地看着任鑫楠，吹了吹自己的手指甲，说："鑫楠，我看，还是送她去治疗吧。她这个状态下去，会出事的。"

王伯点点头，应声说："是啊是啊，出事就晚了！该去找医生看看。"

任鑫楠没好气地冲王伯说："能出什么事儿？她一个失去妈的孩子，够可怜的了，以后这种话不要再提！"

李佩脸一沉，甩手就走了。

任鑫楠把未来从椅子上抱下来，送她回房间替她盖好被子。他走后，未来在黑暗中瞪着眼，突然感觉倦了。

呵，安亚，这人间真没有什么意思。

安亚，没有你，这人间显得多么寂寥啊！

当未来又一次消失时，任鑫楠已经没有那么焦急了，他已经身心疲惫。找遍附近所有她可能去的地点后，他挥了挥手，对李佩和王伯他们说：“没事的。由她去吧，转够了她自然会回来的。”

王伯犹豫地说：“要不，再找找吧？”

“算了，由她折腾去。”任鑫楠摆摆手。

中宇放学回家没有找到未来，他楼上楼下地大叫：“未来，未来，你在哪儿？”

他跑到坐在沙发上看报纸的任鑫楠面前，一把抓走他手中的报纸，焦急地问：“爸爸，未来呢？她去哪儿了？”

任鑫楠歪着头看了看墙上的时间，自言自语地说：“这孩子跑哪儿去了？都快到吃晚饭的时间了，还不知道回来。”

中宇的目光锐利又懵懂，不解地对任鑫楠说：“爸爸，你去找她了吗？未来不能说话，她能去哪儿呢？她不见了你为什么不着急呢？你是不是嫌弃姐姐了？”

任鑫楠怔了怔，他恼怒地站了起来，大声唤道：“王伯，未来还没回来呢？都出去找找。”

不知道找了多久，当他们终于在教堂的楼顶找到未来时，未来正站在高高的楼顶边沿，周围有风在游荡，吹得她的裙子高高鼓起。

就这样纵身跃下，会不会有飞翔的感觉？那些如影随形的忧伤痛苦，会不会随之抛到九霄？未来静静地看着远方，双眼干涸。

任鑫楠魂飞魄散，他不敢上前，怕刺激到她，他低低地哀求：“未来，不要这么对我……快下来，快点下来好吗？来爸爸身边……”

未来一动也不动，一些零碎的画面在脑子里重组，头疼得要裂开了……是谁在说话？安亚，是你在我的脑子里说话吗？

中宇站在离她几步之遥的地方，他的脸因焦急而涨红，声音也走了调："未来，你为什么要站在那里？很危险的，掉下去就没命了……"

"孩子，你妈妈就你这么一个血脉，你这样让你妈妈在阴曹地府如何安下心哟！"王伯颤颤的声音令未来涣散的目光开始聚拢。

"未来，你不是小鸟，你没有翅膀，你不可以站在那么高的地方！未来，如果你想像小鸟那样飞翔，你得先长出一双翅膀。"中宇急急地冲她大喊，"未来，如果我是小鸟，我愿意借你翅膀……"

未来缓缓地回过头，静静地注视着中宇，就在她分神的瞬间，任鑫楠迅疾上前，一把将她拖离了危险境地。

任鑫楠冲她高高地扬起巴掌，重重地甩了她一个耳光："你，什么不学，居然学你母亲！死算什么？你母亲试图想用死亡来伤害我，可事实呢？她变成一缕烟飘走了，什么都没剩下。我为她哭过，可那又如何？时间长了，我照旧会忘记那些悲伤！未来，别以为死亡可以带来什么，死亡唯一可以做到的就是终止一切跟你相关的事物。时间长了，你什么都不可能留下！"

未来的眼里一下子涌出挥不去的悲伤。是啊，安亚，这世上有的错犯了一次，便别了永生。我不该跟你犯同样的错误。

回去的路上，中宇不时地轻声问她："未来，疼吗？还疼吗？"

不疼！真正的疼，在心里。

冬天很快到来了，未来拒绝所有的家庭教师，她像条过冬的蛇一样蜷缩在自己的房间里面。中宇每日坐在教室中，老师的声音是飘的，把中宇的思绪带飞到很远很远的地方，可不管飘到哪里，总是在某一时刻突然就回到家中未来的房间里——未来一个人在家，她开心吗？她应该是不开心的。她仿佛从来就没有开心过。呵，未来真是个可怜的小孩。可是，她为什么就像一朵花儿盛开在他的心间呢？并且扎下了根。

中宇是拼了命地对她好。他最心爱的画笔、颜料，送给她的时候，中宇的心像小鹿一般乱撞。他是多么害怕她不喜欢，像以前一样把它们砸向他的脸。他其实怕的不是她砸得他疼，而是那份干脆彻底的拒绝，让他的心难受。而幸好，未来看到画笔和颜料时，眼神一亮，刹那，仿若满天繁星闪耀，中宇的心一下子被照得亮堂堂。未来伸手摸着那些画笔，她应该是喜欢它们的吧。未来抬起幽黑的眼睛看着他，那眼里仿佛有着盈盈泪光，还有一丝感动……中宇和她那双眼睛对上时，浑身一颤，瞬间有种失聪的感觉。这一刻好像世界所有的声音都消失了，他进入一种真空状态似的。

中宇此时的感受很奇特，他呆愣、吃惊、委屈，还有带着一丝不明所以的欢喜。

只要未来不再是无动于衷，只要她肯让中宇走近她，中宇便觉得幸福得无以复加。虽然有点不可置信，但是此时中宇还是能强烈地感觉到自己心中高兴的呐喊，仿佛来自宇宙高层的超声波，穿透云层，到达大洋的彼端。

呵，未来，你在我的心中种植了大片大片盛开的雏菊。

中宇最喜欢趴在未来面前看着她画画，她画画的样子真好看啊。可是李佩总是制止他进入未来的房间，李佩对他说："姐姐是女孩，男孩子不好随便进女孩子的房间。"

可是，他们才多大啊，还没到老师说的那种男女授受不亲的年龄吧？

未来又不肯去学校，她整天一个人那么孤单寂寞，所以中宇总是悄悄瞒着妈妈溜进未来的房间。他坐在未来的床上，看着未来一圈又一圈地绕着房间不停地走，越来越快。他不知道怎么才能让她停下来，他只能静静地坐在那里陪着她，直到她筋疲力尽瘫软在地上，中宇这才奔过去扶起她。他对着她的脚吹了吹气，未来的脚跟都被鞋子磨破了。

中宇打来一盆水，心疼地给未来洗脚。他把她的脚泡在温热的水中，轻轻搓揉着她的脚背，他低着头小心翼翼地擦拭着，像对待一件最宝贵的工艺品。

“未来，你还疼吗？”

中宇一抬头，未来恰好撞上他那双关切而疼惜的眼睛，那么清澈、温暖。可是，她小小的心碎得太厉害了，她的心除了微微颤抖一下还能暖得起来吗？

门被猛地打开了，李佩带着一脸怒气站在门口，她冷冰冰地对中宇说：“你一点都没有把妈妈的话放在心上，是吗？”中宇站起来嗫嚅着说：“我……未来的脚破了……”

“那也轮不到你来帮她洗脚！”李佩的脸色很难看，中宇意识到自己似乎惹妈妈生气了。他乖乖地走到李佩身边，这时，王妈也跑了过来牵起中宇的手，低声说：“中宇，姐姐身体不好，你不要总往她房间跑打扰她休息……”李佩的脸色已经恢复正常，她转过身微笑着吩咐王妈：“你带中宇回房间吧，这里我来收拾。”

李佩走到未来面前，缓缓蹲下身体替未来查视脚上的伤，说：“需要涂点药。未来，是不是鞋子不合脚？鞋子穿着不舒服的话就跟我说，我替你买新的。”说完以后，李佩也没指望她会有所反应，她端起地上的洗脚水倒掉之后噔噔噔地下楼了。不一会儿，李佩手里拿着药膏和创可贴上来了，她打开未来的房门，未来已经躺下睡了。她轻轻地掀开被子，仔细地替未来涂上药膏贴上创可贴，她站在未来面前轻轻叹了口气，替她把被子盖好后便离开了。未来睁开眼睛，她多么想流几滴眼泪啊。可是，无论怎么努力，她的泪腺仿佛已经干涸。

安亚，你可知道，我就像一只落单的孤雁。

楼下，李佩摸着坐在沙发上发呆的中宇的脑袋，轻声对他说："中宇，姐姐生病了，你不该经常去她的房间打扰她，你能答应妈妈，以后再也不要跨进姐姐的房间吗？"

"可是妈妈，生病了不是要去看医生吗？你们为什么不送未来去看医生呢？"

王妈压低嗓门凑过来说："小祖宗，姐姐不是身体有病，她是脑子里有病，发作起来可不认人！万一她要是伤着你怎么办？"

中宇猛地站了起来大声说："你胡说！未来脑子才没病呢！她只是太想念她的妈妈了！你们不喜欢我进她的房间，今后我不再进去就是，以后不许再说未来脑子有病！"说完，他一扭身抹着泪水朝房间跑去。

王妈和李佩面面相觑，沉默无语。

中宇冲进房间，把房门锁上，任由李佩在外面怎么敲门也不肯开。他把脸蒙进被子里无声地流着泪水。未来，我是知道你的伤心和难过的。你并不是脑子坏了，你一定把眼泪都流光了……可是，未来，你可知道，所有的一切都没有想象中的那么可怕，只要你努力往前走，星星会变暗，天空会变得明亮，阳光也一天比一天灿烂。

未来，快点好起来吧！

未来，快点走出屋子吧！

未来，早日冲我笑吧，我是多么的想看见你的笑啊，那笑脸一定美丽无比！

未来，不要伤心，我会陪着你，一起走出那些伤心的事，一起长大，直到我们两个由小孩子变成老人。

你会微笑着，开开心心。因为我会努力让日子过成你想要的模样……

我永远陪在你的身边，因为，爱你是我的任务。

中宇的脸颊挂着泪水沉沉睡去。梦中，在某一个有七色阳光彩色气球一派明媚的日子里，未来站在日光之下，笑得如窗外盛开的樱花……

未来不喜欢房间的布置，用中宇送她的颜料把墙壁刷成黑色，在上面画着奇怪的图案。

有一次任鑫楠走进她房间时，她正在门的背面画着一只眼睛，那只眼睛让人心惊肉跳，白色的眼皮，白色的眼仁。见他进来，她并没有停止手下的动作，认真专注地画着。房间里的窗帘拉得紧紧的，没有开灯，暗暗的房间里，她的身影在四壁投下怪异的影子。望着她瘦小的身体，任鑫楠难过得几乎眩晕：这是我的女儿啊！我可怜的女儿！她不再说话不再看我！如果可以，他宁愿什么都不曾做过。爱情，在死亡，在生命面前，又算得了什么？

他把未来单薄的小身体抱在怀里，喃喃地说："未来，对不起！对不起！"

未来手中白色的颜料洒落在地，她望着他的眼神闪烁而尖厉，空气中有种一碰就断的呼吸，像恐惧，像绝望发出的声音。面对她死亡般的安宁，他整个地萎落下去，这一刻，仿佛整个世界都慌了，他是那么清晰地感觉到她的仇恨,她不会原谅他!

屋子外面,有风轻轻吹过,吹出一片湛蓝。灿烂的阳光洒满整个城市,这个世界像被滤色过,美好得不像样。

其实,她能活在一个曙光里就能很幸福。可是,心底那些疯狂生长的腐烂菜花,是谁种进去的?

任鑫楠在她的面前顿下来,凄然地求她:“未来,我知道你恨我。你再怎么恨我,你的妈妈也没有办法复活了。我错已经铸成,你实在恨我,你可以打我骂我,只要你让你好起来,爸爸什么都愿意去做。只要你不要再这么对待自己,你什么时候才肯开口说话啊?”

未来的目光怔怔地盯着自己的脚尖,哦,她已经不能说话了,因为她已经掉进了悲伤的大海中,只要她一张开口就会有汹涌的海水呛进来,她会被呛死。

“未来,请你坚强点,你这样你妈妈在天上看着也没办法心安的。你让她好好地走吧!”

坚强?哦,那是你们所有人都不了解她的想念,想念让她坠入无尽的黑暗,她多么想撩开黑暗看清妈妈的脸,可是她没有能耐撕开它。她只能躲在房间的角落,看着内心的空荡荡,她拉上窗帘不开灯是因为,在黑暗中她能看到妈妈的影子。

真的。

她看到一个白影子出现在房间里,她的心脏骤缩起来。

安亚穿着她的浴袍看自己来了!那白影子慢慢地移动到她面前,靠近她的脸庞,未来看到一只巨大的白色瞳仁的眼。

未来想,一定是妈妈知道自己太想念她了,所以特地来看自己。

安亚在她的耳边呢喃:未来,你好吗?

不，不好！她怎么好得起来呢！

可是，第二天阳光透过窗帘的缝隙照耀进她的房间，她像受了惊的猫一样从床上一跃而起，没有安亚！她找遍了整个房间，还是没有妈妈安亚的身影。

李佩终于和未来发生了第一次的冲突。

这天，窗外的阳光很和煦，像细沙般轻轻地铺在地上。天空中，有几只寂静的飞鸟悄然飞过，没有任何喧嚣。周围的一切看起来都是那么的静。中宇熬了一个上午，归心似箭好不容易盼到放学，他兴冲冲地拿着路上买的草莓奶昔进门便大呼："未来，未来，快来，我给你买了好吃的。"妈妈一再严肃地对他要求，不许随便进入未来的房间。未来是个女孩子，女孩子都有自己的隐私，虽然闯入她的房间会很尴尬，未来会不高兴的。中宇不想让未来尴尬，更不想让她不开心。他决定听从母亲的话，再也不随便地跨进未来的房间，他一向都是个听话的好孩子。中宇站在楼梯口大喊了几声，不见未来出来，他又喊了几声还不见她应声，终于他忍不住又走进未来的房间，眼前的一幕让他呆住了：未来手里拿着一把剪刀，丝丝缕缕地、狠狠地剪着一件衣服，那是他母亲的衣服。

中宇惊愕地对她大喊："为什么？你为什么要这样？"

他的声音飘忽地回荡在她的房间，未来恍若未闻，抬起眼皮看了他一眼继续剪着他母亲的衣服。中宇冲上去想夺下未来的剪刀，未来用力地一扬手，顿时，中宇手腕处被尖锐的剪刀刺破好大一块皮，鲜血立刻流了出来。中宇捂着流血的手，满脸忧伤："为什么？未来？你为什么要这么做？"

未来紧紧地握着剪刀，像寒冬里瑟缩在草丛中发抖的小鸟，小小的，安静的，表情落寞，眼神寂寂。

她怔怔地看着他，嘴角微微地扬起："因、为、我、恨、你、们。"

这是中宇第一次听到未来开口说话，她说得很慢，一字一句。她说的是六个字：

因为我恨你们。

中宇惊讶地盯着她的眼睛，她那种清冽的目光在他的直视下越发明亮。恍惚间，中宇觉得未来的眼睛就像是被风沙吹过一样，他的瞳孔开始慢慢地收敛聚焦渐渐地恢复了平静。"未来，我不怪你！"中宇缓缓地说。

"你们在干什么？"李佩的声音很突兀地在身后响起，"中宇，谁让你又擅自进你姐姐的房间？"李佩质问道，当她看到那些破碎的衣服和未来挑衅的眼神，简直惊疑得不知所措。中宇一见李佩，慌忙把手藏在背后，满脸惶恐地看着她："妈，我这就下去。"李佩上前一把拉起他的手，中宇手腕上的裂痕和鲜血让她的脑子轰然一下，李佩真的愤怒了，她吼道："你想杀了我儿子吗？"她的愤怒对未来是没有效果的，未来看着她笑了，未来的笑是有翅膀的，飞啊绕啊，李佩被弄得天旋地转。

中宇连忙分辩："妈妈，你别怪未来，她不是故意的。"

"不是故意的？难道这些衣服也不是故意的吗？"

望着儿子可怜兮兮的乞求的眼神，李佩愤怒的心充满了恐慌。她又怒又惊又恐惧地看着未来。未来满溢着黑色的眼睛正冷冷地看着她，李佩突然间就感到害怕了。她意识到自己是真的怕未来，这个9岁的孩子！她的眼神阴冷，甚至充满了怨毒。李佩怎么也想不明白"怨毒"这样的词语可以用在一个9岁的小女孩身上，可是，她感到未来那复杂的眼神里面包含的远远不止这样。她惊慌失措，有种危险逼近的感觉。她使劲地摇摇头安慰自己：她只是个9岁的孩子啊！

李佩曾经发誓要做一个好母亲，好好地对待未来，让所有人都没有任何闲话说。但是现在她早已经没有信心了，她害怕未来，怕得要命。她用手指着未来的脸，铁青着脸直打哆嗦："你，你，你小小年纪怎么如此狠毒？你有什么尽管冲我来，不要对付中宇。"未来静静地盯着她，目光肆意地在她的脸孔上寻找什么。这目光让李佩浑身的热血全都冲了上来，她用力甩了一个耳光过去……

"妈妈……"

"李佩……"

身后响起中宇带着哭音的喊声和任鑫楠的怒吼。李佩茫然地回过头，愣愣地看着任鑫楠，任鑫楠冲过来紧紧地抓住了她的胳膊，她想挣开，却被牢牢抓住。她嗫嚅着嘴唇想要解释，任鑫楠愤怒的表情却让她刹那什么话都不想说了。

"李佩，你这么大的一个人，跟一个小孩子计较什么？"任鑫楠有些激动。

"我跟她计较？我跟她计较什么啊？她简直要杀了中宇，你看清眼前的事实再来责备我，她简直就是个疯子……"

"闭嘴！"任鑫楠抓住李佩的手不由自主地用力，李佩强忍着疼痛，倔强地看着他，他冷冷地说："你没有资格这么说她。"

李佩冷笑："我没有资格？我是没有资格教育她，我也不打算教育她。但，听好了，她要是再敢伤害我儿子一根汗毛，我绝对不放过她！"李佩挣脱他，牵起中宇的手，踉跄着离开。望着他们娘儿俩的身影，任鑫楠的目光掠过中宇受伤的手，他试图止住胸腔内不停翻涌的疼痛，可想开口挽留她的话却活生生地塞在喉咙里，吐不出来。他慢慢走到未来的身边，蹲下身子伸手抚摸着她红肿的脸，轻声地问："疼吗？"未来的目光又变得没有焦点，越过他的头顶，她看到一群灰色的鸽子呼啦啦飞翔的身影，听到它们振翅飞离时瞬间破风而去的声响。这一刻，任鑫楠终于泪流满面。

未来啊，你在我脆弱的胸膛插上了一把尖刀，没有血，却痛得死去活来，但我无法放弃你，因为我爱你。你是我的女儿，是我的骨血啊。我应该拿你怎么办？

李佩在房间呆呆坐着，抬起头，看到的总是那一成不变的死鱼肚一样泛白的天花板。她以为任鑫楠应该很快过来安慰自己，可是直到天黑，任鑫楠的身影都没有出现在她的视线内。李佩抱住头，开始小声地哭泣，开始剧烈地头痛，她不得不停止这抽泣，像赌了气一般，点燃了一支香烟，送进嘴里，狠狠地抽了一口，闷在胸腔里。辛辣的雾气充斥了她的整个头脑，窗外的栏杆错落有致地分割着暗黑的天空以及灰色的云。内心的失望隐隐作痛，那些失望和打击在李佩的心里面用力地压挤，挤出了黑色的液体，缓缓流动。

伤口在夜色中一张一合。

这一次，李佩和任鑫楠第一次冷战。

并且，李佩坚决不让中宇再跟未来接近，她像防贼一样地防着未来。但中宇一有时间仍偷偷地溜去找未来。每晚睡觉前，他一定要悄悄过来跟未来道晚安才肯安然入睡。

没有道别的晚安，他会一夜都睡不着。

在这个漫长又剧烈的冬天里，未来如同一株枯萎的植物，生长在这片荒芜的土地上。

隐忍，默守。

她的情况越来越糟糕，她害怕听到一切声音。半夜她会光着脚悄然无声地走进李佩的房间，站在床前冷冷地看着他们，当李佩翻身猛然看到黑暗中床前的人影时，尖叫着抱住任鑫楠。任鑫楠打开灯，未来站在床前毫无表情地盯着他们。李佩吓坏了，她哭泣着蜷缩在任鑫楠的怀里。如此几次反复，李佩感到心力交瘁，几乎要崩溃。

李佩极力阻止中宇跟未来接触，未来心知肚明地不动声色，但她感到心中的恨已经烧得她不能动弹。那些过往，如同一部电影，翻来覆去地重放，那些刺眼的镜头、心碎的镜头、悲伤的镜头，会在一瞬间涌出来，漫上她的心头，将她淹没在一片黑暗之中。

那些他们给的痛，她将如何删除？

天使在大片的黑暗和星星点点的光亮中穿梭，疼痛可以归还给他们吗？

当中宇趁李佩外出时偷偷带着未来来到池塘边钓鱼时，那股强烈的恨意突然涌上来，未来毫不犹豫地冲中宇的背后推了一掌。中宇掉下池塘的瞬间，他转头看见李佩远远而来的震惊的脸，心中难过得要命，母亲会怪未来的。

他又想起灯光下的她，小脸粉粉的，晶莹剔透，像个光芒集于一身的天使。

她的嘴唇桃花瓣样地粉白粉白，她发白的嘴唇比他心爱的金鱼惨死在他被子里面更让他感到难受。

肌肤与冰凉的水接触的刹那，他看见未来的头发飞旋如枯蝶，她花瓣般的唇角、风中飞舞的头发，是他失去意识的茫然的储藏体……

当中宇醒过来时，第一句话便是对李佩说："妈妈，求求你不要怪未来。妈妈，求求你!”

李佩紧抿的嘴唇传递着冰冷的拒绝，任鑫楠的头发凌乱胡子拉碴，中宇哀求的目光让任鑫楠不忍开口，犹豫了一会儿，任鑫楠还是告诉中宇:“未来患上了严重的抑郁症，她生病了，我们把她送进了医院进行治疗……”

“她什么时候能回来?”中宇焦急地追问。

任鑫楠刚回答，李佩冷冷地说:“她永远都不要回来，她回来我们就走!”

中宇的心脏突然沉重得像日落，下坠到看不见底的低谷。砰、砰、砰，世界都安静了。

“可是妈妈，我不怪未来，我永远原谅她。”许久，中宇抬起头，他的眼里噙满了泪水。他记得自己曾经坚定地告诉过她——他永远都原谅她。

可是，未来就这么以一道伤疤的形式淡化出了他的生命。

一道浅浅的痕，每时每刻地伴着他。若有若无的痛，只是会在某个瞬间复苏。中宇在后来的生涯中，逐渐地淡忘了这道伤疤，他甚至怀疑自己的生命中曾经出现的那一幕幕的画面只是一场梦，只不过梦中的痛却是实实在在的。痛是不会欺骗的。

然后，他慢慢地忘却了痛的原因。

第四章：有些爱，下落不明

轻轻的风捶打着树叶
我拽了一把云朵，送给你
瘀青的筋骨一路看尽来往的眼睛
如出一辙的午后，来不及整理的恐惧
划伤我的肌肤，满地的碎片都沉默
安亚，你说
不要怕，妈妈赶在回家的路上。
可是，我寻找你的地，都疯长着
却不再长出鲜艳的蔷薇

未来快要到家时,远远地就看到柳情撑着伞站在屋檐下等待自己的身影。看见未来,柳情立即迎了上来,苍白的脸上带着不自然的神色。未来惊讶地看着她:“怎么不进屋?我外婆应该在家里,为什么要站在外面等?”说完,掏出钥匙准备开门。

柳情推辞着说:“不了,我不进去了。我马上还有事情。未来,借我一点钱,我手头钱不够了,你有多余的钱借我应急吗?”

“你要多少?”未来一口答应。

“三万!你有吗?”柳情的表情很急。

未来吸了口气冷气:“柳情,你要这么多钱干什么?”

柳情支吾着说:“我……房东要收房租了……”

未来清亮亮的眸子探寻地注视着她,对上她的目光。柳情低下了头,轻声说:“你若手头不方便的话,我另外再想办法。”

“你能有什么别的办法?你在这里等着,我进去取银行卡。”未来刚打开门便听到外婆的咳嗽声,外婆苍老的声音唤她:“怎么才回来?外面是谁?是你的同事吗?怎么不请人家进来坐?”未来连忙应道:“是我一个朋友,来取点东西,马上就走。”大概是从来没有朋友来找过未来,外婆有点激动,颤巍巍地走出来。未来连忙过去扶她,责怪道:“外婆,人家还有事情。”外婆这才作罢。取了银行卡出来，未来轻轻地带上门，她把卡交到柳情手上："密码是 ya1234，卡上有三万多，你先拿着用。"柳情的泪水哗啦一下涌了出来，她感动地抱住未来，哭着说："未来，对不起！上次你带我来过你家一次，我记住路了，但没见到外婆。这次来照理要给老人家买点礼物，可是……可是我已经身无分文……所以，我站在屋檐下都不敢进屋……"未来的心沉沉的，像压了块大石，不安和难过齐齐涌进心头，她气恼地问："你怎么弄到身无分文的地步？木本呢？他就不管你，任由你身无分文？"柳情摇了摇头："未来，不要问我！我保证，一有钱马上就还给你。"

未来叹了口气，看着柳情撑起伞冲进雨中，又是不安又是疑惑。她暗暗下决心，一定去找木本问个清楚。

第二天，下过雨的地面湿漉漉的，透着潮气，透过窗户所看到的天空，是蓝得不能再蓝的蓝色，蓝得透明。这样的天气里上班心情也会变得很透明。不知不觉，未来已经在丽人模特公司上了三个星期的班了。忙碌的确可以让人停止思想，让人无法去回忆那些美好的以及痛苦的往事。并且，还会令人变得很充实。

未来从早上上班一直忙到吃晚饭，晚餐是在公司吃的快餐。那个男人——许之俊跟着员工们一起上班下班。未来了解到他在美国留学时学的是服装设计。他设计的服装在国际服装节上获得很多奖项。回国后他开了丽人公司，两年下来，最红的模特在他的公司，他公司的服装品牌已与香奈尔齐名。在公司上班的这段时间，她已目睹那些模特对他的青睐，为他争风吃醋。爱情是什么？如果他没有那么多光环，只是身无分文的穷小子，那些漂亮的模特，还会为他争风吃醋吗？未来有点同情他。

"灯光，再亮点。"

“不行，这样的状态不行，重来！”

“今天晚上9点的走秀很重要，江欣，你这样的状态会被其他的新人挤下的。”

……

许之俊工作的时候一脸的严肃，全然不顾那些模特的撒娇。未来觉得他工作起来那副认真的样子最有吸引力，跟他平常的嬉笑完全不同。平常他会经常跟那些模特打情骂俏，可是一旦进入工作状态，他脸上那种严肃的表情让娇滴滴的模特们不由得拿出百分百的认真去干活。

“好，结束！每位模特现在去休息一会儿然后化妆换衣服，准备9点的表演。”

所有的模特如蒙大赦，一个个地把脚上又高又细的高跟鞋脱下扔在一边，T型台上的风光也是不容易的。

许之俊在前台的长椅上坐下，累了一天，一坐下便感觉身心很放松。他一抬眼，看见在耀眼灯光中的未来，穿着白色棉布裙子，脚上是一双平底的凉鞋。那团白色在灯光里闪着亮光，许之俊的视线被那团白色紧紧抓住。她的脸融入灯光之中，亦仿佛灯光已与她融为一体，许之俊不禁为之屏息。不知道为什么，看着她的时候，他总感觉到自己的胸口里有一股无法形容的感动像蒸汽一般不断地往上冒。

演出结束的时候已经是晚上12点，未来抬头看了看天空，天空中的星星和月亮永远是最好的搭配。夜深很少有出租车，未来等了好一会儿。许之俊开着车在未来面前停下，微笑着说：“上车，我送你回家。”未来稍稍犹豫了会儿，许之俊懒懒地笑了笑：“怎么？你也会害怕？我像坏蛋吗？”她挑了挑眉，不置可否。他为她打开车门，甚至绅士地为她系好安全带。

“你家靠哪个方向？”许之俊问。未来置若罔闻，他无声地笑了笑，径直朝前开去。

“你工作的样子很吸引人！”许之俊突然说。

“是吗？”未来从手提包里拿出一包香烟，问他，“你要吗？”

“不！谢了！”他断然拒绝，其实他偶尔也抽几根的，但此时他真心觉得香烟真不是啥好玩意儿。眼角的余光瞥了瞥她，她一头浓密如海藻般的长发凌乱地绾在脑后。她动作娴熟地抽出一支烟点上，烟是那种绿色包装的女士专用香烟。

“抽烟对皮肤不好！而且，抽烟会得癌症！”他脸上笑容依旧，语气却恶狠狠。她不理他。

他继续恶毒地说：“肺癌的死亡率很高的。”

未来白了他一眼，说：“我抽烟的年龄很早，开始的时候我抽文捷抽三五，后来我抽万宝路。现在，只要是烟，我都抽！”

许之俊收起那份不正经，正色道：“你这个人很奇怪。刚开始的时候，你给我的感觉是平淡安静，我能体会到你内心里的沉寂。我觉得正处在大好年华的美丽女子不应该这样老气横秋。其实人啊，有时候，都是在作茧自缚，只要挣破了那道茧就可以得到解脱。”

“哼哼，比不得你潇洒。”她冷冷地说。

许之俊又恢复了那副玩世不恭的模样，刺激她：“你是不是失恋？哪个男人让你这么伤心？”说完，他从后视镜中偷窥她的表情。她似乎发现了，只见她突然冲他妩媚地一笑，吓得他差点一脚踩到刹车上，好半天才淡定下来，他长吐一口气，赌气似的说：“妖精！”

她转过脸看着他，凉幽幽地说：“人生有很多是我们无法选择的事情，包括出身、父母……你无能为力也无可奈何。有的人，从出生那日起，时光就慢慢地剥夺着他的快乐。那样的痛苦，是失恋能比的吗？”

许之俊内心震动了下，不知道说什么。看着他静默的样子，跟平日的懒散很是不同，未来突然很想笑，于是她笑得前俯后仰。

风满楼，山雨欲来。

笑着笑着，就泪流满面。从出生那日起，她的生命质地注定像玻璃，极度容易破碎，也极度地容易受到伤害。一直以来，她只是在努力地想让自己不至于体无完肤。可是，却发现那种破碎是迟早的事，因为她的心，在很早以前就已经布满碎纹……

“Kimikou，请选择遗忘吧！不管你的人生曾经多么的悲伤，现在的你，最好的选择就是去遗忘，遗忘那些不好的记忆。”

“也遗忘伤害吗？”

“伤害是相互的，没有人可以在伤害别人后能够完整地脱身而走。所以，你应该遗忘。”

她奇怪地看了他一眼，自己为什么要跟他说这样的话呢？他这样的人，又如何能了解呢？他当然可以随便地说遗忘，她不禁有些生自己的气，什么时候自己也需要倾诉了吗？

她紧紧闭上了嘴。

“你在生气！”他眼睛直视着前方，“我知道你在生气。”

她没有吭声。

途中经过一家24小时营业的咖啡馆，他说：“下车进去坐坐吧！”她正在犹豫，他已经把车停了下来。她只好跟着走下去。

咖啡馆是那种法国乡村庄园起居室的风格，他们选了一个看上去安逸宁静的角落。

他呷了一口炭烧咖啡，带着一种探究的眼神看着她说："你知道吗？你似乎只会一种表情。"

"是吗？"她的声音很平淡，"你这公子哥总是喜欢这样去研究别人吗？"

他耸了耸肩，毫不掩饰地说："不，我只对你感兴趣。我想知道，你那张老气横秋的脸做别的表情是什么样子的。"

她冷眼瞅着他好半天，然后低下头搅着杯里的咖啡。

沉默了许久，许之俊端正了下身子，笑嘻嘻地先开了口："来，我来讲笑话吧！"见她没有反应便自顾讲下去，"有一个胖子……从二十楼顶往下跳……结果变成了……死胖子！哈哈哈哈哈！"

说完他大笑起来，独自笑了一会儿见她依然面无表情地盯着自己，便尴尬地傻笑几声，讪讪地说："不好笑呀？那我再讲一个，很好笑的！说有三个男孩追三个女孩都没有到手，然后想报复她们一下，就想出一个主意来。他们用玉米糊加鸡蛋做了一锅类似呕吐物的东西，然后请三个女孩来吃饭。他们事先说好让其中一男孩装着喝多的样子对着袋子里装着呕吐，然后再把袋子里事先放进去的米糊倒出来，一人一勺地吃。结果你猜怎么样？他们吃着吃着的时候，其中一个人说：呀，味道怎么不对？另一个说：我记得当时玉米糊中没有放番茄啊，怎么会有番茄皮？这时，那个假装呕吐的人说：我真的吐啦！哈哈哈哈哈哈哈哈！太好笑了！"他捧腹大笑，眼泪都笑了下来。许之俊正笑得得意忘形之际突然看见她用很鄙视的眼神看着自己时，慌忙收住笑容，询问似的看着她。

她用骨节分明的手指戳了戳自己的脑袋，一脸痛苦的表情哀叹："天啦，你这公子哥工作之余就是看这些无聊的笑话吗？"他张口结舌无言以对，有些气馁地望着她。好半天，他解嘲地干笑几声，说："有点恶心对不？嘿嘿！我这笑话还是起作用的，让你能这么鄙视地盯着我。"见她不语，他幽怨地瞅了她一眼，叹，"唉！总算看到你其他的表情了！虽然是鄙视我的神情！嘿嘿，总比面无表情强啊！"

未来突然觉得他一定是个十分单纯的人，跟他坐在一起像是在迷失方向找不到出路的时候，有个人突然对她伸出了双手，能够让她的悲伤从心里流泻出来。她觉得他是一个可以信任的人。

"我们该回去了。"她说。

回去的路上，她一直没有说话，他也只是沉默地开着车。很快到了她家门口，他小心地问："可以进去坐坐吗？"

她愣住了，然后笑着点了点头。

外婆已经睡了，他们蹑手蹑脚地走进屋子。

一踏入她的房间，满地飞扬的画纸突兀地映入眼中。

"你学画？"他诧异地问。

"我只是想记载下一些片段一些画面，想保留下那些过去的内容。"她弯下腰拾掇那些画纸，"我曾经失忆过很长时间，好多东西我想不起来，但它们有时候会突然地跳出来。"

"你在哪里学的化妆？"

"我没有学过化妆。"

"没有学过？"他惊讶地看着她。

未来看出他的惊讶，闷声解释说："我喜欢画画！很小的时候，我经常躲在自己的世界里画，画出自己的心情。我躲在暗处看着我的母亲在我父亲即将回来的时候，很紧张地装饰着自己。她永远只会用红色和黑色来装饰她的脸，所以她的脸总是红的地方鲜红黑的地方漆黑……我想把母亲的脸变成她想要的那种美丽。"

“你，很像你的母亲吧?”他低声问。

“也许吧。我的性格中有跟她一模一样的惨烈。但，我不想自己像她。我努力让自己不像她。”

许之俊勉强地笑了笑：“你是个独特的女子，你的身上流动着一种沉郁苦涩的液体。可是，我却看得见你内心甜美脆弱的一面。”他有些复杂地看着她，她看到了他的眼中炽热的光芒和脸上宠爱的表情，忽然有些迷茫，心中飘过任中宇那张英俊淳朴的脸。一种疲惫的感觉立刻漫天铺地地涌了上来，她按住额头，冷冷地说：“你该回去了，我想休息了。”

许之俊感觉到了自己的失态，他低头狼狈地笑了笑朝门走去，走到门口的时候他停了下来，侧过脸轻声地说：“Kimikou，你躲在黑暗处，可我依然看得清你透明的心，和那颗美好的心反射出来的颜色。另外，我知道你根本就不叫 Kimikou，也许，你只是讨厌你的真名。还有，我讨厌 Kimikou 这个名字，它一点都不适合你。”

站在窗口望着他的车带着几点亮光渐渐隐入黑暗中，未来叹了口气。她喜欢跟这个男人在一起的感觉，她没有理由地信任他。她感觉到他的身上带着一种气息，类似慈祥的那种东西。他，就像父亲的感觉。可是，父亲是什么样的？她却没有丝毫概念。

“没有人能够在伤害别人后全身而退！”耳边响起许之俊所说的这句话，让她的心轻轻地悸动，却又如同水分蒸发般轻飘飘地溜走了。

她的父亲任鑫楠，他是否全身而退了呢？

当年，任鑫楠将她送进疗养院，外婆知道后，找到父亲，咬牙切齿地说：“任鑫楠，你，你怎么能这样对她？你怎么能把她送进精神病院？我的女儿、我的孙女，你都说她们有病，她们有什么病啊？

为什么她们遇上你就生病了呢……”泪水顺着外婆脸部皱纹的沟壑缓缓流淌。信教一辈子的外婆怎么也无法控制自己的情绪，她狠狠地打了父亲一巴掌，然后捂着脸慢慢地蹲了下来，肩膀不停地颤抖。那沉闷苍老的哭泣如同烈火一般炙烤着任鑫楠的心，面对老人的哭泣责问，他只有长跪不起。

许久，外婆抬起哭得红肿的眼，她的脸看起来疲惫不堪，浑浊的眼睛透出绝望，同时又布满了坚毅。外婆说：“孩子我要接走。以后，她跟我过。”

任鑫楠的心揪了起来，他想要辩解：“妈……未来真的病了。”

外婆冷冷地看着他：“病的人是你！当初要娶我女儿的人是你，后来要离婚的人，也是你！让我女儿生病的人是你，说我孙女生病的人，也是你！任鑫楠，这辈子，我永远不会原谅你。”

外婆的话，字字像利箭一般直射入他的心，他只能一直流着眼泪疼痛着，今生今世。

“妈，未来就拜托给您了。这张卡，请您收下，卡上的钱足够您换一套好点的房子……以后，我会定期往卡上打钱的……对不起……除了钱，我不知道该如何弥补。”

“你唯一可以做的就是向上帝祈祷我能多活几年，这样我可怜的未来才不那么无依无靠。”外婆面无表情地说，顿了顿，她又认真地看着他的脸说，“鑫楠，愿上帝能让我不再恨你。”

任鑫楠心口的疼痛像一股长流的细水，流遍全身的毛细血管，内心一片茫然。他像个傻子一样跟在外婆的身后，看着外婆为未来办理离院的手续。他知道，未来这一走，他将永远地失去她。

办好一切手续已经是傍晚时分，外婆坚持不让任鑫楠送。他只有站在那里看着载她们的车缓缓离去，这一切让他感到天旋地转，举目望向天边，夕阳是那么的好看，好看得丝毫不顾别人的死活。

他终于丢失了她，他的小女儿。

夕阳下，沿着一条忧伤的路，他顺着她们离去的方向，走啊走。

还能抓住什么呢？

外婆从疗养院接走未来以后，未来再也没有见过李佩和中宇。起初，任鑫楠每年都会来看她。他给她们大笔大笔的钱，可未来看到他的时候，总是情不自禁地往后缩啊缩，一直缩到墙角。终于，外婆在一个星期天的上午做完礼拜后，带着未来悄悄搬走了，什么痕迹都没有留下。当任鑫楠驱车到来，看到空荡荡破败的房屋，震惊和绝望令他呆若木鸡。他在屋子前站了整整一夜，丝毫不管手机几乎被李佩打爆。直到第二天上午，李佩赶过来才发现，高烧已经令他神志模糊。

任鑫楠病了很长时间，身体恢复以后，他又寻找了一段时间，终是心灰意懒，于是不再刻意去寻找她们，只是定期往那张卡里拼命地打钱。他只希望，未来和外婆可以生活得好一些。

她们平安，就已足够。他还能奢望什么呢？

但内心深处，任鑫楠还是期盼着有一天未来可以主动联络他，可一年又一年地过去了，未来从来没有写过一封信，打过一个电话。恨，真的可以坚持那么久吗？

恨，真的可以种植在骨子里。只要一想起他们，未来的心就感觉痛得要命，让她陡生恨意。那恨从内心底处慢慢地上升，然后蔓延到全身每个毛孔，这让她如何去忽视那些恨呢？它们是如此的固执！

Apple,酒吧的名字。

这个酒吧却不是一只散发清新气味的苹果,而像是被人遗落下来腐烂得千疮百孔的苹果。

桌子椅子都是厚重的原木做成的,黑重重的感觉。深色的墙壁上百无聊赖地悬挂着五颜六色的泡泡,在若有若无的光线里美丽又高贵地摇动着。

音乐像悬挂在空中似的,一忽一忽地晃荡过来。

台上吉他手木本看见她的时候,用那双阴柔美丽的眼睛深深地盯着她看了一会儿。他微微倾侧过的脸恰巧被灯光分割,挺直的鼻梁、薄薄的嘴唇刚好处于明暗交界。

真是个漂亮的男人!未来低头摇晃着玻璃杯里的柠檬水面漂浮的那些碎冰块。

乐队中场休息的时候,木本坐到她对面。

"找我?还是来听我的音乐?"

"找你!"未来逼视着他。

木本耸了耸肩,冲她温柔地笑了笑。

"你,会真心爱柳情吗?"未来表情阴郁,直截了当地问他。

"原来你是为这个来的!"木本拧了拧眉头,好笑地看着她,"她对你真的有那么重要吗?你对她似乎超过了普通朋友之间的关心!连她交男朋友都要过问!"

她扯动嘴唇冷冷地说:"我怕你毁了她,你配不上她!"

木本毫不动气,淡淡地笑了笑:"我并不想配她,你是知道的!"

未来一惊,有点气结地责问:"你说什么?你不想配她你让她大老远地跟随你来到这里?"

"你跟我很像!"木本答非所问。

“什么?”未来不解地看着他。

“是的,”木本的眼中忽然浮现出一丝忧伤,“看见你的时候,我似乎看见了另一个自己。我们都是不完整的人!”

未来有点恼怒:“你我是怎么样的人并不重要,重要的是柳情。你要怎么样才肯离开她？你并不爱她。这点你很清楚!”

“西施,柳情是这样称呼你的吧？我一直想知道你的真名,你为什么要故作神秘?”他突然捉住她的手,激动地涨红了脸,“可是,我喜欢你！真的!”

“什么?”她似乎没有反应过来。

“你跟我走吧！两个孤独的人依靠在一起,一起生活！我愿意为你停泊下来,我愿意为你努力忘记那些阴郁黑暗的东西,会努力给你幸福。自从见过你一次后,我觉得很痛苦。看见你时,我似乎看见了另一个自己。你的沉默寡言你的阴郁都那么的吸引我,我……我爱上了你!”木本握住她的那双手在微微颤抖,无奈而又凄然地说。

未来如遭雷击一般,呼吸停止,瞬间呆滞。好大一会儿,她才反应过来。她清冷的目光直直地向他逼视,她缓缓挣脱木本的手,哆嗦着嘴唇说:“算了吧你！我们两个,相似的部分不过是那份残缺！而我憎恶自己的残缺,所以我憎恶你这种人。我求你放了她吧!”

木本俊美的脸在柔暗的灯光下渐渐沉郁,忽然,他笑了。

“柳情,她已离不开我了。”他说。

她用眼角斜视着他,很不屑地说:“你不要高估了你自己!”

木本挑挑眉,看着她僵硬的表情,说:“我是个自卑的人,我从来不做高估自己的事情。”

未来的胸口顿时冲上一股怒意,她讥讽道:“是,你自卑!你是不是自卑到开始用女人的钱?柳情最近那么缺钱,是不是都用在你身上了?”

木本的脸色一变,他狠狠地咬了咬牙齿,说:“你是不是仗着我对你有好感,觉得可以随意地侮辱我?我和柳情之间的事情,轮不到你来说!至于柳情,我想她不需要你的过分关心!你觉得可以去安排她的人生?可以去安排她的感情?如果感情可以安排,那该有多么的好,你我都可以去当月老!”

“你要怎么样才同意离开柳情?”

木本扯唇一笑:“除非你跟我!”

“那不可能!”未来激动地站了起来。

木本斜睨着她,淡淡地说:“女人,我从来就不缺。柳情,她能离得了我吗?她爱我爱得死去活来呢,让她为我死她都肯。一个对我这么好的女人,我为什么要放弃她?”

“你到底想怎么样?你是在威胁我?”未来激动得面红耳赤。

“我跟你一样向往阳光、健康的东西。我需要柳情!”他面无表情地说。

未来气愤地抓起面前的玻璃杯,把杯中的柠檬水猛地泼向木本的脸,愤怒地瞪着他。

木本一动不动地任由脸上的水湿答答往下流,过来半天他才慢慢地从口袋中掏出一块蓝色方格手帕,缓缓擦拭着脸。

“算我求你了,算我求你了……”未来的神情凄然,有些失魂落魄。

木本看着她这副黯然的模样有些不忍,眼神不觉变得柔和许多,他发出了淡淡的一声叹息:“我答应你,不论什么时候,如果我死的话，我不会让柳情跟我一起毁灭的！我会给她退路。”

未来狠狠地看了他几眼，转身朝门外走去。

“我这样的人注定是来毁灭的！可是，我也需要爱，需要爱我的人！”木本冲她的背影大声地吼道。

“我们这样的人连自己都不爱了，还怎么去爱别人？”未来头也不回地离开酒吧。

走出酒吧，夜风袭来，未来靠在路灯下茫然地看着周围，昏黄的灯光弥漫在空气中照着世人。抬起头，却看见那天上的月亮隐在云中笑，她心头一紧，感觉头有些晕眩，一低头，几滴鼻血不紧不慢地滴下来，她赶紧抬起头用纸巾捂住。

当中宇开车经过看到她的时候，她正靠在路灯上，微黄的灯光从她的头顶洒下来笼罩着她。在冷冷的灯光下中宇甚至看到无数飞蛾的翅膀。不远处，暗色的夜空中有烟火接连绽放，无比炫美，转瞬即逝。中宇用清瘦的手指捂住自己的眼睛，他怀疑眼前的真实性。他又揉了揉眼，放下手时刚好看到她在流鼻血，这才明白并不是幻觉。他立刻把车停到路边飞快地跳下来跑到她跟前，他一把抓住她的左手举了起来：“举起左手，像这样举过头顶。这是止鼻血的常识。”未来看见他，有些意外。她把纸巾扔到一旁的垃圾箱里，鼻血已经不流了。

“你怎么在这里？”她慢吞吞地说。

望着她略微苍白的脸，中宇觉得眼睛微疼。他一声不吭地拽着她的胳膊朝自己的车走去。他不顾她的挣扎，径直打开车门把她塞进后座。

“带你去一个地方！”他系好安全带，启动引擎，回过头对她说。

车径直朝城外开去，未来感觉有点疲惫，不知不觉地，她躺在后排上睡着了。待她醒来，发现只有自己一个人在车上，周围黑漆漆的。她一惊，把搭在身上的薄毯子放到一边起身推开车门下来，月光温柔地洒在她的眼眸，借着月光，她这才发现车居然开到了一座山顶的平地上。耳边隐约听得见，沟壑和空谷里传来的虫鸣。

“醒了？”中宇的声音在不远处响起，未来看见他正站在一棵高大的樟树底下。她打量着周围，闷声问：“这么晚了，为什么带我到这里来？”

中宇走到她面前，夜风中，他的声音温柔而又飘忽：“这山叫月桂山，我想送你一份礼物。”未来疑惑地看着她，中宇拿出打火机当下用力，打火机砰的一声迸出蓝色的火焰，接着打火机的照明，未来惊讶地看见前方平地上居然一溜烟排放着大小不一的烟花。中宇微笑着说：“这是我趁你睡着的时候打电话让山下工人开车运送过来的。”

“我睡了多久？”

中宇叹了口气说：“你是真的困了。你睡了好几个小时，并且睡得特别沉，我怀疑你是不是几天没睡觉了？”

未来愣了几秒，打火机的光打在他轮廓分明的脸庞上，他清澈的眼神因为光线不足被隔离得模糊不清。他的嘴角微微地勾起了一个弧度：“我送你一场盛大的烟火表演。”

他快速地依次点燃了那些烟花，“啪”的一连串清脆的声音打破了寂静的夜，一道道亮丽的身影蹿上空中，在夜幕上绣出绚丽的花朵，一朵接着一朵，转瞬即逝。未来尖叫一声，微笑着迎向它们。而它们似乎就在要湮没她的那一刹那间消失，灰飞烟灭。那一朵朵美丽而脆弱的花跌入远远的夜空，前仆后继地幻灭，如同泡沫的结局。还有那丝线样的烟花，它在空中绽放后，并不急于决绝地离开，而是像流星一样，缓缓坠落，丝丝缕缕，是那样的柔弱、那样的依恋，令人心疼。未来痴迷地看着，直到它完全消失。看着看着，她终于忍不住泪流满面，她已经记不清自己有多少年没有这么痛快地流过眼泪了。

未来怔怔地看着眼前的灿烂，恍若多年前，那个小男孩依旧站在自己的面前。她突然垂下头，她不能让这些灿烂的烟花彻底地落进自己的心里，她的心里装满了恨，再也没有地方可以容纳别的什么。

她把目光投向远方，朦胧看得见，山下城里灯火初上，星星点点散落。还有寥寥夜行之人正在结伴归家。

烟花终于落尽，天空又恢复了平静。未来一回头，正好撞上他的胸口，她一抬眸，他满眼的深情，垂首注视着她。未来的大脑立刻呈现一片空白，她僵硬地站在那里。中宇看着她那张近在咫尺的脸，心中一阵慌乱和激动，他不由自主地捧起她的脸轻轻地吻了上去……刹那，电光火石，时光仿佛就此停顿下来。未来呆住了，脑子完全不能思想，只能呆呆地站在那里一动不动。她只能紧紧地闭上眼睛，感觉自己的心完全乱了，他的呼吸那么近，似有柠檬味的清香。终于，他松开她，她这才敢睁开眼，月光下四目相对，有火花在他的双瞳中跳跃，映入了她的眼底，连她的心也跟着燃烧起来。

“亚亚……”他轻声唤她。这声“亚亚”如同晴天霹雳一般击中了她，内心一些阴暗的东西猛然复苏，她抬手使劲地甩了他一巴掌，扭头就要走。

“亚亚……”他一把抓住她的肩膀，几近哀求地看着她，“对不起！是我太唐突！”他哀求的语气软绵绵地揉进她的心里，冲撞着幼时的一些记忆，泪水又模糊了眼睛，脚再也挪不动半步。

见她停了下来，他立刻松开自己的手，指向不远处的一块空地：“咱们去那边的平台看星星吧。”

中宇牵着她的手，她微微缩了缩便任由他牵着自己朝前走。那块平台看似不远，但山路不是很平坦，抑或许是他的掌心太热，未来感觉这段路仿佛走了几千年才终于到达。坐了下来，身后是深邃的黑暗，前方却是无边无际烂漫的灯火。再抬头，满目星光灿烂。未来从来没有看到过这么多星星，如此大且完整的充满星星的天幕。未来仰面而视，只觉得前后左右都是繁星，不知要看哪片才好，生怕忽略了最好的。她干脆半仰头，正视前方的那片星空。

“那是北斗七星。”中宇顺着她的视线，说。

未来低声地说：“在我很小的时候，我一直以为它们在头顶，可是今天才知道，原来北斗七星是在视线正前方啊。”

中宇温柔的声音吹拂过她的耳畔：“你看，北斗七星中，每颗都是独一无二，它们都很漂亮。你知道这七星的名字吗?”

未来感觉耳朵边痒痒的，这才发现他们挨得实在是太近了，他简直就是把她环在怀里。黑暗中，她感觉自己的脸在发烧，心也怦怦地跳了起来。她懊恼自己的这种感觉，她的心应该是波澜不惊的。

中宇却浑然不觉她的内心想法，继续给她补天文知识：“它们分别叫玉衡、升阳、摇光、天玑、天璇、天枢和天权。很好听的名字吧？你看它们优雅地排列成亿年不变的形状。这闪闪发光的七星，在古书中又称作‘北辰’。记得在我很小的时候，每当夜里睡不着觉的时候，我便坐到阳台上看它们。每次我凝望它们时，内心便生出一丝神秘。”说完，他又指着南方的天空对她说，“你看，那个排成Y形的就是宝瓶座。宝瓶座又叫水瓶座。我觉得你应该是水瓶座的女孩，据说水瓶座的女孩内心像寒冰一样冷，孤独却又极其善良……”

“你凭什么说我是水瓶座?”她冷冷地打断他的话，对他这种准确的猜测感到万分恼怒。看着她脸上的神色，中宇似乎意识到自己的判断完全正确，他笑了笑，自顾自地说下去：“水瓶座的人，性格矛盾，明明像寒冰一样冷，却又有豆腐般的软心肠……很奇怪！对了，据说水瓶座是一位拥有绝美容貌的王子幻化而成的，一个很美丽的传说。”

她不语。

中宇侧目注视着她，只觉得她浑身都透着一股神秘的气息，她那头长长微卷的头发在星光里闪着特别迷人的光圈。她一脸专注地望着天际，略带一丝慵懒和忧郁。而她的眼睛真的像星星一样亮，那种光是飘忽不定，一闪一闪的……

中宇忽然觉得好像一眨眼，她就会消失不见，变成一颗星星飞到天上去。

中宇贪恋地看着她，就这么看着她，便觉得很幸福。

他的眼里有光闪动，抬头看着天空，有些忧伤地说：“曾经有个女孩，像个天使般地突然从天而降，陪伴着我的童年。我那么的喜欢她，她就像一根钉子一般硬生生砸进我的心里，又突然被硬生生地拔了出去……这么多年，她的面目早已经模糊，我很懊恼自己竟然记不起她的模样。可每当我想起她的时候，心里空的地方就闷闷地疼……”

未来的心尖一颤，怔怔地问他：“她……是谁?”

中宇的目光投向遥不可及的天际，梦呓似的说：“她的名字很奇怪……未来……她叫未来……”

中宇的回答如惊涛骇浪般狠狠地撞击着她，未来的心情复杂得像被人摇曳的一汪湖水，波澜汹涌里窝藏着惊愕和不敢置信。

忽然，一颗很亮的星，自然优美地如银线般划过天空。

“看，流星！”中宇指着天际，冲她嚷道，“赶紧许个愿。”

她立刻双手合十，想起许愿来。

他呵呵笑了起来，嘲笑她：“你许愿的样子就像个虔诚的老妇人！”

待她许完愿，他又问：“你许了什么愿？”

她不理他，凝视着天空。那些星星如此合理地有条不紊地排在一起，晶莹闪烁地温柔地望着他们。不一会儿又有小星星优雅地划过天际，顷刻间无影无踪。

“小时候，妈妈就告诉我，一颗星代表一个人。天空中不存在孤星，即使是处在最边缘的星星，也有一群别的星在它周围陪伴它。”中宇低沉地说，他伸手揉了揉她的头发，垂首在她的头发上轻轻一吻，未来打了个激灵瑟缩了一下。“天上的星星都如此，地上的人为什么做不到呢？亚亚，以后由我来陪着你，不管生老病死、贫贵富贱，都让我一直陪着你，好吗？”中宇认真地说。

未来怔怔地转过脸看着他，便望进了一片汪洋大海，中宇的眼神是那么的真诚又纯洁。见她不吭声，中宇向她歉意一笑：“对不起，我很唐突，但我是认真的。”

“我困了，我们下山吧。”她的声音里不含任何情绪。

下山后，她执意不让他送自己回家，她的固执令中宇手足无措却又无可奈何，只好叮嘱她到家后一定要给自己回个电话。他下车帮她拦了一辆出租车，对着出租司机反复交代直到司机不耐烦地瞪着他，这才无奈地关上车门看着出租车消失在黑暗中。中宇回到车上，愣愣地冲着她离去的方向发呆，实在是不放心，直到接到她的电话，这颗心这才放下。

在她准备挂电话的时候，他突然轻声地对她说："晚安！亚亚，晚安！"一瞬间，记忆潮水般地向她袭来，未来仓皇地挂掉电话。走到窗前，打开窗户长长地吐出一口气。璀璨的群星中，南边的天空有一枚铜红色的月亮。今晚的月亮像玉般圆润，表面却有着暗红色的阴影。未来坐在凳子上，仰着头，一动不动地看着漫天星光。

这晚，睡得极沉。梦里，有一片悬满星星的夜空，缓缓铺开。

"Kimikou、Kimikou、Kimikou……这个名字很奇怪，不是吗？"许之俊微微皱起眉头，自言自语地反复念着她的名字。他无聊地抽出塔罗牌开始算命，什么时候自己变得如此热爱工作了？天知道他每天都要来公司干什么，无聊到用塔罗牌算命？

许之俊清楚地嗅到自己的生活已被她打乱，见不到她的时候他感觉很无聊并且无所适从。她一直不肯告诉他她的中文名，他曾特地查了她的档案，知道她身份证上的登记名叫"亚亚"，他觉得很奇怪，百家姓里有姓"亚"的吗？"亚"可真是个罕见的姓氏啊！他对她的了解并不多。可是不知道为什么，她那没有表情的脸像一根细细的丝线，缠绕着他。

有时候，许之俊在偷偷看着她的时候，她的目光会偶尔撞到他那莫名的恍惚。这个时候，她锐利的眼神让他不自在地躲闪。

他还发现她总是喜欢穿平底的凉鞋，那种拥有尖尖的鞋头，后跟高而细的鞋子不是女人的最爱吗？他一直认为女人的生活里若没有了高跟鞋将是不完整的。可是，她为什么总是穿平底的鞋子？

丝毫没有鞋跟的那种。高跟鞋可以让她的身材更加挺拔。可她为什么不喜欢高跟鞋呢？这个世上有不喜欢高跟鞋的女子？自己的妹妹碧寒对高跟鞋的那种狂热程度就令人发指，家中的柜子塞满了各色各样的高跟鞋，而 Kimikou，她凭什么拒绝高跟鞋？许之俊苦思不得其解。

许之俊转动着手中的笔，偷偷地打探着她。她的手不停地抚过那些模特的脸，打粉底、抹粉、描眉、涂唇，她像个魔法师一样变幻着各种面孔，掩盖住他们的缺点，放大他们的优点。他忽然又有了发现，他无意中发现她居然没有穿袜子，十个脚指头可爱地微微上翘，第二个脚趾比大脚趾长。

他低下头，拿起旁边画了一半的图纸，用笔在上面画了起来。他画得如此聚精会神，以至于她走到他面前遮住他的光线他才发现。

“你，为什么一直在背后偷看我的脚趾？”她不动声色地问。

“什么？”他一惊，大窘，连忙分辩道，“谁看你的脚趾！我……”当他顺着她的视线看到图纸上画的脚趾时脸一下红了，他慌张地把目光投射在别处，故作镇定地狡辩：“我画的明明是手指！”

未来看了他一眼，转身走了。

第二天，她来公司的时候，许之俊特地偷偷瞥了她的脚一眼，意外地发现她换了一双白色运动鞋。经过他身边的时候，她停下来对他一本正经地说：“我特地换上这种运动鞋，就是为了不让你偷窥我的脚趾。”

他张嘴结舌地呆呆望着她，半天说不出话，直到她离开，他才自嘲地嗫嚅着：“看下脚趾而已，为什么让我感觉像做了一件天大的错事？”一向玩世不恭的他仿佛被她迎面一拳打得一败涂地，丝毫没有还击之力。

许之俊站在那里懊恼地用手直拍脑门，许久，他哑然失笑。

“Kimikou，今天我的妆你来画！记者招待会上我要漂亮点。”江欣瞥了未来一眼，自顾自地坐到高脚椅上。

未来应了一声。当她聚精会神地为江欣上妆时，江欣不时地抱怨她的粉底打得太厚，重新上好粉底，她又埋怨粉底太薄。当未来为她描眉的时候，江欣忽然伸出手捉住她的手，她带着审视的目光看着镜子里的未来，直截了当地问：“你喜欢之俊？”

“没有。”未来面无表情地回答。

“那他喜欢你？”

“那你去问他！”未来简短有力地说。

江欣沉默地注视着镜子中的她，狠狠地甩开她的手，站起来转过身看着她的眼睛：“你看你，站在我面前都比我矮了一大截，你凭什么跟我争？”

未来的目光平视，刚好跟江欣那起伏不平的胸部齐平。她的目光在江欣的胸部停留了一会儿，然后慢慢地把目光上移，最后停留在江欣的脸上。

“你的胸部，太小了。”未来淡淡地说。

江欣怒视着她破口大骂：“你是从哪里冒出来的没教养的女人，你滚吧！明天你不用上班了……”

“她哪里也不去，她要待在这里，”许之俊从门外走了进来打断她的话，“还有，不要随便说别人没有教养，那样的话显得你自己很没修养没素质。对了，公司不是你的，你没有权力叫任何一个人离开公司。”

“我可以选择我自己的化妆师!”江欣愤愤地说。

“是的！你可以选择！她不跟你可以跟其他的model！所以你只能选择化妆师而没有权力让化妆师离开公司。”他走到未来面前,牵住她的手便往外走。

“好！她不走,我走！那我要离开公司,不再续约！我要跳槽!”身后传来江欣愤怒得发抖的声音。

听到这话,许之俊顿住了脚步,但只一会儿,他便缓缓地转过身,严肃而清晰地告诉她:“江欣,认识我这么多年,你应该知道我不是个害怕威胁的人。”说完,他转身牵着未来的手径自往外走。

江欣立刻萎落下去,她委屈地冲他的背影喊道:“你也知道我们认识许多年,现在居然为了一个名不见经传才认识几天的小丫头这样对我!”

“我去工作了。”走到大厅,未来立即挣脱他的手,冷冷地说。

望着穿梭于大厅每位模特之间的她,许之俊感到一丝的迷惘。从她莫名地在他的生活中出现那刻起他就不由自主地被她吸引。他一直只在乎他的事业、在乎他的成就、在乎他的亲人,但是从来没有在乎过任何女子。对于感情,他从来都是果断决绝,可现在却偏偏是拿得起,却放不下了。

许之俊无奈地扬了扬眉,感觉情况有点糟,隐藏在体内的所有情感细胞都在暗暗地作祟。对于情感,他向来是被动的,但从他有记忆以来,身边总有女子对他前仆后继,一个接着一个,渐渐地养成他傲慢自大的狂妄性格。江欣,他在国外留学的时候就已经认识了,他们一直是朋友。江欣对他的情谊他不是不知道,只是一直刻意地忽略而已。他很清楚地知道,江欣不属于自己喜欢的那种类型,他对她只有普通朋友之间的情感。想到这里,他忽然又感觉刚才对江欣的行为有点过分，他承认当时自己过于气愤，他是多么的见不得 Kimikou 受委屈啊！他懊恼地拍了拍脑袋，硬着头皮来到江欣的私人化妆室，江欣正坐在那里默默流着眼泪。看见他，她抬起满是泪水的脸，愣愣地看着他。

“你来干什么?”她用纸巾擦拭了一下眼泪，气哆哆地说。

“对不起。”他真诚地道歉。

“嗯? 什么?”她不相信地看着他，怀疑自己是不是听错了，许之俊居然也会说对不起?

“真的对不起!”他的表情很认真。

江欣这才相信自己的耳朵，她咬着唇愣了半天才含泪说:“算了，是我不对。现在我明白了，在你身边这么多年你都从来没有喜欢过我，即使没有 Kimikou 也会有其他的女孩。只是我一直不明白，为什么你就是不能爱我呢?”

“江欣，有的时候，爱只是一个人的事情。例如你对我，我对她。”他难过地说，“原谅我吧！刚才我也很没有教养很没有素质很没有绅士风度，请你原谅。”

她忍不住笑了起来:“之俊，知道吗? 认识你这么多年，第一次知道你也会认错。原来你没有我想象中的那么冷酷！还有，这么多年，你是第一次承认爱上一个女人，真不知道她到底有什么地方好。”

“江欣，她跟你不一样。她是个很寂寞孤独的人。我承认我喜欢她，可是，这只是我一个人的爱情。她，并不喜欢我。至少现在并没有喜欢上我。所以，我恳求你，以后不要为难她。”

江欣扯唇一笑，很高傲地抬起头:“之俊，你放心，以后不会了！我江欣再怎么不济，也不会沦落到跟一个小女孩争风吃醋的地步。

输给她，怪我自己没有本事。类似今天这种很跌身份的事情再也不会发生了，你大可放心！”

从江欣的化妆室出来，许之俊默默地走进自己的工作室，只有他一个人的工作室里静静无声。他靠到沙发上，闭上眼睛，任自己的思绪飞扬。

他突然发现自己或许根本就不懂爱、不懂情。他甚至弄不明白，爱一个人应该要如何去跟她表达，才能让她明白自己的心意？

许之俊一个人在工作室里默默地发着呆，直到自己沉沉地睡去。醒了的时候，他用水洗了把脸。走出工作室来到大厅，发现未来一个人坐在大厅大椅子上抽着烟。

许之俊犹豫了片刻，给自己鼓了鼓勇气，这才向她走去，说：“Kimikou，忙到现在！很辛苦吧？”

“还好！今天这场走秀很精彩，今年的模特大赛中，江欣和一些新人应该很有可能获奖！”

他的目光在她脸上凝滞了好半天，然后低声问她：“怎么还不回去？”

“抽完这支烟就走。”

他转头看了看窗外：“很晚了，天已经黑了，我送你！”

未来默然地看了他一眼，没有拒绝。

坐到车上，许之俊细心地为她系好安全带，她闭着眼睛不想说话。

当车停下来的时候，她发现他把车停在 Waiting 酒吧门前。

“能陪我进去坐坐吗？”他微笑地看着她。

今天酒吧人不多，只有零星几个客人。他把她带到靠窗的一张小桌前，为她点了一杯牛奶。

“威士忌。”未来简短地说。

他的目光在她脸上停顿了几秒钟。“好吧，威士忌。”他对侍者说。酒吧里的光线非常温暖，显得窗外的夜色格外冷清。窗外的景致像一幅色彩沉滞的油画，画面上只有建筑没有行人，城市已睡去。

未来第一次这么近这么仔细地打量着面前这个男人。他的眼神明亮，嘴角有浅浅的隐忍纹。沉默的时候，面孔冷酷，令人难以接近。可是对她，他的面容始终和善，淡淡的笑意，让她感觉很放松，也很信任。

“今天的事情，很对不起。”许之俊突然开口道歉，态度诚恳。

“没什么。”她仰起头大口大口地喝着威士忌。许之俊怔怔地看着她，他从来没有见过哪一个女孩子可以像喝水一样喝着威士忌。

“江欣很喜欢你！”未来放下酒杯，微笑地看着他说。

“是吗？呵呵，可是，我已经有了喜欢的人了。”他低下头注视着手里的酒杯，再一次强调似的说，“是的，我已经有了喜欢的人了。你，有自己喜欢的人吗？”

未来抿了抿嘴，眼中散发出迷惘的光：“喜欢的人？”她的脑海中竟然一闪而过中宇那张淳朴干净的脸。

许之俊又好奇又心酸地问：“怎么？难道你已经有了喜欢的人了？”他继而又笑了笑，“能告诉我他是谁吗？呵呵，你可千万不要告诉我，你喜欢的那个人就是我啊！”

她低下头，看着在灯光下闪亮的酒杯，手中晶亮的玻璃杯让她觉得是一种陪伴，透明的玻璃里的液体没有一点色彩，显得很忧伤。其实，很多年后的今天，她依然能忆起童年时和中宇共同度过的那段时光，很温暖。曾经在她生命中最黑暗的时候，有那么一个人不顾一切地对她好，从来不计较她对他的伤害。那记忆就像寒冬里的一缕阳光透过稠密的瓦砾，照进昏暗的房间，而她一直蜷缩在房间的一角。在她悲伤的时候，那缕捉摸不透的阳光，看上去是那样的真实，就好像他从来都不曾在她的生活中离开过一样。可是，当母亲安亚的脸浮现时，他给予她的那些触手的温暖却又显得那么的虚无。

“我不知道我有没有喜欢的人。我只知道在想念一个人的时候，周围的一切事物都永远是可怜而黯淡的，包括爱情。”

“那么说，我还有机会喽？”许之俊嬉笑着调侃她。

她笑了笑，冲他晃动着手中的酒杯：“我喜欢威士忌这种苦涩在舌头上慢慢渗透进去的感觉，不加冰！”

许之俊收起脸上的戏谑，一脸正经地说：“你这样的女孩，聪明又美丽，却拥有着孤独寂寞的灵魂呢。你很难让人接近，我敢说，你身边的朋友撑死也不会超过两个。”

“孤独？别人都觉得我为人冷漠呢，你为什么觉得是孤独？”

“你给我的感觉是——你一直都生活在悬崖边！你敏感，并且企图想要隐瞒自己的一些心事，你不敢轻易地接近别人或是被别人接近，你是不是有什么难言之隐？”他询问似的看着她，见她不吭声，他又轻描淡写地说：“你甚至都不敢告诉别人你的真实姓名！Kimikou？这个名字一点不符合你！另外，你这种性格的女孩，我猜你一定是水瓶座。只有水瓶座的女孩，才这么复杂！”

未来眯着眼睛看着他，瞳孔收缩像极了一只即将展开攻击的猫：“我是孤独，那些都跟你无关！那是因为我恐惧自己虚弱而自卑的心经受不起刺激，尤其受不了像你这样的大少爷闲得蛋疼来挑逗我的那种刺激！还有，收起你对我的那份好奇心吧，好奇害死猫的道理懂不懂？并且，你这样的人居然还研究星座，真是无聊至极！”

她的反应强烈得令人惊讶，让许之俊措手不及，他傻傻地看着她，不知道该说什么，甚至不敢继续地问下去，她防备的模样令他又好气又好笑。沉默了一会儿，他出其不意地说：“Kimikou，做我的女朋友吧！呃……做我女朋友其实是件很不错的事呢，你看看我，我是个很……很不错的男人，真的！你可以考虑一下我的提议！”

未来看了他老半天，突然爆发出狂笑：“哈哈，你求爱的样子看起来好认真哦。玩世不恭的许之俊带着认真的表情认真地示爱真是搞笑极了……哈哈，你想说什么呢？想说你喜欢我吗？”

许之俊的脸有点红，他悻悻地笑了笑：“最近这些日子，对我们许家人来说真不是个好日子，先是我妹妹失恋，现在又是我这么优秀的人求爱居然遭受嘲笑！哎，唯一值得安慰的是，终于又看到你笑了，虽然是调侃我的笑。不过，说真的，你笑起来的样子真丑，难怪你不爱笑呢！”

未来冲他咧了咧嘴，不满地问：“什么呀，真的很丑吗？”

离开酒吧，他送她回家。下车前，她对着前视镜照了照，张嘴笑着自言自语地说：“我笑起来很丑吗？呵呵，好像真的很丑啊！”

许之俊忍不住笑着摇了摇头，这时候的她真像个小孩子！

一回到家，打开门就听到外婆咳嗽的声音，外婆的气管炎越来越严重了。未来走进外婆的房间替她掖了掖被子，望着外婆那皱纹纵横的脸，她的泪水无声地流了下来。外婆的身体越来越衰弱，黑暗中，她呼吸的气息都那么微弱，给人一种气若游丝的感觉。

外婆,你还可以陪我多久？未来在外婆的床前默默地坐了一会儿。

夜晚总是那么的宁静,那抹夜的黑温柔地悬浮在空气周围。回到房间,未来躺在床上怎么也睡不着,她的耳边又想起深夜母亲穿着高跟鞋不停在地板上走动而发出的笃笃声。

妈妈,你在那边,还穿高跟鞋吗？

未来叹了口气,她悲哀地发现自己只拥有这片静如止水的黑暗,还有关于童年、母亲、死亡和迷乱的记忆。除了这些她一无所有。闭上眼睛,脑海里却又浮现母亲穿着宽大的浴袍和高跟鞋的样子,她的脚趾永远涂着蓝色的指甲油。

母亲一直在地板上走来走去,走来走去。

母亲回过头对她说:"未来,他说我穿高跟鞋的样子很美。"

母亲说:"未来,他说他喜欢我涂着蓝色指甲油穿着高跟鞋走路的样子,他说我像 18 世纪的油画。"

母亲说:"未来,为什么人的变化那么大？为什么他说变就变了？"

母亲说:"未来,他为什么可以这么对待我,让我绝望？"

母亲说:"未来,对于那些不爱我们的人,我们不能付出,付出了就有难以逃脱的罪。"

母亲说:"未来,生命对于我来说,已经没有意义了！"

……

后来,母亲连睡觉的时候都穿着那些高跟鞋。母亲害怕他回来的时候看见她没有穿高跟鞋不像油画他就不会爱她了。

有时候,母亲整夜无法入睡,她一直在房间徘徊着、犹豫着,突然就会发出歇斯底里的哭声。小小的她躲在床角捂着耳朵发抖,她能听到自己那濒临窒息的呼吸声。

母亲的高跟鞋跟地板发出的那种寂寞的叩击声，后来一直在她的生命中回响着，所以她无法再面对高跟鞋。她想，自己这辈子都不会穿高跟鞋的！

她和母亲安亚一样地想不通：人，为什么可以很爱一个人？又为什么可以在很短的时间里爱上别的人？爱情，在一个转身间就可以突然来到，也可以在一朵花落的时间里离开。可是为什么有的人就是总也忘记不了爱的那个人呢？例如母亲安亚。她在自己的那场爱情里，付出了生命的代价。

未来想起父亲跟母亲最后在一起的道别，他的眼神中只透露出那么一丝不舍，也不多说话，只是不时地向母亲保证会一直供给女儿抚养费。他就那么眼睁睁地看着眼前柔弱倔强的女人默默心碎，大概是母亲绝望的表情令他有点不忍心，他突然缓缓地伸手抚上她温软苍白的嘴唇。顿时，母亲的眼睛刹那变得炯炯有神，目光柔和到可以把他捏碎。未来躲在旁边静静地看着母亲，她是多么美的女子啊！

然而，竟即使到了离别之悲伤时刻，他也只是面无表情，不置一词。

呵，安亚，这一刻，你后悔吗？除了伤心绝望，在你的心里，有过后悔吗？他的面无表情，他走得理直气壮。这些，你后悔过吗？你真的从来没有后悔过自己竟然把所有的感情交付给这样的男子？也许一直到最后，你也没有后悔。可是，这一切却让我愤怒。

那天，父亲走后，母亲带着她一直逛，逛到她哀哀地哭诉自己的腿快要断了。

然后回到家。

她默默地躲到房间的角落，战战兢兢地窥视着母亲。母亲表情严肃而冷漠地看着前方，目光毫无焦点。突然，毫无防备的，母亲开始蹲下身体低微地哭泣，像是某种受伤的柔软动物，哀求善人的救援。那一刻，她整个人如同被封闭入寒冷的冰窟，那是她第一次看到母亲如此伤心绝望地哭泣，母亲一直是那么的倔强冷漠，从来不肯轻易表露感情。那也是幼小的她，第一次被悸动了惶恐的心，她惶恐得头脑眩晕手足无力。未来深蹙着眉，走到母亲面前抿紧嘴巴不说话，只是定定地看着母亲。母亲抬起头，满脸泪水。她静静地看着未来，脸上带着静静的微笑，她的手轻轻抚摸着未来那光滑细腻的脸，轻轻安慰她："未来，不怕，有安亚呢！有你的妈妈安亚呢……"

安亚，你也别哭，你有未来呢！我在。……

安亚，那些痛苦，我一定要还给给予我们的人。

第五章：世界都慌了

她的眼前是空落的都市

不能再空了。

她的身体有金属的光泽

在夜晚会发出声音：

雨声，哭声，皮肤干涸的声音，

心里，被火燃烧的啪啪声

还有一些声音，没人能够听见

如果你害怕

你就逃吧，跨过一道沟渠

否则

就要记住，你没有亲人

并且很快就学会了忘记

沉闷了好长时间的天空,终于在这个早晨,伴随着轰隆隆的雷鸣下起了雨。中宇拉开窗帘,窗外不远处的几棵樟树被豆大的雨滴砸得狼狈不堪,浓重的乌云让整个天空都变得昏暗起来。时间总是过得如此飞快。李佩打来电话告诉中宇,父亲的生日到了,一家人在一起吃顿饭。中宇这才想起自己又有一个多月没有回家。

到家的时候,菜已经摆好了。李佩穿着一身红色的旗袍,使苗条的身材特别引人注目。

“妈,你越来越年轻了,出门的话没有人相信我是你儿子,都会以为我是你弟弟呢！眼神不好的话没准以为我是你哥。”中宇拥住正在亲自忙碌的李佩说。

“你呀,就会跟我贫嘴。这么多天也不回家看看,心里都快忘了我这个妈!”李佩开始埋怨他。

中宇呵呵一笑,看见父亲拿出一瓶德产威士忌,连忙接过来打开为父亲斟上。

“快吃吧,菜都凉了。都是你跟你爸最爱吃的菜。”李佩忙着为儿子夹菜,她看着有些消瘦的中宇,心疼地问,“中宇,你跟碧寒是怎么回事？为什么突然分手了？是不是她不要你了？瞧你瘦成这个样子！肯定是碧寒不要你了！以前我多次跟你说过她不适合你，你一直都坚持着不动摇，现在说分手就分手，这丫头可真没良心！我们中宇哪里配不上她了……”

任鑫楠也停下筷子带着一脸询问看着他。

中宇深吸了一口气，老实承认说：“不是。其实是因为，我真的爱上了一个女孩。”

李佩奇怪极了，问：“真的爱上了一个女孩？跟碧寒在一起难道不是因为真爱她吗？你直接说你爱上了别人得了。”

“不是，真的不是。见到那个女孩以后我才知道，原来我从来没有爱过碧寒。”

一直在沉默的任鑫楠再也听不下去了，他瞪着眼睛对中宇吼道：“小子，没有爱过为什么要跟碧寒在一起？有时候你带给别人的伤害，你一辈子都还不起的，你知道吗？”

中宇沉默了，好半天，他艰难地开口说：“对不起！这一辈子，我只对不起一个人，那就是碧寒。除此以外，我永远不会再对不起第二个人了！除了爱她，我愿意为碧寒做任何事情来弥补自己对她的伤害！”

父亲沉着脸，把筷子往桌上用力一放，起身往楼上走去。李佩的心里很不是滋味，她冲着任鑫楠的背影低声说：“你还是忘不了！中宇好不容易回来一趟，你非要责备他。”

转过身，李佩小心翼翼地安慰中宇说：“你爸爸想起一些事情心情不大好，你别往心里去！”

中宇叹了口气，问：“妈，人有前世吗？为什么见到她时，我有种很熟悉的感觉？仿佛在几个世纪前便认识她了。”

“你嘴里的那个‘她’，叫什么名字？”

“亚亚。”

李佩用手抚摸着中宇的脸，认真地说："儿子，真爱的话就好好地对待她。一辈子！哪怕今后你会遇到更好的女孩！她爱你吗？"

中宇的脸闪现出一丝困惑。

"怎么？她不爱你吗？我的中宇这么优秀，她没有理由不爱你！"李佩敏感地捕捉到他的犹豫。

中宇腼腆地笑了笑："妈，自己养的公鸡都觉得冠子比别人家的红，你的儿子在你心目中恐怕就是天底下最优秀的了！可是，别人未必也这么想。"

李佩挑了挑眉，不屑地说："我儿子本来就优秀！外貌英俊，青年才俊，哪家姑娘看不中你，除非她是个瞎子！"说完，她看了看中宇的脸色，又小心翼翼地问，"怎么？那女孩不爱你吗？她是不是已经有了意中人？我就不信，还有谁能超过你！"

"哦，不是的。她也爱我！只是，她的性格有很多矛盾的地方，呵呵，或许是因为她是水瓶座的缘故吧。"

李佩白了他一眼："什么星座不星座的，这个都是无稽之谈！她爱不爱你，你应该能感觉出来的，跟星座有什么关系！"

中宇笑笑不吭声，他低下头吃着菜。

离开家回公寓的路上，他想起母亲的话，在心中问自己：她爱我吗？

他有不确定感。她的心像个深渊，里面有许多复杂的内容，他不知道那些内容是什么，而她在他面前也刻意隐藏那些内容。他隐隐有了一种危机感，最近他常常做一些噩梦。梦是稀奇古怪的，有时他正带着她在天空自在地飞翔，可突然间天空电闪雷鸣，刮起狂风，下起暴雨。他带着她在黑沉沉的雨雾中拼命挣扎，看不见彼此，惊雷在头顶响个不停，每一道闪电都让他感觉被劈成了两半，在突然坠地的瞬间，他绝望地发现自己找不到她。

回到公寓时，是下午1点。

刚放好热水，准备洗个澡，门铃响了。打开门，未来亭亭地站在门口。望着他一脸的惊讶，她妩媚地一笑：“怎么？不欢迎我吗？”

欢迎！怎么会不欢迎呢！他一万分地欢迎！

进门后，她脱掉鞋子径直走到客厅的沙发上躺下了。她闭上眼睛似乎很困，他为她冲了杯咖啡放到她面前的茶几上，然后坐到她的对面。

她睁开眼睛，透过大玻璃窗往外看着天空，她突然说：“像我这样躺着看天空，天空特别蓝。天空本来距离我们很遥远，然而，躺着的时候，那片缠绵琉璃的蓝仿佛就在我的脚下。你看，现在只要我抬起脚，就能贴住天空。”

中宇顺着她的脚看过去，可他的眼里只有她白皙小巧的脚丫。

“中宇，有时候我真他妈的希望自己可以清心寡欲、无牵无挂、无痛无痒，我也不想自己那么的混蛋……”

中宇迷茫地看着她，不知道她在胡言乱语什么。

她叹了口气：“中宇，我们两个，原本并不相干，却硬是被错综复杂的人生给牵扯在一起。中宇，将来请你永远不要原谅那些伤害你的人——包括我。”

中宇愣愣地注视着她，眼中是迷离，还有一些晦涩难懂的东西，他淡淡地说：“你是不是喝酒了？”

“我时常想，母亲会在天空中某个地方看着我，这样想的时候我就不会很难过。今天是我母亲的忌日！”她梦幻般低沉的声音让他的身体里燃烧起一片灼热的火焰，那种猛烈的灼热，夹带着疼痛吞噬着他。这一瞬间，他发不出声音，也不敢看她，看她一眼他的心就像被什么咬了一口似的，难受。

她坐起来向他走去，伸手搂住他的脖子，她就那么静静地看着他，像一朵柔弱而强悍的花。

“亚亚，告诉我你所有的孤独，让我们一起赶走你心底阴沉昏暗的东西好吗？”中宇紧紧地拥住她。

“我恨我的父亲！”她轻轻开口说。

“恨？”

“是的，很恨很恨！”她把头埋进他怀里，说，“我恨极了他！在我读大学的时候，我用酒瓶敲破教授的头，因为那教授让我想起了我的父亲，我因此被开除了。”

“你的父亲不是已经不在世了吗？亚亚，他都已经去世了，放下那些仇恨吧。”

“我没有办法放下！因为他夺走了我所有的希望。他让我活得如此绝望，让我茫然无依！我是水瓶座，不要忘了，水瓶座的女孩受到伤害后不会轻易原谅的。”

她抬起头凝视着他，用手轻轻地抚摸着他的眼睛、鼻子、嘴巴，轻轻触及，似害怕惊动。她突然捧住他的脸亲吻他。

她的嘴唇裂开了一个伤口，腥热的血染在他的唇上。中宇睁开眼睛，慌乱地用手帮她拭去唇上的血，皱着眉头说：“你要补充维生素C，你的皮肤很干。”

“有烟吗？”她问。

“你一定要抽烟吗？对皮肤很不好。”中宇无奈地把烟递给她。

她的声音中有着淡淡的疲惫：“中宇，你爱我吗？”

她眼中的寂寥真切得有些气急败坏，中宇的眼睛有些湿润：

“我似乎很早很早以前就认识你一般，我不知道为什么总有种似曾相识的感觉。我甚至不知道什么是真正的爱情，因为我仿佛从来就没有爱过。可遇上你以后，我只知道自己很舍不得你，恨不得把世界上所有美好的东西都捧来给你！包括我的心！可是亚亚，你爱我吗？为什么你看着我的时候眼中没有一丝的感情？”

未来的心刹那间如被飓风扫过，一片荒芜，只有他屹立其间。她懊恼地发现，他不知道在什么时候已悄悄地住进了她的心。她颤抖着手回忆着那个有他的梦境。她梦境中的夕阳下，有着大片大片蔓延至地平线的向日葵，而他逆着光，带着一脸淳朴的微笑向她走来。他脸上的笑温暖得令那金色的夕阳也大惊失色，那满地的向日葵都自惭形秽，天地芳华，不及他的一个微笑。

她如何不爱他？她多么希望自己可以不爱他！

她的脸变幻莫测，低头用力地吸了几口烟，她绕开他的问题，开口问他：“你的爸爸，他，爱你的妈妈吗？”

“是的。他很爱她。他只爱我妈一个。”中宇毫不犹豫地说。

未来的泪水哗啦一下涌了出来。烟熏的吧！

她捻灭了烟头，赤着脚跳下沙发在地上旋转了一个圈，向他伸出手：“来，中宇，我们来跳舞。”

中宇跳舞的样子很笨，她咯咯地笑了，笑容如同伸展开的花瓣，让他想起天空中铺散开的烟火，灿烂美丽而又短暂。他不敢眨眼，捕捉着花瓣的每个角落。在某一刻，中宇小海豚般善良而挚爱的眼睛让未来迷惑，她感觉自己似乎真的爱上他了。但只一瞬间，她的心又恢复成坚硬如铁了。她不想让他看到自己悲伤的眼神，她此生注定负他，若有来世，她希望他可以不再遇到自己。

呵，中宇，我的快乐只有在抬头看天空的时候才能发现，而痛苦却建立在与脚趾接触的大地上，我不能总是抬头看天空啊！所以，我总是不快乐。

中宇呵，我没有选择！

此刻，门在背后无声地打开，未来一抬头，碧寒的脸撞入眼帘，她手里拿着钥匙呆若木鸡地站在门口，脸色煞白。中宇松开未来的手，还没有来得及说话，碧寒已经冲了过来清脆地甩了未来两个耳光。

“许碧寒，你是不是疯了？”中宇气急败坏地一把抓住碧寒的胳膊，对她怒目以示。碧寒挣扎了几下，胳膊上的疼痛让她的心很受伤，泪水大颗大颗地滚落下来。

“许碧寒，我们之间，我认为我已经说得比较清楚了！我们已经分手了！你再这样，以后，我们连朋友都没办法当。我再也不想见到你了！”中宇铁青着脸，绝情的话像把利剑毫不留情地刺入碧寒的心脏。碧寒那充盈着泪水的眼直勾勾地盯着他，哗啦啦的泪水尽情流淌着她所有的哀怨。中宇缓缓地松开她，面无表情地取走她手中的钥匙，冷冷地说：“钥匙我拿走了，以后，请你不要再来了。”

碧寒的心像裂开了一般，她的脸上浮现出一丝惨白的笑，眼前的中宇一脸漠然，好像跟她从来就不曾相识一般。未来眼底的嘲讽直露不遗，这份嘲讽令碧寒如鲠在喉，她呜咽着冲中宇吼道：“任中宇，为了一个来路不明不清不楚的女人，你至于这么对我吗？你才认识她多长时间啊！你看看她，她到底哪点比我好？”

未来感觉鼻子一凉，还未反应过来，几滴鼻血像鲜红的花儿开放在她的胸口。

“天啦，你流鼻血了！”中宇惊叫一声，他忙不迭地冲过去一把扶住未来，用湿巾堵住她的鼻孔。他眼里的关切心疼紧张再次刺伤了碧寒，伤得她想要转身逃离这里。可还没等她迈开步子，中宇决然又平静地对她说："碧寒，我为我自己对你造成的伤害向你道歉！对不起！真心的！你可以打我骂我，随便你提什么要求，只要是我能力范围内的，我一定满足你。请你不要迁怒于其他人，她是无辜的。对不起你的人是我！"

眼泪顺着碧寒的眼角缓缓下流，可她却放声大笑，笑得肚子都疼了，好像听到了一个特别好笑的笑话一般。她的声音中带着水蒸气般的潮湿，缓缓地说："真的吗？只要是你能力范围内的都可以满足我？好，那我提个要求——请你，爱上我！"中宇头也没抬，只丢给她两个字："抱歉！"他的目光一直停留在怀里流着鼻血的女子身上，他的眸子里有着春日清晨玫瑰花瓣上流动的清亮露水，即使隔得老远，碧寒也看得出这一点。他眸子里的爱意令碧寒不忍再看第二眼，于是，她扭头摔门而去，几乎是落荒而逃。

中宇帮她拿下纸巾，以为鼻血不会再流了，可却有冰凉的液体滴在他的手背上。接着，一股甜腥的味道飘散开来。中宇略微有些发愣，低头一看，艳红色如半开的玫瑰一样的血，在他的手背上绽放。于是他不由分说把她抱到浴室打开水龙头，开始用凉水拍她的额头，忧心地说："血怎么还没有止住？这两巴掌是不是把你鼻腔里的毛细血管给打破裂了？走，我们去医院……"

"不。我不想去医院！"她毫不犹豫地拒绝。

"为什么？去检查一下比较放心。"他哑着声音沉声说，"都怪我。你这两巴掌挨得真冤，她应该打我才对。去医院吧，否则我不安心。"

"不去。一切跟死亡有关的地方，我都不想去。"她犹豫了一下，继续补充说，“最近我上火，偶尔会流鼻血，跟她的巴掌无关。”

鼻血终于止住了。

“到沙发上休息一下，我给你做糖水鸡蛋，补补身子。”他的脸变得红红的，很不好意思地坦白，“对不起，我只会做糖水鸡蛋。”他脸上浅浅的有点局促的笑，犹如一幅轻写诗韵的水墨画，温暖又安然。望着她清亮的眼睛，他向她保证说：“不过，以后我会学的！你喜欢吃什么，我都会学着做。”

望着他在厨房忙碌的身影，未来心里一些繁杂的心事和迷茫在囤积着，堵塞着，她赶紧把目光移开，投向窗外。他的一举一动、他的笑……他所有的一切如风景般在她的脑海中恍惚而过，不知道记忆是否抓取了某一幕。

安亚，我该放弃吗？

我，好像真的爱上了他！

未来闭上眼睛，努力想要摒弃有关他的所有气息，她不能爱上他！他是她的仇人！而且，他是她的弟弟！

未来忽然感觉眼前的光线暗淡下来，她像受到惊吓似的猛地睁开眼睛，所有的光线从中宇的背后散开，她恍若看见天使。他捧着糖水鸡蛋，微微蹲下身体，问：“要我喂你吗，或者你自己吃？”

见她不吭声，他便自顾用汤勺递了一口汤给她，她笑了笑，顺从地张开嘴。吃完糖水鸡蛋，已经是下午 4 点多。她起身告别，中宇起身拿钥匙，不容置辩地说：“我送你！”

“不！”她的眼神倔强，毫无商量。

她打开厚重的防盗门，弯下腰开始穿鞋子。当她穿好鞋子刚站直身子，就被拥入一个温暖的怀抱，接着，一个蜻蜓点水般的亲吻落在她的额头上。抬起头，落入眼帘的是中宇那张轮廓分明带着忐忑不安的脸。泪水一下子涌了出来，这个吻令她的心湖有了久久不散的涟漪。它很轻很淡，像一缕清风颤巍巍地掠过一面深湖。未来清楚地感触到那湖水绽开的花纹，那是爱情光临的声音！中宇面对她的泪水，显然不知所措了，未来伸出手紧紧地搂住他的脖子。

呵，中宇，你就是那早春穿水渡花而来的风，在她的生命里蛰伏了这么多年。

手机突兀地响起，是柳情。挂掉电话，她抱歉地向中宇道别："我有朋友在等我。"

未来来到约定好的茶楼时，柳情已经到了。

柳情看上去有些疲惫，眼部四周有一圈青紫色。

"未来，能不能再……借点钱给我？"柳情不敢看她的眼睛。

"什么？上星期借给你的钱这么快就用完了吗？"未来有些吃惊。

柳情不说话。

"你要多少？我身上只有两千块。"

"能借给我一万块吗？"柳情低着头，缓慢而细微地呼吸。

未来警觉起来，只觉得心头被一片阴影笼罩住了。她怀疑地看着柳情质问："柳情，我知道你用不了那么多钱，最近你陆陆续续地拿走了不少钱，告诉我，这些钱你都花在什么地方了？"

"未来，我一直没有告诉你，其实，我有个弟弟，他……他生病了，我需要些钱。"柳情的目光闪烁不定。

未来目不转睛地看着她，不说话。好半天，她才终于缓缓地开口："那么，我借给你。"

去银行取钱的路上，柳情的眼中充满了水雾，恍惚而不定。当未来把钱交到她手上时,柳情忽然哭了。未来轻轻拍着她,说:“别哭,不管什么时候我都会帮你的!”

天突然下起雨来,行人匆忙起来。望着柳情单薄的身影逐渐消失在雨中,未来心中的阴影怎么也消散不去。

到家时,外婆正戴着老花眼镜坐在板凳上绕毛线。外婆的视力、听力和脚力都明显开始衰退了。未来看着灯光下外婆的白发,鼻子一酸。接过外婆手中的毛线,未来责怪地说:“外婆,医生叫你多休息的,怎么又绕起毛线来了?”外婆呵呵地笑了,说:“我想为你织件毛衣,街上买的穿着不暖和的!”

未来低着头没有说话。

外婆摘下眼镜,用手揉了揉有点肿胀的眼:“唉!未来,外婆真的老了!外婆要是不在了,你该怎么生活呢?我真的不放心你啊!”

未来放下手中的毛线,默然地帮外婆揉着腿。

“未来,答应我,忘记心中的仇恨吧!去嫁个好男人,好好地生活!外婆什么愿望都没有,只希望我的未来今后能幸福地生活。”外婆抚摩着她的头发。未来抬起头,外婆慈祥的眼睛闪现着泪花,未来不忍心再看一眼。

“外婆,你吃过了吗?”

“吃了,隔壁大婶送了水饺过来。”

说完话,外婆突然猛烈地咳嗽起来,未来忙搀扶她躺到床上。她帮外婆脱掉外衣和鞋子,扶着外婆慢慢躺下盖好被子。然后,她坐在床边的沙发上,看着外婆,直到外婆静静地入睡。

回到房间,抽着烟,未来心中充满了迷茫。她拿起笔,又开始她的述说。

安亚：

外婆总是对着我念《圣经》，她希望我可以遗忘一切，因为回忆对我来说是痛苦的。经过这么长的时间，我终于学会了等待！学会在寂寞中等待！等待着反击那些痛。安亚，你不在我身边，我的路，要一个人走下去。

外婆说，沿着一条河，慢慢地往上游走，往上游走，最后就会看见一条美丽的山泉。喝了山泉的水，什么痛都可以忘记。

于是我就沿着我们以前走过的那条不知名的河，慢慢地往上游走，往上游走。我看见生长在水边的芦苇和竹子，看见漂泊在水上的浮萍和青菱，也看见水底清白如玉的小石子和静静沉淀在水底的沙子。可是，我从未看见过那山泉。

所以我无法忘记我的痛。

我常常在想，我要怎么样做才能让他们体会到我们当初的那种刻骨铭心的痛？那痛让我一直无法好好生活，它们总是这样地跟着我如影相随。那些痛苦，或许会伴随我的一生。安亚，你可以忘记吗？

我想，我无法忘记。

未来扔下笔，怔怔地注视着手中正在燃烧的烟。忘记心中的恨？心中没有了恨，她还剩下什么？

香烟的火星在不安地跳动，仿佛一个快要结束的生命在闪耀着最后的灵光，朦胧得如梦似幻。

夜已经很深了，繁华的都市已经沉寂下来，静谧中透露着诡异。未来一直在注视着燃烧的烟头，母亲耷拉的脖子上，那嵌入肉中的蓝色丝巾在又在眼前飘荡着……未来恼怒地将烟头扔向窗外，那红红的一点随风直飘远处，在它最后归于宁静的一瞬间，她蓦然平静下来。

第二天早上起来的时候，看见外婆又坐在沙发上织毛衣。这时，几个老人过来喊外婆去教堂，未来这才想起今天是礼拜天了。忽然有种疲惫的感觉，今天她休息，不用上班。

锅里外婆已煮好稀饭，未来盛了一碗，喝着喝着就掉下大颗大颗的泪水。她不知道自己最近怎么了，为什么动不动就会流下眼泪。心中的伤口又变得鲜血淋淋，母亲的脸总闪现在眼前，挥都挥不走，她只有痛苦地闭上眼睛。有时候，她感觉柳情的脸跟母亲的脸重叠在一起，柳情的神色像极了母亲安亚。也许正因为这份相似，所以她在柳情那里，哪怕一句交谈的话都没有，只要柳情默默地坐在身边，就可以让她的心安定下来。

碧寒穿着白大褂的样子又好看又圣洁，她和病人说话时温润的嗓音，还有触摸病人肚腹时手指的轻柔，都让她的病人们深深喜欢她。她是位优秀的胸外科医生，深受病人的尊重。可这几日清晨查房时，连科室的护工都能看得出来她心不在焉，那红肿的眼睛，似乎哭了几万年。她不敢去想那天的一幕，她努力控制自己不再去想中宇。上午做完一台手术后，碧寒觉得全身每个毛孔都散发出疲倦。回到办公室，走到阳台上闭着眼睛，站在阳光下思念着中宇，对着太阳，泪水却怎么也蒸发不了。从小到大，她一直是优秀的，从来没有任何的困难是她的优秀所不能解决的，老师、同学、朋友、父母、哥哥没有不喜欢她不让着她的。可是她现在遇到的困境，即使她再优秀一百倍也没有办法去解决。她也痛恨自己没出息，她该像电视剧上演的那样，冲他们淡然一笑，然后祝他们幸福再潇洒地转身离开……可是，痛苦和脆弱却像只吸盘一般牢固地和她的灵魂吸附在一起，她的世界是一片混乱。她懊恼地用拳头砸着自己的脑袋，以往那个冷静、高傲、理智、自信的许碧寒哪里去了？

碧寒拖着沉重的脚步走到宽大的办公桌前坐了下来，默默地流着泪，哭着哭着便迷迷糊糊睡着了。她梦见自己躺在手术室，密封的手术间只有她，还有中宇爱的那个女孩。她躺在手术台上，那个女孩操起手术刀，像剖鱼似的把她从头到脚剖开，场面恐怖极了。她没有办法死去，害怕得浑身发抖。这时，中宇忽然推开手术室门走了进来，他看也不看被那女孩剖成两半的她。他拿起锋利的手术刀剖开胸膛，捧出他那颗鲜活的心脏递给女孩。被剖成两半的她泪流满面地冲他喊：你傻啊，你再怎么爱她也不能把自己的心捧给她……

护士来敲门，碧寒这才从这场光怪陆离的梦境中惊醒。她心有余悸，身体依然颤抖，脸上的泪水滂沱，泪眼蒙眬的她怔怔地盯着护士，那样子无助极了。护士尴尬又关切地问："许医生，没事吧？不舒服的话就请假回去休息一下吧。"碧寒赶紧拭了拭泪水，努力地挤出一个笑，对护士说："没事，睡着了，做了个噩梦！你有事吗？"

护士递给她几个单子，笑着说："许医生，这是你前几天交代让我去化验室拿的体检报告。"望着一脸迷惑的碧寒，护士补充说，"上次你说你公公婆婆的体检报告，出来的时候让我拿过来。"

碧寒惨然一笑，公公婆婆？她无力地冲护士挥挥手，说："放桌子上吧！我要休息一下，今天不要安排其他手术了，我累坏了。"

护士轻轻帮她掩好门，一个人的办公室显得特别空旷，碧寒深吸一口气，想要摆脱恼人的糟糕心绪。她随手翻了翻桌上的体检报告，任鑫楠和李佩的报告单上一切正常，只是任鑫楠的血压、血糖都有些偏高。想起上次他们来体检，她是以准儿媳的身份陪同他们的，而如今……想想真是笑话啊！碧寒有些苦恼地考虑着，她是该把这报告单亲手交到中宇的手里，还是干脆发快递给他送过去，或者是打他的电话，让他来取？其实，她内心里真实的想法是，她该亲自给他送去，至少可以看他一眼，也好解解自己的相思之苦。这个念头一闪，碧寒又无奈地暗骂自己一声“真傻”……

突然，她无意中翻阅到体检报告单上任鑫楠的血型一栏，任鑫楠是 AB 型血，顿时，疑惑如同电光火石般四射，她记得中宇来他们医院献血的那次，她亲自给他抽的血，之后的献血证也是她亲自取的，她很清楚地记得中宇的血型是 O 型……想到这里，她忆起中宇的献血证还在自己的家里，她忘记给他了。碧寒站了起来，抓起桌上的车钥匙朝门外冲去，来到医院停车场取车。坐在车上，她给护士长打电话请了假，之后以飞一般的速度向家驶去。当她回到家翻箱倒柜地翻出中宇的献血证，看到上面清晰的 O 型时，她目瞪口呆一屁股跌倒在地上。按照血型遗传定律，父亲是 AB 型，母亲不论是什么血型，都生不出 O 型的孩子。那么说，中宇不是任鑫楠的亲生孩子？此时，碧寒急切地想要知道答案，她掏出电话拨打中宇的手机，可这个念头只一闪而过，她便立刻掐断了通话改拨李佩的手机。电话接通之际，碧寒单刀直入地说：“阿姨，我有个事情想请教你！”

电话那头，李佩毫不犹豫地制止她说：“对不起碧寒，如果是因为中宇的事情，请你们自己处理。做母亲的也不好干涉儿子的感情生活。”

碧寒一愣，原来李佩以为自己是来她这里求救兵的，还是实话实说了吧。碧寒轻声地问：“阿姨，中宇不是伯父亲生的这件事，中宇知道吗？”

电话那头的李佩如遭雷击，震惊令她的耳膜嗡嗡作响，她压低声音，可电话那头的碧寒依旧能听出她声音的颤抖：“你不要胡扯！谁告诉你的？”

碧寒微微蹙了蹙眉头，看情况，估计中宇并不知道，也许，连任鑫楠都未必知道这件事呢。碧寒的心已如波涛汹涌，但表面却还装作十分淡然地说：“伯父的血型是 AB 型，这个血型的父亲是不可能生出 O 型血的孩子的，无论你是什么血型！”

李佩真被吓得不轻，她的手心直冒冷汗，这是她隐藏多年的秘密，除了自己没有任何人知道。她铁青着脸说：“碧寒，这件事，请你不要告诉任何人！我们见面谈吧！”

“好。”挂掉电话，碧寒陷入了片刻的沉思，但她很快就打起精神往约定的地点赶去。碧寒到的时候，李佩已经在约定的地点等候多时了。李佩穿着一件绿色的风衣，白皙的肌肤在阳光下几近平滑的绸缎，就像春天繁盛开放的植物。都已经四十多岁的中年女子了，能保养到这个程度，真叫人羡慕啊。

“阿姨，您好。”碧寒连忙上前打招呼。

李佩阴沉着脸看着她，细细端详了她半天，这才低声说：“碧寒，我以为你是心思单纯的好孩子，没想到……不错，中宇的确不是任鑫楠的亲生儿子！你说吧，你要怎么样才肯替我保守这个秘密？”

碧寒惊讶地看着她，李佩冷冷笑了笑，语气依旧是温和的，她脸上的微笑仿佛机器定制一般生硬。她微微昂着头,说:“只要你开的条件在我能力范围内,我都会满足你!中宇不是他爸爸的亲生孩子,这件事情目前只有你我知道,我希望这件事你可以彻底地忘掉它。你看,中宇长得多么像鑫楠啊!”

碧寒深深吸了口气,说:“阿姨,我不是拿这个来威胁您的。我是无意中发现的。您和伯父的体检报告单上,伯父的血型是AB型,而中宇却是O型血。按照医学上的遗传定律,AB型的父亲是不可能生出O型血的孩子……”

“所以呢?”李佩斜睨着她,带着个有趣的怀疑般的微笑。

“中宇的亲生父亲是谁?”碧寒好奇地问道。

李佩紧抿着唇,用她那炯炯逼人的目光在碧寒的脸上上上下下地逡巡着。然后,她的目光逐渐转变,变得温柔细腻又充满着无奈和伤感,她的眼眶已经开始泛红,叹息着说:“碧寒,这是我的一个伤痛!我和你伯父相爱的时候,那时的他令我很痛苦!有一次争吵之后,我一个人去酒吧买醉,我喝多了,被人强奸。之后,我就怀了中宇……你伯父他,并不知道中宇不是他的孩子……我也有点怀疑,可却不确定。一直以来,我都刻意地忽略这件事,我努力忘记这痛苦的往事……你也看到了,中宇长得很像鑫楠……碧寒,我和你伯父的年纪都大了,你伯父他承受不起这样的事实,这件事,就请你忘记吧!”

碧寒感觉此时的阳光特别刺眼,照得她眼睛发酸,她情不自禁地抬起胳膊遮住阳光。这一刻,她的心如同长满荒草的废墟,中宇待她如此绝情,而此刻,她却为他伤心难过,为他的身世陷入不可抑制的悲戚中……

中宇,若是知道这个事实,他会受到多大打击!

见她陷入沉默，李佩的脸上露出嘲讽的笑，沉稳老练的她眼中如起了迷雾般的森林，让人捉摸不透。她审视着碧寒说："那我们来做个交易吧——你帮我保守秘密，我来帮你得到中宇的爱！怎么样？说老实话，本来我并不是很中意你，可现在，我倒十分地赏识你！你很有心计，这很好！我们家中宇是那么淳朴善良，有个心计深的老婆不是一件坏事，况且你还这么喜欢他！把他交给你，我放心。"李佩想了想，又软软地说，"你跟中宇分手的这段时间，消瘦了不少。当初的我，在面对感情的时候也是这么的无奈。你放心，中宇那边，我会帮你的。"

碧寒轻蹙了一下眉头，困惑地望着李佩，问："阿姨，你以为我是拿这件事来威胁你的？还有，你打算一辈子瞒着中宇吗？他有权利知道自己的身世啊！"

李佩挑了挑眉头："怎么，你以为中宇知道事情的真相，他会更加开心吗？他会生活得更好吗？鑫楠还有一个女儿，如果他知道中宇不是自己的亲生孩子，他的财产中宇没有丝毫的份，你认为把这个真相捅出去，是为中宇好吗？有的时候，我们必须要对身边的人进行善意的隐瞒！"

碧寒怔怔地看着李佩，努力思索着。对中宇，她已思念成海，昼夜不息。她握紧的拳头又再度地紧了紧，手心的肉被硌得生疼。许久，她终于抬起头直视着李佩，缓缓地说："阿姨，我答应你！不是为了交易，是为了幸福！我爱中宇，我希望他可以生活得幸福！中宇喜欢的那个女孩，她太苍白清冷了，她不能给中宇带来幸福，她不适合中宇！和她在一起，我有一种直觉，她会让中宇觉得很累！不是为了交易，而是为了我们大家的幸福，阿姨，请你帮我赢得中宇的心。我会死死帮你守住这个秘密。"

李佩嘴角勾起一个浅浅的笑，不置可否地说："为了交易也好，幸福也罢，请你记住你对我的承诺！"

碧寒沉默着点点头。李佩淡淡地说："噢，对了，对于感情的事情，你不可以坐以待毙，你应该主动出击。不是有句话，女追男隔层纸嘛！"

碧寒黯然地说："可是，中宇他根本不肯见我！"

李佩想了想，说："这样吧，我会安排你和中宇见面的。我该走了，再见。"

碧寒目送她离开，又一个人闷闷地发了会儿呆，这才带着沉甸甸的心朝家赶去。

一个人的心里装着秘密，尤其是自己爱的人的秘密，那是很沉重的。更何况，有关中宇身世的秘密来得太仓促，在碧寒还来不及做出任何准备之际，中宇转身绝情地离开她，却抛给她这么一个秘密。

每晚，碧寒都会失眠，她躺在床上翻来覆去无法入睡，无论闭上眼还是睁着眼，她脑海中浮现的都是中宇的脸。她睁着眼睛数羊，也不知道数到多少千只羊，才把自己哄睡着。可日有所思，夜有所梦，就连她的梦里也全是中宇。

对碧寒的憔悴和眼里的落寞，许之俊看在眼里，疼在心上。吃早餐的时候，许之俊拿着勺子吃着现做的慕斯蛋糕，盯着碧寒若有所思，自言自语地说："爱情，它到底是个什么东西？让人备受折磨和挫折！"碧寒白了他一眼，嘟哝着："哥，你少幸灾乐祸！"许之俊叹了口气："唉，妹子，你哥的遭遇跟你差不多！你哥心仪的女孩，从来没拿过正眼看我啊！这感情的事情，要想找到两情相悦，是多么的不容易啊！我爱你，你不爱我爱他，他不爱你又爱她……"

“哥，吃饭的时候能不能不要说话！听你说话，我消化不良！”碧寒恼怒地把筷子往桌上一拍，许之俊识趣地闭上了嘴。

吃过早饭，许之俊拿起外套准备去公司，见碧寒还坐在餐桌前怔怔地发呆，他有点心疼地叹了口气，走过去伸手轻轻抚上她的头发。碧寒的栗色卷发缠绕在他的手指上，光泽灵动，弹性十足。

“碧寒，你这么优秀，是中宇那小子没福气！说吧，只要你一句话，哥替你去揍他一顿，帮你出出气……”

碧寒忧郁地苦笑一下：“少来啦！你跟中宇从初中起就是同穿一条裤子的死党，你会去揍他才怪！更何况，你打架从来都不是他的对手……”

许之俊摸了摸鼻子，嬉皮笑脸地说：“呃……过去打架的事情，就让它随风飘散吧，何必再提！再说了，要以德服人，何必动手！”

碧寒抓起桌上的东西朝他扔去，许之俊做出投降状，赶紧溜了。

碧寒走到阳台上，有秋风微微吹起，盆栽里的花朵随风摇摆、扭动，类似隐忍地不顾一切。碧寒只觉得内心有几十只猫在挠她的心，她觉得热，就像躺在一堆洁白的羽毛里，周身被包裹严实，闷软的热。终于，她忍不住拨通中宇的电话，她的声音哽塞而颤抖：“中宇，我们得见一面，我……我真的很想你……真的。”

电话那头，中宇沉默了片刻，艰涩地拒绝她：“碧寒，请你不要这样，我……我很对不起！”

“不，我不要你的对不起！你只要让我见见你，我只要看看你就可以了！我……我真的没有办法，我抛弃了自尊来苦苦地恳求你，你见我一面吧！”碧寒泪如雨下，她的肩膀因为哭泣而剧烈地颤抖着。

中宇狠狠揪了揪自己的头发，闭上眼睛硬着心肠说："对不起碧寒，长痛不如短痛！你会忘记我的！"

挂掉电话，中宇捏紧拳头暗暗咒骂自己：任中宇，你真是个混蛋！

碧寒听着电话里嘟嘟的忙音，蹲倒在地号啕大哭。

中宇，因为你不爱我，所以才能如此狠心，对吗？

碧寒只觉得所有的自尊、勇气和自信都在心中隐没，一点一点地消失，其中夹杂着无数陨石碎片，发出咯噔的声音。

碧寒正哭得撕心裂肺，手机屏幕上跳跃着李佩的来电。她用颤抖的手接通电话，只哽咽着嗓子喊了一声"阿姨"，便一句话都说不出来了。

李佩听出她声音的异样，愣了愣，问她："怎么了？"

碧寒稳了稳有些失控的情绪，说："中宇，他对我太狠了。"

李佩叹了口气，安慰她："唉！感情的事情本来就像打仗一般，能坚持到最后的人才是真正的胜利者！你不要气馁，我儿子我清楚，他的心没那么硬！这样吧，晚上邀中宇一起吃顿饭，好好谈谈。"

碧寒擤了擤鼻子，无奈地说："他现在根本就不愿意见我，哪里肯和我一道吃饭啊！"

"这你就不用担心了，交给我吧。晚上7点，去北二环新开的一家叫寂鱼湾的餐厅见。这家鱼很不错，环境也好。"

李佩的电话对碧寒来说，简直就是雪中送炭。想到晚上终于可以见到中宇，碧寒的心情好受了一些。狼狈地收拾了一下内心的怆然，她不知道怎么把自己弄到这种地步，在这场感情中，她在劫难逃，他却逍遥法外。

可是，感情的事情，当她仰望着他时，他们就不是平等的。她爱他，她只有慢慢地丢弃自我。

据说，日本人把黄昏前的时间叫作“逢魔时刻”，他们笃信这段时间是被下了咒的，所有的邪魅幽魂都会在此时出现，而单独行走在路上的人，则会被迷惑而失去灵魂。独自迎着夕阳开车往北二环驶去的碧寒，魂却早在黄昏之前就不在身上了。她花了整个下午的时间去美容院，去购买昂贵绝美的衣物，化最精致的妆……她想以最佳的状态出现在中宇的面前。可当她出现在他的面前时，中宇脸上的愤懑和无奈令她立即涨红了脸。李佩站了起来，替她拉开椅子让她坐了下来。

中宇无奈地看着母亲，说：“妈，我和碧寒已经分手了！你这么做，何必！”

李佩微微一笑：“中宇，对于我将来的儿媳妇，我这个当母亲的，至少有百分之四十的选择权吧？碧寒是个优秀的姑娘，她配得上你。况且，你说不要人家就不要人家，你也要替对方考虑一下。”

中宇看着碧寒那涨红了的脸，她的泪水在眼眶里打转却努力挣扎着不让它流下来，那泪把中宇的脑子撑得一乍一乍的。

李佩安慰地拍了拍碧寒的手背，站起来对中宇说：“我还有事，先走了。中宇，我可警告你啊，不许欺负人家碧寒！她一个女孩子，为你伤心落泪，你忍心吗？”说完，她又鼓励地冲碧寒笑笑，“好好谈啊！”

中宇无奈地看着母亲离开，他叹了口气，看着碧寒说：“你这是何苦。”

碧寒抬起红肿的眼睛注视着他坦白道：“中宇，我真的很想你！”

中宇不知道该说什么,只好忧郁地看着餐桌上的食物沉默。餐厅的音响效果很好,莫文蔚正无奈地唱:

他不爱我,牵手的时候太冷清,拥抱的时候不够靠近。

他不爱我,说话的时候不认真,沉默的时候又太用心。

我知道他不爱我,他的眼神说出他的心。

我看透了他的心,还有别人逗留的背影,他的回忆清除得不够干净。

我看到了他的心,演的全是他和她的电影。

他不爱我,尽管如此,他还是赢走了我的心。

碧寒觉得莫文蔚的声音似乎回响在一个空旷的寂寞空间,那无奈的歌声中充斥着太多的不驯服、不甘心,深入骨髓,一如她此刻的心。她抬起头怨恨委屈地看着他:"中宇,我感到身心疲惫,疲惫得想一睡不醒。没有人管我的死活,爸爸和哥哥只关心他们的事业,妈妈只知道打麻将,没有人关心我管我,我连个诉苦的对象都没有。"

"真的对不起。是我让你这样痛苦。我……我爱的那个人不是你,我也觉得自己很可耻。可是,爱情太缥缈,没有人能够真正把握它,它来得这么突然。也不能说突然,我觉得自己对她的感情早已经根深蒂固地长在脑海深处。见到她时,突然间……它就猛地迸发出来。我……我也很痛苦!"碧寒忍了半天的泪水终于如泉涌出,中宇一把抓住她想挡住眼睛的手指,"碧寒,我一直觉得你很坚强。真的,请不要这样! 这样,你让我无所适从。"

碧寒呜咽着,她紧紧抓住他的手说:"中宇,真的不能爱我了吗？我只是个普通的女子，我没有你想象中那么坚强。我努力了，想去埋怨你恨你忘记你……可是，我……没有那么的洒脱。”

碧寒的眼泪让中宇不忍目睹，他痛苦地扭过头望向窗外。

外面突然下起雨，毫无征兆的那种瓢泼大雨。

未来刚走到公司门口，大雨就哗哗地落下了。还好，早上出门带了把伞。可是雨太大，那把天蓝色的小雨伞根本起不了作用，她只好又退回到屋檐下。

坐在办公室的许之俊站起身探头看雨，刚好看到未来走进雨中又无可奈何退回去的样子，他笑了笑，赶紧抓起车钥匙跑了下去。

走到她面前，他也不言语，只看着她微笑，冲她扬了扬钥匙。

他把车倒到她身边，嬉笑着：“小姐，能载你一程吗？”他径直打开车门，做了个“请”的动作，“Kimikou 小姐，请上车。”

雨很大，他只有把车开得很慢，挡风玻璃上模糊一片。

“怎么突然下雨！这天真是奇怪！”许之俊开始没话找话。

未来瞥了他一眼，说：“如果你昨天看了天气预报的话就不会觉得奇怪了！”

许之俊好奇地看了她一眼，问：“不会吧，你还有看天气预报的习惯？”

“不是，我外婆。”

许之俊笑笑，没有吭声。他从后视镜中瞥到她在用食指在玻璃窗上敲出缓慢的旋律，雨似乎下得更大了。

“能陪我去喝点酒吗？”他忽然开口说。

她看了他一眼，他赶紧补充：“呃……你别多想，就是普通朋友一起吃个饭而已，你可别拒绝我。我脆弱的小心脏承受不了拒绝。”

未来忍不住笑了，点点头：“去哪？”

“你喜欢吃什么？”

她歪着头想了想，说：“鱼。”

“好。我知道有家新开的鱼馆，味道很好。”见她不吭声，他接着补充，“不但味道好，店名也起得好——寂鱼湾，你说，这个名字是不是很有诗意？”

她懒懒地靠在坐垫上，不理他，许之俊只好无奈地笑笑。

许之俊加快速度，很快就到了这家鱼店，从外面可以看到里面顾客很多。许之俊说：“你先进去找个位置坐下来，我去停车。”

当未来的身影毫无预兆地出现，中宇为碧寒拭泪的手顿住了，她显然也看见了他。她带着冷冷的表情用手捋了捋头发向他们走了过来。

她的表情和动作叠加映入中宇的瞳仁。她的身影由远至近，越来越沉，穿过他的眼睛、他的鼻腔、他的喉咙，直刺向他的心脏。

“亚亚！”中宇忍不住喊了一声。

顺着他的目光，碧寒扭过头怔怔地望着出现在面前的未来，再转过脸看见中宇那迷恋痴痴的眼神时，碧寒的心开始猛烈发酸，酸到愤怒。

就是眼前这个女孩，她夺走了中宇。是这个女孩毁灭了中宇对她的感情，他再也不会爱她了。有些东西容易毁灭却不可能重建，或许那些东西她从来就没有得到过，她从来没有见过中宇用这样的眼神看过她。

想到这里，碧寒觉得眼前这个女孩的脸变幻成无数的面孔，它们在她面前纷飞着，好像是精灵一样出现在她的幻觉里。

这时，许之俊朝他们走了过来。

“中宇！碧寒！”许之俊笑嘻嘻地拍了拍中宇的肩膀，“真巧啊！你小子，好好对我妹妹！”

碧寒和中宇一脸茫然地看着他们。

许之俊很惊讶地打量着眼前一团乱麻，问：“这是 Kimikou，怎么，你们认识吗？”

“Kimikou？”中宇沉思地看着未来，“亚亚，你……你……下班了吗？”话一出口，他自己都发现自己很白痴，其实他想要说的是：你怎么在这里？你怎么认识之俊？还有，我真的很想你！每一分钟都想你！

可是，话一出口，却变了样。

未来淡淡地笑了笑：“嗯，我已经下班了！这个点，应该是吃晚饭的时间了。”

许之俊很惊奇地看着他们，虽然他们之间只是轻描淡写的几句话而已，但却让他体会到一种从来没有体会过的东西，它像是被压抑了的暴风雨，让他有些恐惧，又有莫名的压力。难道 Kimikou 喜欢的那个人是中宇吗？联想到最近碧寒和中宇之间的别扭，许之俊的心头一颤，他转过眼看着碧寒。

碧寒的表情先是由惊讶变成恍然大悟，又由恍然大悟变成愤怒。她冲到未来的面前，这时候她的脸色已经微微发青，她瞪着通红的眼睛，神色阴郁而激动，像狂风暴雨之前的天空。她低低地、哑声地、悲愤地吼着：“为什么？Kimikou？抑或是亚亚，你这个莫名其妙出现的女人到底想要干什么？我许碧寒到底是哪里得罪了你？你抢走了我的男朋友还不肯罢休，你还想从我哥哥这里得到什么呢？我是不是无意中冒犯过你？为什么你偏偏要跟我过不去？你……你到底是从什么地方冒出来的恶魔啊！”

饭店里灯光幽暗，显得碧寒的脸色更加暗沉。未来转过头望着窗玻璃上雨珠的滑落，那雨珠，在微弱的灯光下闪烁着亮晶晶的光芒。

“我不知道他是你的哥哥！我没有想要伤害你，真的！而且，我在很早前就已经认识中宇了，在你认识他之前就已经认识他！”未来看着她很认真很真诚地说。

许之俊的眼神变得寒冰一般，中宇抱歉地看着他，丝毫没有躲闪他的逼视。许之俊缓缓走上前，扬起拳头在碧寒的惊呼声中狠狠地砸向中宇的脸，餐厅顿时传来一阵躁动，几个服务生朝这边奔了过来。碧寒流着泪抱住许之俊，悲愤地朝中宇喊：“你为什么不躲？你傻子啊！”中宇擦拭了一下嘴角的血，冲服务生挥了挥手示意他们离开。服务生犹豫着，怕他们再打起来。中宇掏出几张钞票递给他们，说：“没事的，你们走吧。朋友，一句话聊得不开心而已，不会在你们餐厅打架的。”服务生这才接过钱，道了声谢离开。许之俊森寒的眸子盯着中宇，冷声说：“刚才那拳，是替碧寒给你的！你居然，如此对我妹妹！”

未来的眸子清澈如湖，干净明亮，带着一种儿童才有的无邪，仿佛眼前发生的一切都与自己无关，她的眼神若有若无地越过所有人飘向远方。

碧寒看着她这副事不关已的模样，胸腔里有个玻璃球炸开一般，她冲过去一把抓住未来的胳膊大声质问道：“你到底是怎么回事？你今天给我说清楚，你在我哥哥和中宇两个人之间盘旋，你到底想要得到什么？钱吗？你要多少，我全给你！这两个男人，你到底爱谁?”

碧寒的话刚落音,两个男人立即神情紧张地盯着未来——她到底爱谁?他们也很想知道这个答案。中宇握紧拳头,他的手心突然冒出许多的汗。许之俊纠结地看着未来,他既期待答案,又害怕她将自己从一场未醒的梦中揪出。从她毫无预兆地闯入他的心里那刻起,她经常让他慌乱得无处遁形。

未来淡淡笑了,不急不慢的话语却如同一把利刃,直奔向许之俊和碧寒的心脏:“我和你哥哥只是上下级关系,我爱的人,不是他!”

未来缓缓地挣脱她,眼底的抱歉和真诚毫不遮掩:“对不起。”

碧寒凝视着她,心里所有的愤怒、委屈、不满、悲痛都在这一瞬间瓦解冰消。她闭上了眼睛,感觉到一种近乎痛楚的柔情。当她看到未来那双眸子的时候,会情不自禁为它们里面更深的东西所折服,碧寒感觉自己并不恨她。但,她也绝不喜欢她,很不喜欢!这是一种很奇怪的感觉。

许之俊走到未来的面前,他深深地看了她一眼,然后对碧寒说:“碧寒,跟我回家!”碧寒呆呆地站在那儿,瘦长而孤独,许之俊的心中涌起一股说不出来的情绪,酸酸的,涩涩的。为什么他们兄妹俩会同时遇见这种事情?他拉住碧寒的胳膊:“走,我们回家!”穿过他们身边的时候,许之俊忽然回过头来望着她,欲言又止的样子。他咬了咬嘴唇,蹙紧了眉,深深地注视着她。未来抬起头仰望着他,他的脸让她的目光变得有些潮湿,于是他的脸也变得朦朦胧胧的,但她还是看得出来他的眼睛依然是那样的清亮和温柔。

“Kimikou,早点回家,别淋雨了!”他低低地说。然后拉着碧寒离开。

沉默了片刻，中宇帮她拉开椅子，说："坐会儿吧。"

"今天，真的很巧啊！"中宇闷闷地说。

"是啊！"

"你……怎么认识之俊的？"

"我在他的公司上班。"

又是一阵沉默。

他们看着窗外的雨越下越大，彼此都不知道该说什么。

"那个，你说在碧寒认识我之前就认识我，是真的吗？"他终于打破沉默开口问她。

她凝视着他，半天才开口承认说："是的！我很早很早以前的时候就已经认识你了！很小的时候就已经认识你了！"

他不相信地看着她，沉默了一会儿，他忍不住笑了起来："亚亚，你也有这种感觉？在第一次见到你时，我就感觉自己好像认识你很久了！真的！"

她垂着脑袋，没有说话。餐厅的灯光令她有些神思恍惚，不知不觉又陷进了空漠的冥想之中。

"你累了吗？你看上去很累的样子。"中宇关切地问。

听到他的声音，她从自己的思绪里猛地清醒过来："嗯，我感觉有点累！我要回去了！"她站了起来，准备离开。

"我送你！"他说。

"不用了！"她头也不回地冲了出去，中宇紧随其后一把抓住她的胳膊连拖带拽地把她塞进车中。

路上，她只说了个地点便倔强地闭着嘴巴一声不吭。

中宇沉默地开着车，望着视线中的雨幕，他压抑了满满一城的心事。

他们真的很早以前就已经认识了吗?

为什么他的感觉告诉自己,他对她的爱,会很累!

这种爱,从命运中慢慢地走来,可是她的心,却离他越来越远。

雨越来越大了。

下车后,中宇替她撑开伞,她坚持不肯让他送自己进门。中宇张了张嘴,却只发出干瘪发涩的声音:“小心滑。”她撑着伞,转身就要离开,中宇突然上前几步,轻轻一把抱住了她,用甚是无奈的语气叹息着说:“我爱你!”

未来的心似电击过一般,麻麻的。脸上的泪水和雨水搅和在一起,她静静地任由自己慢慢沉沦在他的温柔中,不语不想。

这一刻,世界都慌了。

恋极了他的怀抱。

此生,他们能够相遇,如此大幸,前世该有多少次回眸。

此生,他们能够相遇,如此不幸,前世该有多少彼此相欠的纠缠。

第六章：雏菊下的爱

当我坐在窗前，风就停了下来

我可以想想云朵的样子。 也可以不想

你在笑。 一群鸟在城市上空飞过

拍打着翅膀，发出声音

你留意着，不发表任何意见

有点冷。 风在吹树，有点冷

语言有点冷，别人的喧哗

持笔的习惯也有点冷。

穿厚一点的衣服，奔跑，躲在被子里

想一个人。 微笑，摇头，适当

堕落。 有点冷

感觉脚底有冰

秋意虽然已经很浓，但天一晴，太阳便又火辣辣地烤着大地，只有潮湿的树叶气息才透露出下过雨的痕迹。

许之俊站在楼上看着未来钻出出租车，立即走下楼去在大厅里拦住她："我们能谈谈吗？"

"想谈什么呢？"她的目光坦白而直接。

"Kimikou 你……你爱的那个人，是中宇吗？"终于把内心想要问的，问了出来，可许之俊却一点儿也不觉得轻松，他感觉更加沉重。

"也许吧。但是不管怎么样，我爱的那个人绝对不是你。"未来毫不留情的话语像一根针刺中他的心脏。看着许之俊的脸色瞬间变得煞白，未来狠狠心，抬起眼睛直视着他，她的脸，像罩着一个面具，一点表情都没有，漆黑的眸子深不见底。她用幽幽的、慢慢的、不高不低的声音，平平板板地说："中宇对我来说是个很重要的人。我的一切都承担在他的身上，没有他，我的生存就是没有意义的。所以无论如何，我是永远不会放弃中宇的。对于你的妹妹碧寒，我只能抱歉，我是无法作出任何让步的。"

她的目光里充满了从来没有过的歉意，也说尽了她所有该说的话，表明了她的态度。许之俊只能沉默，在这样的目光中，他无法再继续开口说什么。他跟她之间的距离，不足一尺却仿若天涯。空气里飘浮的细小尘屑，在灯光的照耀下闪熠得像许多金屑，连接成了一条闪亮的光带将他们牵在一起。她平静又真诚的脸让许之俊的心酸悄然集聚，连呼救的力气都没有就被彻底地打垮了。

他从来没有爱过一个人，覆水难收，义无反顾，无法挽救。

许之俊如同老僧入定一般，沉默无语。

未来从他身边擦肩而过，她知道自己在别人的眼中是个性情凉薄的女子，那不如凉薄得彻底吧。对于他眼底的痛意，她假装没有看到。

“我，并不是为碧寒。我是为我自己。”许之俊冲她的背影艰涩地说，未来只稍微顿了顿脚步，便头也不回地继续朝前走。许之俊努力地振作了一下自己，冲她喊：“中宇，他也是个值得信任的人。我相信他会让你感觉幸福的！Kimikou，你一定要幸福！”

只是，Kimikou，你却是能让我感觉幸福的人！

冲着她离去的方向发愣，许之俊一遍又一遍地咀嚼着没有说出口的话。那些话和他的心一样苦涩。

下午，忙碌完之后，未来收拾好工具箱请了几个小时假，她想去柳情那里看看。柳情最近这些日子似乎很忙碌，联系少了许多，每次给她打电话她都说现在很忙，闲了再回电话。可未来从来没有等到她的电话。

下车后，穿越几个巷口才到柳情租住的公寓。四楼，爬上去时，未来浑身上下每个毛孔都在往外冒汗。掏出柳情家的钥匙打开门的刹那，未来敏感地捕捉到一股窒息的危险气息……屋里的情景让她惊讶得措手不及。房间乱七八糟，木本手中拿着一支注射器正在给自己注射。柳情顶着乱发趴在茶几上吸食着一小撮白色的粉末。

未来的出现显然是唐突的,看到她,木本跟柳情都怔住了。一时间,三个人都彼此僵硬地对视着,空气凝结了,坏情绪就像裸露在空气中的有毒气体,快速扩散,吞噬了所有人。

未来终于明白为什么柳情不停地需要钱,什么弟弟生病的鬼话,都是骗人的。她就像一只愤怒的母豹子一般身手敏捷地扑过去厮打着木本,吼道:“你这个疯子,为什么?你自己死就可以了,为什么要拖着柳情一同染上毒品?为什么?疯子……”

柳情扑过来抱住未来哭喊道:“未来,不要打了!求你,停下来!”

此时的未来仿若嗜血的野兽,她咬得木本无力招架,咬得自己满嘴鲜血。柳情害怕了,她高高扬起巴掌用力地扇过去,未来的脸立即肿了起来,木本趁机抽出被咬得鲜血淋淋的胳膊,躲到一旁。

未来捂住脸转过身,难以置信地看着柳情,她幽幽的眼睛似乎流出血,那眼神可怕极了。未来咬着苍白的嘴唇一字一句地问:“你拿着我的钱,就是为了买毒品?难怪你最近那么缺钱。什么弟弟生病,拿出那样的话来骗我!你从来就拿我当傻瓜吗?”

柳情涕泪滂沱。

未来用力地擦拭了一下嘴唇的血,精疲力竭地坐到地上。

木本一声不吭,他的眼圈微微发黑,长睫毛下的眼睛显得特别亮,柔美的脸上看不出表情。

未来默默地点燃一支烟,狠狠地吸了一口,冷冷地对柳情说:“我讨厌欺骗!”

柳情脸色刹那变得苍白,她嘴唇嚅动了几下,压抑许久的话终于像机关枪一般迸出来:“不要以为我不知道,你跟木本之间搞的小动作！你们的眼神，很有些内容！每次你一出现木本的眼神便痴痴的，你不要把我当傻瓜！这不是欺骗吗？是不是欺骗？”

未来愣住了，她极度震惊，半天都说不出话来。气愤好像一个膨胀的气球猛然被戳破一般，带给她一片剧烈的震荡感，震得她万般无奈，震得她嘴角勾出苦涩的弧度。未来只能摇摇头，不再吭声。

吸完手中的烟，未来站起来走过去抓住柳情的胳膊，坚定地说：“跟我去戒毒所！然后离开这个男人，重新生活，去写你完美结局的小说，一切都可以重新开始！”

柳情犹豫着，她定定地注视着未来片刻然后猛然挣脱像只兔子一样疾奔着扑进木本的怀里，她回过头生硬地对着未来浮上一个笑容，脸色苍白，她说：“未来，晚了，我早已经离不开他了。我为了他才来到这个城市，我无法重新开始。”

未来激动地扯着她的胳膊恳求：“柳情，求你！我求你！不要再当童话中的那个人鱼公主……”未来已泪流满面，她忽然又忆起童年时的夜晚，母亲在黑暗中给她讲的人鱼公主的童话故事。而现在，她再一次体会到童年时期那种无能为力的绝望，她无法解救母亲。如今，她也无法解救柳情。柳情那无悔的眼睛透露出的坚定令她的心跌入深谷，她缓缓地抬起手，试图握住柳情拥抱住木本的那双手，可柳情却缓慢而坚定地把手缩了回去。

未来像尊石膏一样站着，她试图努力理解柳情的沉迷。柳情把脸俯在木本的胸膛，恍若希腊神话中的大地之子泰坦离开土地就会死去一般，她像泰坦沉迷土地一样沉迷着木本的胸膛。

最后，木本似乎不忍再看下去，未来脸上的惊惶和悲伤撞得他那颗自我的心都颤出了回音。他忽然叹了口气，用令人迷惘的笑容对未来说:“未来,你我都是同一种人。当我第一眼看见你的时候就知道,你和我一样,都是不完整的人。很多的事情由不得我们选择。我们自私、利己又冷漠,但我们又疲倦、无助,拥有同样迷失的灵魂,需要上帝庇护着。我,需要柳情!”

未来靠在墙上,一支接着一支,猛烈地抽着烟,让自己在烟雾中眩晕。

直到她抽光了整包烟,才终于想明白了,有些事情是由不得她的。未来用手捻灭了烟,无力地对木本说:“答应我,无论怎么样,请你给柳情留条退路。”

木本可耻地保持着沉默,未来的眼睛突然蓄满了亮晶晶的东西,这些东西使她的脸庞如冬夜寒星那般脱俗地美,那美尖锐地刺痛了木本的眼睛,刹那间,木本的脸变得异常苍白。未来的眼神飘到柳情身上,柳情还在流着泪,她的身体发出压抑的轻微抽搐。

“柳情,我是那么爱你,像爱着我的母亲那般爱着你。”未来深深地吸了一口气,“但你却像一把利剑将我整个人透心刺穿。柳情,你说水瓶座的人内心如寒冰一般寒冷,可是我待你的心,比火还要热。”

未来慢慢地向门口走去,带着眼中卷起的风雪和内心的波涛汹涌。

“柳情,无论什么时候,我都会帮助你的。请你,不要再伤害我戒备我!”丢下这句话,未来头也不回地离开。

一个人缓缓地走在街道上,身边充斥着陌生的面孔、陌生的空气,还有陌生的阳光,未来感觉自己快要虚脱了。糖浆一样稠密的人群,花哨的广告牌,橱窗里的外套、鞋子令她的视网膜裂开似的疼痛。

回忆像一片带有瑕疵的琉璃，一不小心就会被它的棱角伤到。外婆曾经告诉她，时间可以解决一切。她也以为自己可以忘记所有关于母亲的细节，忘掉母亲的死亡，忘掉母亲的声音，可是此时，母亲的样子却越发地清晰。她永远忘不了母亲在自杀前牵着她的手走遍大街小巷的情景……未来机械地拖着两条腿不停地走着，大街小巷，寂寞的喧嚣充斥着她的耳膜，众多沉默的面孔和她擦肩而过……不知道走了多久，未来只感觉累得两腿麻木，身上的衣服被疯狂的汗水完全浸湿，她抬起清冽的眼，街道已经在光与影的交替中明灭沉浮——天居然这么黑了。

中宇正在公司处理事务，他接到未来的电话感觉非常意外，她从来不主动联络自己。当他赶到时，未来像一只在苹果中安眠的虫子般坐在路灯下。

他抱住她，打开车门，把她放到车子的后座上。

“看看你自己，在干些什么呀？”他责怪道。

“中宇，中宇，你们为什么要这样？我父亲、木本、你……”她喃喃地说。

中宇眼里的哀伤清晰如斯，他伸手过来抱住她：“说出来吧！求你不要再这样，我恳求你对我敞开一次心扉，允许我同你一起分担所有的痛苦……”未来的眼角挂着大滴的泪水，那些童年的萧瑟记忆在脑海中像木马一样缓缓旋转，她一遍又一遍地观望它们，它们如同蛛丝一般紧紧地缠住她。

“中宇，你说，这个人世间，为什么这么荒凉这么寒冷？这寂寥的人世啊！”她喃喃自语，斑驳模糊的光影人流里，他的脸是那么清晰，那是一种真实的温暖。一种久违的感动像潮水缓缓漫上她的心头，他给了她多么清晰如斯的温暖啊，他那双没有掺杂丝毫虚情假意的眼睛，是这个虚伪冷漠的人间最美好的云朵。

他打开车门牵住她的手："来，我带你去天桥冷静冷静！"

天桥上，盈盈月光，生生地从高楼大厦之间寻找着缝隙挤进来，片片轻羽般飘在他们脚下。中宇看着她沉默许久，眼眸中透出的，全是深情。他低下头，在她的额头印上一个短暂又平静的吻："我们结婚吧！"

未来抬起头，怔怔地看着他，以为自己听错了。

"亚亚，我们结婚！"中宇的脸色平静，语气极其自然冷静，他伸手抚开她额头的一缕乱发，叹了口气。他有多么爱她，她何曾了解！不爱笑的她，脸上悄无声息浮出的淡淡微笑，都会在他静谧的内心湖底投入巨石，掀起毁天灭地的滔天骇浪。

"亚亚，不要用这种眼神看着我，我是真心的！我并非一时冲动而说出求婚的话。知道吗，我觉得自己有过两次生命，一次是出生，一次是遇见你！"

未来突然嗤笑，嘴角勾出冷冷的弧度："我不相信你！男人，都骗得女人将心交付出来之后，再狠狠地把她的心摔得稀巴烂。我的生命中不需要那么多，要得多了，就和这人间一样肮脏了。对我来说，爱情，等于死亡。"

中宇的脸悲伤落寞又无奈，月光里他那流动的声音凄凉得近乎悲怆："亚亚，我来给你讲个故事……在英国的一个镇子上，夏天，一个青年和他的女友坐在街道边的小酒店里。青年和女孩笑语飞扬，女孩坐在餐桌边，青年为她拍了照片。当照片冲洗出来的时候，人们大吃一惊，笑靥如春花的女孩身后，凭空出现一个神色忧郁的绅士，穿着 20 世纪 40 年代的深色西服、白衬衫、领结，而上半身以下却是一片虚无。惊怕的青年回到酒店，找到年已迟暮的经理，拿出了这张照片。他看了一会儿，回忆起这个男子的模样。50 多年前，曾有这样一个绅士在这酒店的那张桌子旁等他的恋人，纳粹敌机轰炸，他独自死在了这里。而在墓前哭泣的那个女子，模样正仿佛这年轻的女孩。”他的声音缓慢了下来，“我们有理由相信，在一个不是很古老的小酒店里，这样不甘不舍地等待的他，注视着每一个进出的人，把自己的心等成了苔藓。直到半个世纪后，她笑意盈盈地走来，在他的桌子前坐下。而此刻咫尺竟真如天涯，他不能说出一个字，或让她回望一眼，他甚至不能送上一枝玫瑰，只能用一张合影，托付这次生死相隔的约会。”他望着她的眼睛，低沉而缓慢地说：“真的，听说有一种花，叫作苍苔玫瑰。我的心，就跟它一样……”

她打断他的话，她的眸子在黑暗中闪闪发亮，那亮光让中宇感觉寒冷：“你知道吗？我的母亲，很喜欢玫瑰花，而在我送她别的花时，她却选择离开了我！她喜欢的花，始终是她爱的那个男人的玫瑰！而我的花，她却没有收到！玫瑰，对我来说，那就是死亡、分别和背叛的象征……”

晚风，吹在身上，令中宇有一种彻骨的寒意。

“亚亚，你爱我吗？你并不爱我，对吗？”中宇轻轻地问，“没关系！你不爱我也没关系。可是，你不能怀疑我对你的爱，你要怎么样才肯相信我？要我剖开我的心吗？”

未来转过脸不看他，脸上却已经泪水泛滥，她的心弥漫着悲戚，暗暗恳求着：中宇，不要这样对我，请不要这样对我！我不能爱你！我永远不能够爱你！

可是中宇，这样的你，我如何才能够不爱你啊！

未来只觉得自己孤单一人站在南北极，有漫天飞舞的白雪飘在她的心头，落满她的心房。

“冷吗？”中宇脱下外套，披在她的肩上。

未来目光低垂，不敢转过脸看他，心中默念：傻瓜，对不起。不要对我这么好，我只想伤害你，给你致命的伤害，请不要对我这么好……

未来的声音听不出任何感情：“拿走你的外套。我不需要这些虚情假意的温暖。”

中宇缓缓地闭上眼睛，他遭遇的爱情如同黑洞，吞噬连绵不绝的失望和无穷无尽的悲伤。可这黑洞吞噬完一切后，却闪烁着妖异的光。

失望悲伤过后，他的爱，不减反增。

他突然发现，自己对她的爱情是那么的不可理喻，毫无道理却超越生命。中宇抬头看了看天空，淡淡一笑：“亚亚，这一生，我必守护着你，永不背弃你，到老到死！”

未来颤抖着身体闭上眼睛，用沉默来逃避自己的不知所措。

她把腰担在天桥栏杆上往后俯冲，长发在风中互相纠结着、缠绕着，感觉自己就要飘起来了。她忍不住尖叫起来：“中宇，这样子睁开眼睛看世界，下面变成了我的上面，我分不清我看到的是天空还是地面……”

这样的颠倒，似乎是一次新生。

他把手插进口袋，仰着头看着天空。深沉得如同梦魇一样的夜空中星光闪烁，这时，天边划过一颗流星。

这天桥下边的灯火点点中，她看到了什么？中宇缓缓地低下头。

在这一瞬间，他恍惚地明白了他和她之间的沟壑，他无论怎样努力，都无法赶走她心底那些阴暗的东西，他甚至不明白在她心底作祟的东西到底是什么。

她靠在栏杆上，狠狠地对着桥下吐了口唾沫，然后笑了。她笑起来的样子真的好看极了，嘴角轻轻向上扬起，淡淡的，就像星空中划出的一道美丽的弧线。中宇沉醉了。他痴痴地抚摩着她的头发："你能爱我吗？请给我机会，这一生，我任中宇会用自己的生命来证明对你的情意，无论生老病死贫富贵贱，我将对你不离不弃……"

未来静静地看着他的眼睛。他的话听起来真是好笑啊，可为什么她内心的疼痛感会那么的强烈呢？

她用力咬着嘴唇，慢悠悠地说："其实我，跟你接近，和你亲吻，那只是因为一个原因——你长得可真像我的父亲啊！"

中宇心脏底部的血像潮水一样涌了上来，他觉得自己像一只坠落的蝴蝶，来不及扑打着翅膀便生生下落。顺着她的目光，他仰头看见浓黑得像发了酵的天空，那抹黑在他的心里咕嘟咕嘟地冒着炽烈无比的泡，巨大的洪流在他脑中涌起，他气急败坏地一把抓住未来的胳膊语无伦次地说："原来你跟我在一起，就是因为我长得像你父亲？你……你恨你父亲，跟我在一起却是因为长得像他……你想在我的身上得到什么？见我为你痛苦难受伤心来获得快感？好像报复了你父亲一般，对吧？……是不是？你……你真是太可恶了！你爱我吗？你一点都不爱我？哈哈……笑话，你怎么会爱我呢，你一点都不爱我……"

未来躲避着他的目光，她害怕自己会掉进那双眼眸散发出来的悲伤中，并因此而痛不欲生。

她努力让自己面无表情，努力让自己眼神冷漠，她盯着他的胸口一声不吭。

中宇试图从她的眼中找到答案,可他发现,她的眼中没有一丝的感情,他霎时被一种酸涩的感觉击垮了。因为他爱她,所以她可以如此伤害他,肆无忌惮。

还能说什么呢?面对这样的一双眼睛,他还能说什么?中宇愤怒地丢下她仓皇地逃走了。

中宇驾着车,脑子里一片空白,直到车撞到路边的广告牌他才清醒过来。他失魂落魄地丢下车,漫无目的地拖着两条沉重的腿向前走着,街道上来来往往的陌生脸孔从身边擦过,他的眼前一片茫然。人群、车流、广告牌、霓虹的街道,一切都看不见了。他感觉世界空荡荡的,只剩下自己一个人。他在路边停下,站了十几分钟,视线似乎明朗起来。他看到对面马路上的小餐馆,门口停放着摩托三轮车、助动车还有自行车,从餐馆里传出的灯光使他心中有了莫名的感动。中宇推门进去,点了几个菜要了一瓶北京二锅头。他并不会喝酒,他也从来不想学会。一直以来,他的生活简单朴素得宛若一件碎花衣服。他从未觉得自己的生活是需要酒的,他从来都是个隐忍克制的人。更重要的是,他对酒精过敏。

喝着烈酒,渐渐地,中宇一脸迷离仿若看到秋风洗落叶,看到花开花谢。它们就像在观望着他的爱情。

"亚亚,你的眼神为什么总是那么冰冷,就像那冰冷的月光……还能照见我吗?我……我躲起来了……"中宇痴痴地说,酒精令他的眼前一片混乱,也令他的神志一点点沉下去。大段大段的醉意,若能换得大段大段的温柔静好,那般也好。电话响了起来,中宇努力睁开眼睛将手机放到耳边,李佩焦急的声音令他稍稍清醒，他嘟哝着说：“妈，我……没事！我真的……没事……”

李佩愣了片刻，立刻心急如焚：“你喝酒了？你在哪里？你酒精过敏怎么能喝酒呢？你酒后驾驶的？交警的电话打到家里，你的车撞到广告牌丢在路边，交警联络不上你，电话打到家里我才知道……你这孩子，你到底是怎么了，你想急死我吗……”

“妈，”中宇卷着舌头口齿不清地打断她：“我……真没事……可是，我的心真的很难过！妈，爱一个人，简单又身不由己……她，让我痛苦……让我失望，可尽管这样，她站在那里，我还是想走过去牵住她的手，不由自主。妈……我想，你优秀的儿子，失恋了……”咣当一声，中宇重重地跌倒在地上，不省人事。餐馆老板慌忙走过来，看见他的脸上密密麻麻地起了大片大片的疹子，很吓人，立刻慌神了，他赶紧捡起地上的电话告知李佩餐馆的位置。待李佩赶来，中宇已经发起高烧，李佩慌忙给碧寒打电话，在餐馆老板的帮助下把中宇送到医院。经过一番洗胃抗过敏药的使用，中宇的呼吸才慢慢恢复正常，身上的红疹也淡了下去。看着依然昏迷的中宇，李佩从来没有这么失望过，她抚了抚额头，深深地担忧起来。想到碧寒，她叹了口气，多好的一个姑娘，中宇为什么就是不喜欢呢？当中宇被送进医院时，碧寒脸上那种焦急又惊惶的表情，连她看了都感动。李佩叹了口气，朝碧寒的办公室走去。碧寒的办公室收拾得纤尘不染，空气中弥漫着淡淡的百合花香气。看见她，碧寒立刻从一堆病历中抬起头站了起来，紧张地说：“阿姨，中宇醒了吗？”

李佩看着碧寒清瘦的脸庞，一丝怜惜涌上心头，她动情地说：“碧寒，不要这么为难自己。阿姨想告诉你，其实这世界上也许并没有最爱这回事，爱情只是一种霎时的感觉，而这感觉会随着时间和心境而改变的。如果他不珍惜你,请你也不要再继续爱他,不要再那么为难自己,阿姨看了你都觉得心疼。”

碧寒垂下眼睑,低声说:“可我放不下。”

李佩沉默片刻,说:“碧寒,阿姨以过来人的身份告诉你,你若深爱一个人,就一定要学会阻止自己,不要把他当成你的全部,你投入得太多,就会慢慢忘记自己。而一个没有自我的人,在爱情里是没有位置的。当初,我的情敌,她就是投入得太多……结果,我赢走了她的爱人。你要记住,爱情被你抓得越紧,它就会逃得越远,最后击碎你所有的希望,令你绝望。听阿姨一句话,试着去接受新的恋情。我希望你能够成为我的媳妇,我也真心希望你能够幸福。”

碧寒抬起头,明亮的眼睛透出一股亮晶晶的神色,她扯唇一笑:“我不会绝望。我只会努力!努力过了依然抓不住,今生我只会伤心绝望却不会后悔遗憾。”

李佩怔怔地看着她,苦笑:“你这是何苦。好吧,我去看看中宇醒了没有。”

“我和你一起过去看看。”碧寒微微一笑。

走进病房,中宇已经醒了,他坐直了身体靠在病床上仰头盯着天花板发呆。看见她们,中宇有点内疚地笑笑,他带着淡淡的疲惫和她们打招呼:“妈,碧寒,你们来了。”

李佩上前摸了摸他的额头,怪道:“你又不是不知道自己酒精过敏,居然喝那种烈性的酒,你不要命啦?”

碧寒带着笑打趣他:“你是失恋还是事业受挫啊?平日一丝不苟的任中宇,也会去酗酒!”

中宇犹豫了会儿,老实回答她:“是感情受挫!”

碧寒愣了愣，哀伤落寞的表情一览无余，她默不作声地看着他。他就是这样一个人，总是以一种惨烈的真实狠狠地撕裂着她的心，他从来不肯撒谎骗骗她。

李佩开始骂他："真没出息，一个大男人感情受挫就把自己弄成这副模样。让你吃次亏也好，好让你明白这酒不是那么好喝的。"

中宇笑着说："妈，我从来都不喜欢喝酒。我一直觉得酒干扰着人的情绪，使人容易激动，并且流露出真实的自己。这样，平时的伪装都毫无保留地展现给身边熟悉的人，那样真的很丢脸。可是，醉过一次后，我觉得挺喜欢那种感觉，可以暂时忘记一切，飘飘浮浮真实又荒诞。挺好的。"

李佩板起脸，说："做儿子的说出这样的话，真是让人心寒！为了你自己的飘飘浮浮，让生你养你的老妈为你担忧为你伤心难过。你知道我接到交警的电话后有多担心你吗？我以为你出了车祸……"

中宇愧疚地保证："妈，你放心，这是我第一次醉酒，也是最后一次！我向你保证，我再也不会喝酒了。"

李佩斜睨了他一眼，说："你的车，还被交警扣在那里，自己去交罚单取车！我可不伺候你。"

中宇尴尬地笑笑。

碧寒轻轻地说："出院手续我会抽空帮你办好，你先跟阿姨回去好好休养吧。"

中宇冲碧寒感激地笑了笑，那笑在她的眼中是那么深长久远，像一个清冷的瓷器，散着淡淡的光。那布满距离的微笑却依然令她的心跳在这一秒加速！碧寒看到中宇的眼，幽深久远，干净的眸光陌生疏离，无形中拉开了彼此的距离。碧寒呆呆地看着他，眼里已经是一片雾气。

中宇静静地看着她，抿了抿嘴，他知道碧寒的心，很清楚地知道。对于自己让她如此伤心，他实在很抱歉，可他只能狠下心，掐灭她所有的希望。他面无表情地说："碧寒，请你忘记我吧。我真的爱她！或许，她本身就是我的魔咒，只需几秒我便中咒。那咒，我想我这辈子都无法解开。我只希望着它不要变成结！对不起碧寒，我真的无法爱你！"

碧寒的心一凉，颤抖着声音说："我不信！你才认识她多长时间啊！我不甘心！"

中宇轻声说："碧寒，有些人，不见则已，见了以后，哪怕只是一眼，便已万年！"

好一个一眼万年！仿佛有无数根针刺进碧寒的心里，从中宇那痴痴的眼神中，她看到了他对那女孩的痴情和忠贞。可是，对于自己，他一定要这么直接残忍吗？因为他不爱她，所以他便可以伤她伤得这么肆无忌惮！碧寒一甩头发，忍着泪水大声地说："任中宇，我恨你！我再也不想见到你了！"说完，她头也不回地离开病房。

中宇面无表情地拔掉点滴。李佩眉头微皱，声音细小地责怪他："唉，你怎么能这么伤一个女孩子的心，她待你如此真心。"

中宇一声不吭地开始收拾自己。正因为碧寒待他如此真心，他才这般对她。这个道理，很复杂，即使说出来，别人也不会懂得。他会努力让碧寒明白，自己只是她生命中淡淡划过的一道伤口，随着时间的推移，会痊愈的。

安亚：

我想你！

我现在是如此孤独。

有时候我想，柳情一定是你送给我的礼物。她跟你如此相像，有时候我真的是迷惑了，我感觉她就是你！她总是能让我受伤的心变得平和。跟她在一起，我常感觉到，你再次回到了我的身边。可是，我再一次受伤了。看着她不顾一切地逃离我飞奔向别人的怀里时，我明白了，她不是你。

而你都会离开我，更何况是别人！

你爱的那个男人的儿子（抱歉，我只能这样的称呼他！）看着他的心在我的伤害下慢慢浸出血来，那种感觉，痛快夹杂着痛苦。

妈妈，有时候我甚至想，也许最对不起我的人，并非是那个负心人，而是你！你一直令我活在你的抑郁痛苦和歇斯底里中。都说母爱是最伟大的，为何你不能像其他的妈妈一样为了我而变得伟大？你自私地为了自己选择了逃避，你抛下我一个人在这个冰冷的世界。安亚，从我出生那刻起，我感受到过爱吗？

安亚，什么叫爱？我的心中还有爱吗？为什么我的心中只能感受到孤独？

安亚，我是这么的孤独呵，我要怎样才能解脱？

扔下笔，未来紧了紧上衣跪在地上，深深地埋下了头。她想倾诉和流泪，但怎么也流不出眼泪。

一颗孤独扭曲的心，为何又如此清醒？

黑暗中，传来外婆痛苦的咳嗽声。

城市在夜晚像一场死气沉沉的梦，蜿蜒扭动挣扎着醒来。

早上睁开眼时，阳光透过窗帘投射在地面上。未来走到窗前拉开窗帘，窗帘是那种白色刺绣纯棉的布料，摸上去很真实的感觉。

她静静地站在窗前，贪婪地享受着阳光的金色，感受阳光和时间是怎样地交织在了一起。院子里的桂花已经开了，有着非常刺鼻的清香。

七月而已，桂花都已开了。

外婆已经到教堂做每天必修的祷告去了，外婆一直是一个虔诚的信徒。小时候外婆常带她去教堂，她感觉教堂的塔尖好像要耸入云端，是不是这样人们就会感觉离上帝更近一些？外婆他们穿着黑色的外衣和鞋子站在耶稣像下面，和着悠扬的琴声唱着赞美诗。教堂四壁挂着巨幅的画像，她偶尔抬起头，看到钉死在十字架上的耶稣，瘦骨嶙峋，手上脚上淌着鲜血，脸却看不清。在那一瞬间，未来感觉自己在一个充满着诡异的地方，她看到自己漂过大海，翻越高山，穿过沙漠，接着在沙漠的边缘看见幽幽的绿光，视野中茫茫的一片……未来惊恐地睁大眼睛，她在一片赞美诗中晕倒。从那以后，她拒绝再去教堂。

教堂传来的钟声绵长地回荡在四周，在钟声中，她静静地吸完一支烟后，决定去见柳情。她是她的朋友，有着母亲一样神情的女人，她不愿意失去她。对她来说，柳情等同于友情、亲情、朋友、母亲，是一种说不清楚的混合体，柳情在她的心中，绝对是占有很重要地位的人。

吃了早餐，未来悠悠地出了院门向巷口走去。她住的地方是一条深幽的小巷，红砖铺成的路，两旁是白墙灰瓦，墙上布满爬山虎，绿茵茵的一片，掩盖着部分残缺的墙面。巷中四季都缺少阳光，直到走到巷口望着热辣辣的太阳，她才想起忘记带伞。

搭了出租车来到柳情居住的楼下，掏出一百块对司机说不用找了。她一向如此挥霍父亲给她的钱。司机是个剃平头的中年人，他一把拉住准备下车的她，数了八十块递过来，认真地对她说：“挣钱不容易，我们要正视人民币的价值。”出租车绝尘而去，未来愣愣地在太阳底下站了几分钟。那个司机，一定活得很充实，一个能正视金钱价值的人必定拥有着积极健康的灵魂。司机那纯朴的眼神停留在她脑海中，那眼神剖开了她的身体令她看到了自己那颗由畸形的灵魂分子所结晶而成的心脏。

回过神来，她慢慢地踩着楼梯上楼。到了门前，未来掏出钥匙打开门后愣住了，房内空荡荡的，只有一张桌子和床。几张旧报纸寂寞地躺在地上，她弯下腰默默捡起它们，然后揉成一团扔到旁边的垃圾桶里。她明白了，柳情以躲避的方式离开了她。

朋友，为什么在我伤痕累累的心上再增添一些痛苦和寂寥呢？

未来取出房门钥匙放在地上，带上门，缓缓地走下楼去，在一楼楼梯口的台阶上坐了下来。

她渴望幸福，渴望亲情，渴望友情，渴望时间，渴望世间没有死亡。可是，所有的一切都讽刺地告诉她：你，什么也没有！不论永远还是现在。

未来感觉无比惶恐，她拼命地摇着头，想借此来冻结自己的神经，使自己麻痹。

麻木是保护自己的一种方法。

手机响了，许之峻的声音听起来让她感觉非常温暖。

“Kimikou,今天还要请假吗？快来上班吧,无论发生什么事情,窝在家里一个人郁闷还不如来上班,可以缓解一下心情!”

“没有啊！我很好。”听到他的声音,她突然感动得眼睛有点润湿。

“没有就快来上班！我设计的新服装准备投入生产,马上举行的一场走秀就是为了推出这批服装。你快来公司,需要给那些模特化妆,做造型。要做出可以衬托那些衣服的造型。”

“好的,马上来!”

他的声音顿了一下,然后温柔地补充说:“路上小心点。”

挂了电话,未来站了起来,以百米冲刺的速度跑到街上,她深吸一口气大声对自己说:“未来,你要工作了。还有许多重要的事情要做！努力生活,加油！加油！加油……”路上行人好奇怪地回过头看她,她对他们吐了吐舌头,咧嘴一笑。行人赶紧调开了目光。

来到公司,远远便看见碧寒戴着一副遮住半张脸的墨镜倚靠在大厅门口,未来知道她是来找自己的。走到碧寒的面前,二人无言地对视着。好一会儿,谁也不说话,空气沉寂得可以听到两人呼吸的声音。

终于,碧寒摘下墨镜,她上上下下地审视着未来,未来在她那敏锐的注视下并没有感觉不安,她面不改色平静地对视着碧寒。

碧寒终于开了口,她轻声、小心地问:“你,并不爱我的哥哥对吗?”

未来愣了一下,然后点点头:“是的!”

碧寒又哑声地问:“那么,你爱中宇吗?”

未来凝视着她,没有说话。

“我知道，我知道，你也不爱他对不对？你的眼睛告诉我，你并不爱他！你爱他的话不会让他为你这样痛苦！如果你不爱他……能把他还给我吗？”碧寒眼睛大大地睁着，直勾勾地瞪视着她。

未来愕然地看着她，不知道怎么回答。

碧寒激动地、大声地说：“我求你，不爱中宇的话把他还给我吧。其实，我哥哥，他是个很不错的人，他胜似中宇很多，你为什么不考虑一下他呢？我的父亲，是个外交官，我的哥哥拥有几家公司，我们家可以说是有权有势，如果你愿意，当我的嫂子好吗？我看得出来，我哥哥他很喜欢你！或者，如果你要钱，你要多少钱我都可以给你，只要你肯消失，随便多少钱都可以给你的！真的！你让中宇那么痛苦，让我们都这么痛苦！你并不爱他，你又何必要这样对他呢？请你消失吧！”碧寒的脸因为激动而涨得通红，她的眼睛里闪着疯狂的光芒，热烈地盯着未来。

未来皱了皱眉头，然后一字一句清清楚楚地告诉她：“不行！我不能离开中宇！因为某种原因，不可以说出口的原因！”沉默片刻，她又看了看泪水打转的碧寒，用带着很抱歉的神情对她说：“如果伤害到了你，我很抱歉。真的，我也不想！只是，中宇，他对我来说，是个很特殊的人，我们是注定要遇见的！真的很抱歉！”说完，她转过身离开了，不忍再看一眼碧寒那恳求凄苦的眼睛。

碧寒呆呆地站着，整个人都痴了、傻了！

“那么，请你离开我的哥哥，两个人你总得放弃一个！”她冲未来的背影喊道。

“请你放心，你的哥哥，我是不会跟他有什么瓜葛！”她头也不回地说。

楼梯的阴影处，许之俊盯着未来的背影，嘴角硬是扯出一丝微笑,那强撑的笑里带着强烈的悲伤。

唉,Kimikou 你说话一定要如此直接吗?

恰好,未来回过头,许之俊一下对上她的目光,于是,两两相望,浅浅微笑。

“呵,原来你在这里啊。”她颤颤的尾音铰碎了他的假装。七零八碎,所有的情绪,都被狠狠掷在地上。

“Kimikou,当你感觉累的时候,可以来我这边……我,爱着你呢!”许之俊走了过去,弯下腰在她的头发上轻轻一吻,未来的眸光一闪,眼眶有些潮湿。

“任何时候,请你记住,我,一直爱着你!”许之俊缓缓地说,他的目光飘忽地停留在她的肩上。

其实,有些话,即使说了也没用,不如不说。

有些人,有些事,既然注定让人心伤,又何必抓着断壁残垣不放?

可世上偏偏就有这样傻傻的人,譬如,她,和他。

快要下班的时候,未来抬头看了看窗外,灰灰的天显得空洞而厚重,那云层繁冗绵延至她视线的尽头,好像是刚砌好的水泥墙一般压在心头。

走出公司,公司人造草坪里的草绿得鲜亮而拙劣。中宇穿着水蓝色的衬衫站在空旷的人造草坪里,远远望去,他就像一朵独自怒放的蓝色花朵,那是一幅安静又干净的画面。未来深深吸了一口气,她猛然发现——她竟然如此的想念他!

中宇冲她温暖地笑,就好像他们之间不曾发生过任何的不愉快,抑或,他已经忘记了她对自己的伤害,再或者,他选择原谅她、包容她。他抬起手腕看了看时间，冲她不容置辩地说："时间还早，离天黑还有一段时间。走，我带你去一个地方，然后再去吃晚餐。"说完，他上前拖着她的手朝自己的车走去。

"带我去哪里？"她看了看车窗外飞速后退的景物，忍不住问他。

他轻轻一笑："放心吧，我不会卖掉你！"见她不吭声，他又补充说，"想卖也没人要的。"

她挑了挑眉头刚想发作，想了想，又懒得再开口说话。

当车停下来时，他下车帮她打开车门，她怔怔地看着眼前，发现他们正在一座山脚下。中宇望着她惊愕的样子，伸手指着前面一条石径小路，解释说："我们不上山，我们沿着这条路，前面有一片草地。相信我，看到它，你会喜欢的。"

未来抬头看了看天，天仿佛突然间变得很高很高，有风轻轻吹过，树叶沙沙作响。他牵着她沿着石径一直走，她听到前方有泉水击打着石头，发出咚咚的响声。一只粉色的蝴蝶飞了过来，落在不远处。未来立即屏气凝神，生怕把它吓跑。她的眼睛因为感动开始潮湿，在这个萧瑟的季节里，能看见这么美丽的生灵，是一件多么令人开心的事啊！

可是，时间永远不会因为人的心愿而定格。

蝴蝶还是飞走了。

中宇仿佛看透她的心思，她眼神中的失落是如此清晰。他松开她的手，扔给她一句："等我！"她看见他匆匆地去追那只蝴蝶，动作如此笨拙。

"回来吧，你这个傻瓜！"她忍不住叫他。

中宇回过头冲她微微一笑："你放心，我一定把蝴蝶抓回来，因为我不想看见你眼中的落寞。”

“你，不要对我这么好。”她的声音有些哽咽。

中宇走到她面前，低着头喃喃地说：“亚亚，这个世界上，人和人之间是有磁场频率的。频率错了的人，到一起只会听到彼此电波互相干扰的声音。而有的人，一见面就发现磁场很对。遇见你的时候，我突然发现自己以前的日子都白过了。我知道，你就是我命中注定要遇见的那个人。我，要怎么样才能放弃对你的好？没有办法，这都是命中注定的。”

未来静静地看着他，他突然一把捧住她的脸低头亲了亲她的额头。中宇没有发现，有泪水从她的眼角簌簌落下……

当看到那片草地时，未来虽然有心理准备，但还是被眼前的景象惊呆了。只见漫地盛开的雏菊，正在肆意地绽放着。一阵秋风乍起，无数的花朵随风摇曳。天空被怒放的花朵染成了淡紫色，未来轻轻闭上眼睛，耳边，仿佛有一首空灵的歌正在回荡。睁开眼，她清澈的眼眸中，清楚地浮现出所有的哀愁和无奈。

呵，他在她面前，一直在她面前。她却看不到他，永远看不到他。她的眼里，何时才能拂去所有的过往和疼痛？

抬起手，他轻轻地把她额头前的一束长发别到耳朵后面。

“喜欢这里吧？在我最累最受伤的时候，我就会来到这片草地。”他伸手指着一处雏菊开得很稀少的地方，对她说，“你看这片雏菊，它们背负着我的一段情感，所以沉重得无法生长。雏菊要成片开在一起才能显示出那种震撼的美，可是这片雏菊呢，因为背负着我的情感、我的秘密，开得如此稀少。但在这片绿叶中，这稀少的雏菊就像黑暗夜空中最渺小的星星一样在我的心底扎根。此生，我的心底永远有属于它们的一片空地。”

未来默默地望着那快要凋零的花朵，有些不解。中宇牵着她的手走过去，他顿下身体轻轻拨开那些雏菊，未来一眼看见那些雏菊下明显被动过的泥土，惊愕地抬起头望着他询问："你动过它们？为什么要挖开它们的根？"

"在我很小的时候，我听过一个童话故事：把你所要等的人的名字写在纸上，然后埋在雏菊下面，雏菊会帮你掩藏你所有的情感一直到你等的那个人出现，它们才肯凋谢。曾经有个天使一般的女孩出现在我的生命中，后来她又突然地消失，她有个好听的名字——未来。她消失后，我花了很长时间才找到这片雏菊……"说到这里，中宇有些伤感又羞涩地仰起头望着前方，"那个时候，我才9岁。我很庄重地把她的名字写在纸上，装在一个铁盒子里埋在这片雏菊下……这片雏菊，它们生长得很好。可是，当你出现的这年，它们凋谢了。你看，它们开得如此稀少。前些日子我凭着记忆挖开它们，寻找到当年埋下的铁盒子，我一个人站在这片雏菊面前想了很多。我终于想明白了，你就是我命中注定要等的人，我会抹去我所有的从前，今后我任中宇的人生中，只有你一个人。"

中宇的话如同一抹凄冷的寒光划破她的心，凋落了一地碎时光。未来静静地看着他，泪水早已经模糊了双眼，她无力地看着自己那颗早已经偏离了原本设定方向的心，像是要戛然而止，又像是想要破壁而出。她的指甲用力地掐着手心，疼痛让她的脑子更加清醒，也让她更加绝望，这一刻，她是真的看透了自己的心——她，早已经爱上了他！

雏菊凄凄幽香，一季花开，它们锁住了这世间多少烟雨往事？而在她荒草蔓生的心城，草木最深。

太多太多的荒草，难以忽视，她该如何拔掉那些荒草？

中宇抬起手，帮她拭去那些汹涌而出的泪，他从怀里掏出一个精巧的牙黄色首饰盒，上面一层层极小的玫瑰排列整齐，金黄而透明的水晶底座，凹凸分明，有棱有角，十分美观。他打开它，一枚造型别致的戒指呈现在眼前：它有着一箭双心的戒面。磨砂的心、金黄色的箭。中宇低低地说："我无意间看到这个珠宝品牌，它叫 Darry Ring，翻译成汉文就是戴瑞。它很特别，这个牌子的戒指只有男性才有权购买，凭借着身份证一生只能购买一次。也就是说，一个男人这辈子只能送给一个女人一枚 Darry Ring，Darry Ring 相信真爱只属于两个人。哪怕你出再多的钱，你都不会有机会买到第二枚 Darry Ring，很多人没有勇气买这样一枚戒指，因为他们无法保证自己能够珍爱一生。亚亚，你能够相信我吗？此生，我任中宇珍爱你一生，无论贫贱富贵，健康与疾病，无论你是漂亮还是容颜老去，我始终会牵着你的手，不离不弃。我在它上面，雕刻了你的名字，今生它会见证着我对你的誓言。"他拉起她的手，郑重地替她戴上它。

未来抬起颤抖的手，怔怔地注视着戒面上那小小的"亚亚"两个字，泪水肆意地流着，心底所有的煎熬在这一刻全都爆发，她实在是控制不住自己的情绪了，任由汹涌的悲伤把她逼到最绝望的地步。终于，她失声痛哭。

她不知道母亲安亚在临死前，还相信爱情吗？

安亚，你可知道，你的女儿，以你的名字，挣来了一个一生一世的承诺！现在的你，可相信爱情？

如果，心搁浅的时候会有潮水涌来；如果，心枯萎时会有泉水浸润；如果，心碎裂时可以修复……如果能有如果，她又怎么会一路蜷缩，倒在这寂寥尘世中无名的角隅？

未来垂下头，这一刻，她彻底放开了。

中宇，那么淳朴的一个人，当他还是小男孩的时候就以一抹暖阳射进她阴暗潮湿的心房，温暖着她。他说，他永远原谅她。无论她如何伤害他，他永远原谅她。年幼的他，一次又一次地兑现了自己的诺言——他永远原谅她。

而她，又怎么能再去怨恨伤害待她如此的中宇呢？

就让她一个人去濒陷绝境吧，她的心原本就是悲戚无处可去。

未来抬起头，摘下戒指放到他的手心，带着淡然的微笑对他说："中宇，谢谢你如此待我。真的。谢谢你。可是，此生我没有福气接受你的爱。请你忘了我吧。"

中宇的脑海一片空白，他的心坠落在眼前这片雏菊中，碎成粉末。他晶亮的眼睛紧紧盯着她，不说话，就那么深深地凝望着她。

许久，他终于开口问："是因为许之俊吗？"

未来愣了下，立刻咬着牙承认："是的。我已经有喜欢的人了。对不起。"

转身离开的时候，她不敢回头再看一眼他悲伤的眼，她已决意放手，她不再恨了。

中宇，就让她这么离开吧，无须任何告别，也无须任何挽留，只是为何她的脚步如此沉重？此时，她不悲不喜，亦无泪水，因为她已经没有任何可以在乎的了。中宇，因为爱你，所以放手。从此，她将只身趟过流年的河，把她深而沉的心抛诸河之央。请把她当成一朵可遇不可求的梦魇之花吧，让这如斯的时间流水，带走她这一生所有的凄恻零落。

第七章：时光与我，都在等你

我踩着夕阳的光辉

黑夜在我疲倦的眼中来临

我悲哀地坐下来

悲伤的碎片总流个不完

那其实是我

承受的

永久的折磨

秋日的阳光冷冷地散落在化妆室的窗外，细碎的光晕如同石子般扰得未来的心又乱又悲。未来静静地收拾着化妆箱，一回身才发现许之俊站在自己的背后。许之俊双臂交叉放在胸前，若有所思地看着窗外，说："有的时候，我真不知道你的脑子里是怎么想的。既然爱中宇，为什么又要这么对待他？"

未来没有吭声，背起化妆箱朝前走去。

"中宇又站在楼下。不管是阴天还是晴天，他每日都在这个时间点等候你下班，你打算让他这样站多长时间？"许之俊扬起唇笑了笑，叹："任中宇，人中之龙，英俊儒雅，他这么站在我公司大楼门前，引得公司不少模特都无心工作了。"

未来走到窗前对外望去，只见中宇静静地站在楼下花圃前，不急不躁，脸上的表情平静到近乎麻木。未来只觉得心被生生撕裂了一般，她睁大眼睛让泪水悄无声息地淌下来。她猛然转身一把抓住许之俊的手，急急地说："我求你！扮演我的男朋友！"

许之俊像被闪电击中了一般，呆滞了几秒后，他用迫人的眼神紧紧盯着她，露出邪魅的笑："Kimikou，你连利用别人都表现得赤裸裸。可我，为什么就是心甘情愿地被你利用呢？只是我无法理解你，你分明爱着中宇，却要把他往外推。能告诉我你的理由吗？"

未来的眼中蓄满亮亮的泪水，抬起头看着他说："我不能告诉你！"

许之俊眼中的不忍一闪而过，他叹了一声："罢了！走吧，女朋友！"

许之俊携着未来的手亲热地走出大楼，在看到他们的刹那，中宇那星光般柔和的眸子里所有温暖立刻冻结成一片冷漠。他张了张嘴，却最终倔强地抿紧嘴唇，整个人看起来那么冰冷。他一动不动地看着他们携手离开，然后抬起僵硬的双腿像喝醉酒般摇摇晃晃地离开。

未来被许之俊紧紧握住的手越来越冷，内心的风没完没了地刮着，她好像跋涉千里的旅人一般疲惫不堪。突然，她只觉得眼前一黑，一下子跌倒在地，再也没有力气站起来。许之俊一把抱住她，惊呼道："呀，怎么流鼻血了？"他慌忙帮她按住，手忙脚乱地抱住她朝车前跑去。

未来靠在副驾驶座位上，血终于止住了。她一动不动，好像一个容颜逝去的老人一般静静地坐在那里，等待着与往事达成和解。许之俊担忧地看着她，说："你的脸色很难看，去医院看看吧。"

她摇了摇头，喃喃地问他："你能看见黑暗吗？"

许之俊蹙着眉头直视着她，他是真的不明白她的话，她经常这么无厘头。

未来的表情很奇怪，她的眼神直直的，毫无焦点地投向前方，低低地说："我知道你们能看见花开，看见叶落，也可以看见风起，看见云飞，你们可以看得见很多美到极致的景物，但是，你们看不见黑暗。我却能看到黑暗。"

是的，黑暗是另外一个世界，它阴森、孤傲、寒冷，那也是一种美丽，这种美，只有痛到极致的人才能体会到。

望着她苍白的脸，许之俊一个字也说不出来，嗓子哽咽得难受极了。如果当初没有遇见她该有多好，这爱情就像泥沼，陷进去的人越陷越深，直到尸骨全无。

Kimikou，如果你可以爱我，那该多好啊！许之俊抬起头看着越来越黑的夜空。今夜，那里没有烟花，也没有星星。

中宇拖着沉重的步履走进Waiting酒吧，坐到吧台前的高脚凳上，点了一杯威士忌。

低音炮传来的爵士乐震耳欲聋，成双成对的男女相拥着跳舞。灯光亮晃晃迷得眼睛都睁不开，中宇揉揉太阳穴端起酒杯一饮而尽。再次抬眼的时候他看见了碧寒，她脸上闪亮的银粉刺激着人的眼球，穿着一件很暴露的黑色蕾丝吊带衫。在那一群人中她大声地说着话，笑的时候，漆黑的长发发梢飘舞，笑得那么放肆。

想必中宇刚进来时碧寒就看见了他，他还在愣神中，碧寒已经拿着一杯酒走到他面前，笑嘻嘻地说："我新交了男朋友。"

中宇面无表情地看着她。

"中宇，你真的不爱我了吗？我们重新开始好不好？"她的手指轻轻地抚摩着他的手臂，控制不住的泪水一滴一滴地打在他的手指上。

中宇一动不动地看着她，他的眼睛那么亮，目光却冰凉，他无助地看着她："碧寒，我不是故意的！我曾经以为自己爱你，可其实我从来就没有爱过你。对不起！"中宇的眼圈一红，"真的对不起！碧寒，我是多么希望自己爱的那个人，是你啊！"

碧寒感觉自己像腐朽的千年老屋在他的话中哗哗啦啦倒下，

找不到一块完整的材料，也没有丝毫可以站起来的希望。她情不自禁地开始发抖，怎么也止不住。

“中宇，她并不爱你！那个女孩，她就是你的白月光，虽然美，却不真实！如果她爱你，她不会让你这样的难过。正如你若是爱我，也不会让我如此难过一般。中宇，今天，我来这里，是因为——你喜欢这里，我希望在这里可以遇见你。”因为期盼遇见，她和中宇一样傻，都曾在某个地点守株待兔似的等待。

碧寒说，他爱的那个她是白月光？若真是他的白月光也好，至少可以在夜晚见到她。

中宇望着碧寒，两个同样失意迷茫的人儿，他们同病相怜。中宇的悲哀倾泻下来，慢慢地、慢慢地浸过他的胸口：“碧寒呵，当你难过的时候，你怎么过？”

她定定地看着他：“中宇，我新交了男朋友，你有一丝难过吗？为失去我而难过？”

他，像被什么蛊惑一般，喃喃地自言自语：“白月光……白月光也好……”

望着他像一只流血的动物，碧寒突然就明白了：她永远不能让他为她而受伤，他不是为她受伤。这个认识像海啸一样猛烈冲击着她的心房。

“来，当你难过的时候，就来找我喝一杯吧。”碧寒微笑着举起酒杯，“一切都会好的！我会忘记你的，你也会慢慢忘记你的白月光！”

碧寒仰首喝光一杯酒，扬长而去。

音乐又响了起来，舞池中人群又动荡起来。

中宇仰首就着杯中的酒吃了几粒抗过敏的药，站起来踉踉跄跄朝门外走去招了一辆出租车。司机是个皮肤黝黑的中年人，用低沉的嗓音问他："去哪儿？"

去哪儿？中宇迷茫的在司机脸上打量半天，说："去城南那边。"

"城南那边？那边是要拆迁的老房子……"司机闻到他身上的酒味，好心提醒。

"嗯。就去那里。"中宇闭上了眼睛。

下了车，中宇抬眼看了看眼前老旧的房屋，凭着印象寻找那次送未来回来的巷子，这样的老巷在这个城市已经不多了，它承载着众多的沧桑变迁，佝偻残续着，仿若那旧日巷中高高的茶楼里点着的一丝烛光，昏暗欲灭。

站在那巷口前，中宇忽然激动得泪流满面。他坐到地上，借着月色打量着那长长的青石板，顺着路势曲折起伏的向远处深处暗处延伸，酒意越来越浓，他昏昏沉沉地睡了过去。

未来揣着几封写好的信，一个人走在青石板巷子里。她总想象着，一个七孔流血、披肩散发的女鬼与她迎面走来，而她却不躲不闪，依旧迈着脚步款款向前走去，擦肩而过的时候，她朝那女鬼露出一个嘲讽的笑……

当她看见中宇时，那情景和她的想象如此相似。

只是，中宇不是女鬼。他也不是迎面走来。他坐在地上靠着墙，面目融合在夜色中一团模糊。

未来顿住了脚步，那种久违的熟悉感向她扑来，她试探地叫了声："中宇？"

他哼了哼，她的声音是那么的不真实，他依旧闭着眼睛，脸上却露出微笑。那笑犹如寂静深夜中的一滴水，彻底将她的神经击垮，她慌忙向前几步冲过去，双手捧住他的脸喊道："中宇，任中宇……你，你喝酒了？"

中宇打了一个激灵，猛地睁开眼睛，眼前的她一脸紧张。他伸手摸了摸她的脸，憨憨地一笑："真的是你！你的脸，是热的。"

未来的眼圈一红："傻瓜，这么晚了，喝这么多还往外面跑。"

中宇一把拥她入怀，他的一颗泪滴在她的脖子上，滚烫的。彼此都看不见对方的脸，未来不哭，眼泪只是在眼眶里打转，她努力让它们不要滴落下来。

"亚亚，你感觉到吗？我的心，想念你的那颗心，它很难过。你说，我该如何放下这颗难过的心？还有这样的你，我又该如何放下？我感觉了无生趣……"

他怀抱里的温度，令她一动也不想动，她是如此贪恋这份温暖啊！

沉默半晌，她缓缓开口告诉他："可是中宇，我并不叫亚亚，我的真名不叫亚亚。"

中宇用力地搂着她，摇了摇头："不管你叫什么，都没有关系。"

她猛地抬起头，已经泪流满面，她用双手捧住自己："中宇，我的胃，很疼。"他急忙低头检查她，当他抬起头看见她脸上的笑才长吐一口气，说："傻瓜，那是心脏的位置！"

"走！今天，由我带着你，去一个地方。"未来牵着他的手朝巷口走去，他顺从地跟随其后，并不开口问她去哪儿。只要和她在一起，即使地狱，也是天堂。巷口两旁的灯昏黄暗淡，隔着五六十米方有一盏，听着走过青石板路发出的踢哒声，还有他们那被路灯拉长消逝的影子，一丝幽幽深深的气氛笼罩住他们。

未来带他来到她居住区的教堂。白天，人们在这里虔诚地咏唱上帝，夜晚，这里只剩下天花板上的灯在孤零零地亮着。未来用一种黯然的声音低低地向他讲述着一些关于童年、死亡、迷乱的记忆。

她说："我害怕听到外婆他们那如同来自天堂的吟唱，站在他们当中，望着耶稣我只感到一种强烈的恐惧。"

"你相信神吗？"他的眼睛湿润了。

"神？那只是别人的神。不是我的，"她淡淡地笑了，"在我难过的时候，我会写信给母亲，然后在夜晚带到这里来静静地读给耶稣听，请他转达给她。"

他沉默。

"我的母亲永远穿着漂亮的高跟鞋，因为那个男人喜欢。我痛恨那些鞋子，以及它们走在地板上时发出的那种寂寞的声音，那声音一如既往地惊凉我的心灵，回荡在我的脑海中。所以，我从来不穿高跟鞋。"她掏出信笺，拿出打火机点燃它们，看着它们慢慢燃烧，化为灰烬，只留下一缕青烟在她手上缭绕。那余烟，让她感到踏实。

她的故事太令他震惊，中宇听到自己的心脏剧烈地跳动，他沉默地抱住她，不发一言。

她把脸靠在他的肩上："中宇，我无法站在人群中面对上帝。我无法在众人面前面对那张被无数人朝拜的充满痛苦的脸。可是，夜深人静一个人面对上帝时，我的心中却有着充实的温暖。"

"以后，我永远陪着你，不会让你独自一个人来面对上帝。此生，请你答应我，与我共度余生。"中宇轻轻抚摸着她的长发。

"中宇，对不起。只怕我没有那个福分。"她梦呓般地说。

"不会！让我再讲个故事给你听！……在草地上，有两只相爱的虫子，它们朝夕相伴，耳鬓厮磨，像童话里的公主和王子一样过着快乐幸福的生活。有一个顽皮的孩子，发现了这两只如影随形的伴侣，于是一次又一次地把它们分开，园东、园西、土里、泥里，可它们总能找到对方。顽童终于想出了一个恶毒的主意：他把它们烧成了灰，分别融在两支蜡烛里。然后，他哼着歌出去玩了。好多年以后，顽童长大了，从远方回家来，他忘记了许多童年的事，因为他已经成长为一个出色的人物。在破旧的阁楼里，他找到了儿时的玩具，当天黑下来的时候，他顺手在蜡烛盒里摸了两只蜡烛点燃。这时，他看到了什么——两支蜡烛的火苗慢慢靠近，终于靠到了一起，变为一簇，火星皮噼啪闪烁……”中宇的眼神认真而坚定，他伸出手去抚摩着她的脸，“所以，我就像那条虫子一样，我不会离开你，永远不会！直到我死去的那一天。我要在你身边，不让你再孤独。此生，我愿意执子之与子偕老！”他的声音低沉却坚定。

未来缓缓抬起头看着中宇，他就在那里，只要她伸出手就能触摸到他。可他和她之间却又隔得那么远，一步之遥却无法跨越，擦肩而过她却拉不住他……她转过头看向耶稣的神像，当着神的面，她把自己的心血淋淋地捧出来——她爱上了自己的弟弟，她爱上最不应该爱的人！神啊，她是有罪的。泪如雨落，她轻轻地用手掌擦拭它们，依稀能感受到它们的绝望，还带有一丝残存的温度。那带着温度的绝望烫得她手心发麻。她低头注视着那些泪滴，她听见它们在用无奈的声音说：离开吧！你该离开了！即使整个世界都欠你，中宇并不欠你，他那么爱你！走吧，跟着我们一起飘吧，一直飘到最高最高的月亮上头，直到你遇到一朵带着微笑的蓝色小花……

中宇的泪水也布满脸颊，他苦涩地笑着说：“不要哭了。对不起我让你如此为难……不接受我没有关系,请你不要再哭……我真的见不得你在我面前流泪……我,不逼你,给你的那枚 Darry Ring,永远为你留着……”

未来蹲下身体捧住脸放声痛哭起来。

安亚,即使是你,也没有在我哭泣的时候告诉过我——你真的见不得我哭!如果你爱我,你又怎么会丢下我?可是这个叫中宇的男人,他说他永远在我的身边陪着我!

中宇感觉自己的心都碎了,他觉得自己是如此笨拙,他不知道如何才可以让她停止哭泣,他只是软软地靠在桌子上,软软地,像一个快要死的人。好吧,如果哭泣可以让她好过一些的话,那就哭吧,不要管他,他什么都可以承受。

仿佛沉寂了一个世纪,天边已经微微发白,教堂的风琴开始低声歌唱。

未来似乎听到了流水的潺潺声,像一直在她梦境中流淌的教堂音符声。她笑了,几滴泪,从她的眼角流出,慢慢滑落,然后蒸发。她看见泪珠在向她招手,并微笑着说:来,要离开了,真的要离开了……未来用手理了理头发,凝视身边的他。

中宇呵,我知道你爱我。可是,你却不知道我爱你。

未来扬起脸,微笑着对他说:“中宇,我真的不能和你在一起。此生此世,我永远不能爱你!”她伸手抚摸着他苦楚的眼,摇着头说:“不要难过。至少此时,我是爱你的。这个世界上没有什么可以永远存在,就让我对你的爱停在这一瞬间吧。明天下午,请你做好准备,我会告诉你我的真实姓名,我会告诉你我们不能在一起的原因……”未来的声音哽咽了,她顿了好一会儿,才低低地说:“哪怕你恨我怪我,也没有关系……明天下午,我告诉你所有的一切。”

未来拖着沉重的脚步转身准备离开，一脸不解的中宇抓住她的手，她的话令他害怕，鬼才想知道什么真相！未来缓缓地挣脱他，决绝离去。

呵，中宇，如果有来生，我愿意生成一棵树，没有悲欢的姿势，站成永恒！一半在泥土中安详，没有悲喜；另一半在风中飞扬，沐浴着阳光。可以那么沉默，可以那么骄傲，永远不需要依靠，也不需要任何悲喜。

看着她离去的身影，中宇的心就像一只溺水而死的鸟一般湿答答地浮上来，悬在那里。即使他已经让自己低到了尘埃里，他还是无法走进她的心。

当他带着一脸的落寞回到家，母亲探询又担心的目光让他有种抱住她痛哭一场的冲动。就像小时候踩死一只受伤的蜻蜓那样抱着母亲心痛地哭着。但，自己已经不是小孩子了。

李佩穿着一身牛仔，看上去像三十多岁的少妇，岁月在她的身上留下的痕迹太少。她走到中宇的面前，对困兽一般的中宇说："儿子，陪妈去打高尔夫。"

中宇提着精神来到高尔夫球场，打了半个小时，便无趣地扔下球杆来到球场旁的树荫底下坐了下来。

李佩走过来跟他并排坐下。

"儿子，那女孩真的让你这么的伤心？她真的有那么重要？"李佩叹了口气，无奈地问。

中宇沉默。

"既然真的爱她，那你就努力地去争取啊！我儿子这么优秀，她凭什么不喜欢！"李佩拍拍中宇的肩膀。

中宇抬起头注视着天空，天空是湛蓝的，飘着几朵白云。

“妈,我觉得自己的心好像缠绕着一些坚韧的丝线,很疼痛也很无奈却又没办法去弄断它们。”中宇的脸色苍白黯淡,眼睛因为一夜未睡充满了血丝。

李佩的心收紧了:“儿子,她到底是怎样的女孩?她为什么不爱你呢?连碧寒这么优秀的女孩都那么的喜欢你呢!”

中宇的眼神是几近游离的,有些恍惚。他痛苦地看着母亲,轻声地说:“妈,我不知道她是怎样的一个女孩,从刚认识她的时候,我就把灵魂押在她的身上。但是我突然发现,我对她所有的一切,包括她的话语、她冷漠的表情,还有她那看不出内容的微笑全然陌生。妈,我应该怎么对待她?她说她可以和任何一个男人在一起,唯独和我不可以,为什么?为什么唯独和我不可以?可是,我能感觉到她的心,她是爱我的……”泪水顺着他的脸流了下来。

李佩震惊了,中宇的泪水让她的心收紧,她真的对这个女孩好奇和戒备起来。她皱着眉头想了一会儿,冷冷笑了笑,她倒想看看这个女孩到底是何方神圣。

“来,儿子,打电话约她出来吃晚饭,二街那边新开了一家叫维多利亚的西餐厅,环境很好,”李佩拍着儿子的肩膀肯定地说,“女孩子嘛,就是要追。听妈的话没错,晚上约她去吃饭。你这么优秀,她看不上你除非是瞎子。”

中宇默不作声,眼睛亮亮地有点复杂地看着母亲:“妈,她说她会告诉我她不能接受我的真正原因,可是……我压根就不想知道什么狗屁原因!”

李佩沉吟片刻,说:“中宇,女人的心思是很复杂的,作为男人的你根本无法理解她们。来,关键时刻还是需要老妈出马。你约她去吃饭,你放心,我只是远远地看看她,我不会出现在你们面前。

我可以从她的表情上看出来她到底爱不爱你……别不相信，你老妈就是有这本领！来，给我笑一个，我的傻中宇。”李佩拍了拍他的脸，亲亲他的额头，命令道：“去房间睡一觉，醒来精神饱满地去约会！”

中宇闭上眼睛，沉沉地睡去。母亲的安慰让中宇的心得到安宁，只是睡梦中，思念肆意地膨胀，带着他的心一起朝着未知的前方飞翔……

二街新开张的维多利亚西餐厅，门口有两株迎客松，枝繁叶茂，似乎正在笑语盈盈，向客人招手致意。装潢得富丽堂皇的大厅让人悠然神迷，深红色的地毯与墙上的壁画连成一体，古典和现代的结合，产生了强烈的立体效应。灯光平滑而柔和地投射在每个角落，萨克斯音乐悠扬地一点一点地坠落在餐厅每位顾客的耳边。李佩坐在一个不起眼的角落，她一边吃着牛排一边偷偷注视着不停看时间满脸焦急的中宇，心中暗暗好笑。恋爱中的人啊，分离一分钟都是残忍的，想想自己当年也是如此焦急地等着心爱的人儿，那种心情，现在想起来，依然那么清晰。李佩心中更加好奇，一心想看看让儿子如此着迷的女孩到底是什么样的，她不由得也暗暗焦急起来，想一睹庐山真面目的心情愈加迫切。

当未来出现的时候，李佩犹如五雷轰顶。呈现在餐厅灯光下的是一张没有任何化妆的脸，透明般的肌肤在灯光下像平滑的丝缎，漆黑浓密的长发散乱地铺在背上。她穿着纯棉的白色短袖衫和灰色的短裙。一双漆黑如墨的眼睛充满了倔强、野性、桀骜，以及冷漠。这双眼睛散发出的尖锐一下子就戳入了李佩的灵魂，是她！李佩惊慌失措，她的脑子“轰”的一下，视线便模糊起来，过去的噩梦一幕幕浮现在眼前:9 岁的女孩女巫般恶毒的眼神、幽灵般出现在背后的身影、黑暗中在床前冷冷注视着自己的眼睛、床单下的死金鱼、破碎的衣服和剪刀、跌入池塘中的中宇……这些画面交织在一起,李佩感觉自己的心在一点点跌落,她觉得地狱里的毒蛇在缠绕噬咬着她的躯体和灵魂,恐惧从每个毛细孔散发开来……等到她回过神来,他们已经走了,餐厅里没有他们的身影。李佩跌跌撞撞地向门口跑去,试图追上他们。跑到门口时,有服务生冲过来拦住她:“您还没付钱呢!”李佩从提包里抓住一把钱塞给他,慌张地朝外奔去。

街上来来往往的行人依然一如既往地匆忙,各色出租车、私家车缓缓驶过,霓虹灯闪烁的各类歌舞厅、夜总会令人目眩……李佩狂奔起来,可眼前依然找不到他们的身影,最后她绝望地停下来开始往回走,巨大的恐惧笼罩着她。她拨打着中宇的手机,响了好久却一直无人接听。李佩回到车上不知疲倦地拨打着中宇的手机,直到手机没电自动关机。

李佩铁青着脸,她用力地咬着嘴唇启动引擎,神情有点恍惚。当年赢得了爱情,以为自己从此会永远幸福,可那女人,却留下一个恶魔般的女儿来再次跟自己争夺。那个女人,不但生前跟自己争夺鑫楠,死了还要留个魔鬼女儿来跟自己争夺儿子中宇。自己到底做错了什么?难道她争取爱情、争取幸福也有错吗?

不行,中宇,我一定不会让这个女孩伤害你!中宇是那么的善良,他的眼睛清澈纯洁,他从来不懂得任何伤害。我不能让这么好的孩子让一个魔鬼给毁了。李佩的眼睛已因愤怒而变得血红,握着方向盘的手一直在发抖。这时,一辆警车追上来对她吼道:“这是单行道,不能逆向开。”她一惊,赶紧抬脚向刹车踩去,精神恍惚的她却一脚踏上油门，迎面货车司机拼命地冲她按着喇叭。李佩眼睁睁地看着自己连人带车径直地冲向货车，她觉得自己像波浪似的扑向货车，世界像一堵墙轰然倒塌了，天空猛地暗了……

站在月桂山山顶的那棵大樟树下，未来长长地吐了一口气，认真地欣赏着那山、那水、那一草一木、那虫扑鸟飞……她回眸冲他微微一笑："中宇，那次你为我燃放一场盛大的烟火，我觉得我们之间的结束也应该在这里……"

中宇嘘的一声，掏手机对着她："不要说话，先什么都不要说。来，我来为你拍一张照片。"

未来头一低，她真的很不习惯面对镜头。中宇沮丧地看着手机屏幕："呀，像个女鬼……"待他看到手机屏幕上的几十个未接电话时，吓了一跳，这才发现手机不小心碰到了静音上面。全是母亲打来的未接电话，中宇忍不住笑了笑，母亲真是性急啊。中宇叹了口气，走的时候他压根把母亲给忘到天涯海角……中宇取消手机静音，带着淡淡的笑意说："好吧，现在，我洗耳恭听你要告诉我的话。"至于母亲的电话，晚点回也无妨，至多让她痛骂一顿吧。

未来沉默片刻，艰难地开口："我不叫亚亚，我叫……"这时，中宇的手机突然响了起来，铃音是莫扎特的《土耳其进行曲》，父亲的来电。中宇抱歉地说："等会儿再说，我接个电话。"电话一接通，就听到父亲焦急的声音："中宇，你在哪里？你妈妈出了车祸正在医院抢救……"中宇的脑子一片空白，他匆匆地告诉她："对不起，我家中有急事，我得马上赶回去。我们赶紧下山吧。"

未来长吁一口气，竟然觉得一下子轻松了许多。原来那些话，竟然是那么的难以开口。

中宇到达医院的时候，远远看见父亲独自一人坐在手术室外面墙角的椅子上,他的头靠在墙壁上,闭着眼睛。中宇看见父亲脸上的肌肉微微在颤抖,他的脸看上去依然像 40 岁左右,只是头发已经白了一部分。中宇心里一酸,自己从来都不知道父亲的白发是如何一点一点地蔓延开来。

“爸,我来了。”

听到中宇的声音,任鑫楠睁开了眼睛,看了他一眼,脸色平静地说:“你母亲在手术室,已经三个小时了。”

“爸,你不用担心,妈一定不会有事的。”

“嗯。”任鑫楠支吾了一声,便又闭上眼睛不再说话,他似乎在思索着什么,又像渐渐地走入梦乡。

中宇站了起来,焦急地踱着步,心中暗暗为母亲祈祷着。

时间一分一秒地过去了,手术室大门一直紧闭着。

“中宇,你坐下来,坐到我旁边来。”父亲忽然开口对他说。

父亲紧盯着他的脸,因为疲惫而黯淡无光的眼睛里面有些威慑,仿佛要洞穿他的内心世界。

“中宇,既然不爱碧寒,为什么当初又跟碧寒走在一起?”

“爸,现在为什么要跟我提这个?妈现在生死未卜,你为什么要提起我的事?”

“中宇,爸爸从来都不强求你去做什么,我希望你能继承我的公司,而你非要坚持从事保险业,我也没有勉强你。我一直都让你过你想过的生活,走你想走的路!可是,在这件事上,爸爸决不允许你三心二意!”

中宇沉默着。父亲叹了口气,缓缓地说:“在我年轻的时候,我爱上一个女人,她并不是你的母亲。可是,年轻时候的爱,说没有就没有了。那女人,她性格沉默内向,很少向我吐露她内心的想法，和她在一起，我觉得沉闷不堪。直到我遇见你的母亲后，我才下决心要离开她。那时候，她已经为我生了个孩子。可是，我疯狂地爱着你的母亲，我已经无法回头。而那个女人，她一直默默地守候着我，直到有天我决定彻底离开她时，她选择了一种惨烈的方式来解决一切。在那时，我明白自己错了。人爱上了一个人就不应该放弃那份爱，哪怕爱已经消失，可是还有责任，还有恩情，还有许许多多的东西，为了这些，我们应该一直守护着爱过的人，而不应该想要离开！"

中宇凝视着父亲微微闪着泪花的眼睛说："我从未爱过碧寒，我只是迷恋过她的头发。"

"那你当初就更不应该跟碧寒在一起！"

"爸，碧寒跟你爱过的那个女人不一样，我和她彼此都是内心空虚的人，我们需要在一起，直到对方有谁决定离开，我们彼此不会有太大的伤害。她是个会享受人生，漠视一切痛苦的女孩。"中宇冷静地说。

任鑫楠无奈地看着他说："你以为自己很了解碧寒？其实每个人都不会知道别人真正的内心！就比如当初，我也没有想到那个女人视我如生命。我……我以为她对什么都不在乎。"

"爸爸，我这次是真的爱上了一个女孩，我愿意给她一切。我无法回头！"中宇的声音低沉而坚定。

任鑫楠默默地闭上眼睛，转过头不再看他。

凌晨 4 点的时候，手术室的灯终于灭了，门被啪地打开。医生走出来对他们说："人已经脱离危险，但脑部受到重创，可能要很长时间才能苏醒过来，而且，以后可能会有一些后遗症。"

中宇提着的心终于微微放了下来，他听到身边的父亲缓缓地舒了一口气,刚想叫父亲回去休息,父亲却两腿发软地瘫坐到地上……

安顿好父亲后,中宇一直坐在病床前默默地守护着母亲。

李佩的病情基本稳定下来,已经是一个星期后。夜里查房医生看见中宇顶着一头乱糟糟的头发,忍不住开口劝中宇回家休息休息。中宇这才想起自己已经多日没有洗澡,清晨王妈来送早餐时,中宇决定回家洗个澡好好睡一觉。走出医院大门,抬起头看了看天空,天空中飘浮的每一朵云都幻化成她的脸。那朵在沉默,那朵在沉思,而那一朵在哭泣……呵,到底哪一朵才是你?你到底是谁?而我要如何才能让你躲避的心不那么彷徨?中宇的内心深处隐隐觉察到一种未知的危险,他只愿她一切都好,其他的,他都不想知道。

可是未来不好。她一点儿也不好。

她内心的鲜血,像一朵开得欢畅的花。

清晨,她到外婆的床前亲吻着外婆,想叫她起床,去教堂的时间到了。她热热的吻印在外婆冰冷的脸颊上,她用力地推着外婆,唤她。

可是外婆一动也不动,外婆死了。

未来猝然跪倒,抱住外婆哀哀地痛哭,无法自持地呜咽:"外婆……你也丢下我,你要我今后怎么活?外婆……除了你,这个世上还有谁在乎我有没有吃饱,衣服有没有穿少……外婆,我就你一个亲人了啊!你睁开眼睛吧,我求你睁开眼睛吧……我对不住你,我今后再也不抽烟了,我知道我抽屉里的烟都是你偷偷收起来的,可我还是瞒着你偷偷地买烟,我该死,我真该死……外婆,冬天要到了,谁来为我织毛衣……我的毛衣还不够穿,还不够暖,你不要死……”头部一阵剧烈的疼痛，未来感觉天在旋地在转，鼻血一滴滴地滴落在外婆的脖子上，触目惊心。未来惨然一笑：“好，就让我也这么死去吧！”未来浑身一软，仰后倒下……

许之俊看着台上美艳的模特们，心不在焉地用手指敲打着手机频幕。Kimikou 昨天一天没有上班，打她的电话总是无人接听。她不是一个没有工作责任心的人啊……许之俊正在胡思乱想，江欣走到他面前递给他一杯热咖啡：“一副心神不宁的模样，我的大情圣，遇到难题了吧？”许之俊接过咖啡，嘻嘻一笑：“逮到打趣我的机会可不容易，得用点力，机不可失哇！”

江欣伸出一根指头托住他的下巴，调戏道：“要不，你重新回到我的怀抱吧？”

许之俊打量着江欣，江欣刚从 T 形台走秀下来，穿着一袭黑色苏绣旗袍，衬托出她面容娇媚如花。柔软的丝绸面料裁剪得极为精致，每一处起伏凹凸都处理得恰到好处，让江欣的身材显得更加高挑性感。许之俊挑了挑眉头，戏谑道：“嗯……你的确是个大美人……”

江欣一愣，脸竟然开始微微发红。许之俊拍开她的手，哈哈大笑道：“就是跟你太熟了，不好下手啊！”

江欣啐了他一口，白了他一眼：“将来待我嫁得如意郎君之时，你可别偷着哭鼻子！”

许之俊抬起手腕看了看时间，已经是上午 10 点了，他再也忍不住了，站起身拍了拍江欣的脸蛋，应道：“好好好，我不偷着哭，我当着你的面使劲哭给你瞧，行了吧？演出结束，中午你带着其他模特们去吃顿大餐，我先出去办点事。”

许之俊开着车来到未来居住的巷子，停好车他凭着印象找到未来家，门口摆放的几个花圈令人心惊，许之俊推了推门，门是锁的。转过身，他看见一只黑色的土狗从身边跑了过去，这只狗在不远处的垃圾堆里嗅了嗅又跑开了。他往回走的时候看见一个胖女人坐在院子里剥着玉米皮，她的脸色红得发紫。看见他，她开口唠唠叨叨地说："你是来参加隔壁家葬礼的吗？老人家可怜啊，就祖孙二人，这一走就剩下个沉默寡言的孙女……哦对了，老人家今天出殡，现在在教堂里举行告别仪式呢！唉，好人啊……"许之俊道了一声谢，抬脚朝教堂方向跑去。

走进教堂便看见她一身黑衣，她仿佛已经不再是她了，空留一张悲伤的面具。她对一切都视而不见，只把自己隐藏在黑暗中。葬礼上，教堂里天天跟外婆在一起做礼拜的几个老人在轮流与外婆道别，场面冷清而又平淡，没有过多的眼泪。许之俊缓缓走到外婆的遗体前，跪下来给老人磕了三个响头。

许之俊和几位老人帮忙操办着葬礼，当殡仪馆工作人员抱着未来外婆的骨灰盒走出来时，许之俊看见未来凄楚的眼神定定地望着骨灰盒，摇着头喃喃地说："这不是我外婆，这不是我外婆，外婆怎么可能变成一堆灰呢……"许之俊忍不住走过去抱住她，拍着她的后背说："不要这样，让老人家走得安心一点吧！"未来猛地一抬头，他的话让她受到惊吓一般，她怔怔地看着他，一动也不动。突然，她沙哑着声音问："我难过，外婆就会不安心，对吗？"许之俊眼圈一红，点了点头。她笑了，应道："那好，我不难过……让我再为外婆哭一场，我保证我不再难过……"说完，她挣脱他轻轻走过去接过外婆的骨灰盒抱到怀里，发出一声凄厉的哭声。那不是哭声，那是哀号，那尖厉的哭把它碰到的一切都撕裂……许之俊在这哭声中丢盔卸甲溃不成军却不想就此逃亡，他在她直挺挺倒向地面的刹那扑过去一把抱住她："好了好了，一切都过去了……"

未来紧闭着眼睛晕死过去，她的脸色苍白，额头上全是冰冷的汗水，眼泪正顺着脸颊往下流。许之俊把她抱了起来，她的身体在他的手上，突然丧失了分量一样，就像一枝被揉干水分的花，突然间枯萎颓败。

未来发着烧，她感觉自己陷入了无尽的黑暗中，做着一个冗长的梦。梦中，她看见母亲安亚和外婆，天空中挂着皎洁的明月，明亮的星星闪啊闪。还有那清脆的蛙叫、唧唧的虫鸣，外婆那像星星一样繁多的传说和如同月亮一样古老的歌谣在她的耳边回旋，可天空有颗流星划过夜空时，她就突然听见从夜空的另一端传来的母亲的哭泣声……

"Kimikou、Kimikou……"许之俊焦急的呼唤声将她唤回人间，她睁开眼打量着周围陌生的环境，喃喃地问："我是死了吗？这是哪里？"

许之俊又心痛又好笑，没好气地说："你咒自己都不忘把我也捎带上，这是在我家。"

未来一惊，挣扎着就要起来："我要回去了，回去晚了外婆会着急……"话一出口，她猛然意识到，外婆已经去世了。她愣了愣，泪如泉涌，又无力地睡了下去。

许之俊摸了摸她的额头，担忧地说："你一直在发烧，你已经昏迷了一天。"

未来苍白的脸上露出一丝微笑："我在你家？"

许之俊摸了摸脖子，急急地解释："呃……你昏倒了……我不能见死不救吧，你放心，你的衣服是我请保洁阿姨帮忙换的……"

未来低头看了看自己，身上果然换了一套新的睡衣，她默然半晌，说："谢谢你，我要回去了。"她说完便想起身，可体力实在是太差，又跌倒在床上。

许之俊连忙拦住她，沉着脸说："你在发烧，一直说着胡话。我想带你去医院，可我一靠近你，你就张牙舞爪地挠我……"

未来看见他的鼻梁上方果然有一道清晰的血痕，羞愧之意涌上心头，刚想道歉，许之俊仿佛看透她的心理，截住她的话头说："你要是觉得抱歉的话就听我的话，待会乖乖跟我去医院检查。"见她低头不语，他又接着说："Kimikou，你外婆已经去世，虽然你很伤心，可是……你还是节哀吧，老人家希望你开开心心的。这套房子我买来一直空在这里，只有保洁阿姨定期来清扫，你就暂时住这里吧。你……外婆走了，我不放心你一个人住在那老房子里。"许之俊把一串钥匙放到她的手心，用哄孩子的语气说："就当让我安心吧，好不好？不要拒绝我。"

未来依旧不吭声。许之俊慌了，作着揖说："就当我上辈子欠你的，现在来还你的债好不好？我这么个大帅哥里子面子都被你拆光了……"

未来低声说："是我欠你的太多，真的谢谢你！我怎么好意思……"

"好意思好意思！我也是为了我自己，你住我这里我好近水楼台先得月，我一直觊觎你你又不是不知道……"许之俊急急地说。

未来忍不住笑了，"觊觎"这种话，他也真好意思说出口。

去医院的路上，她突然开口问他："你说，天的最上面，会是怎样的境界呢？"

许之俊握着方向盘，目光注视着前方，轻声回答说："那里，只有鲜花、歌声、美梦、快乐、微笑……再也没有离别，那里的人们，永远幸福快乐。”

未来闭上眼睛靠在车座上，长舒一口气。

走进医院，未来忍不住屏住呼吸，那刺鼻的消毒水味道就像是迎面拂过来的强烈又充满腥臭的海风。在这个从出生到死亡不断轮回的地方，每个病房里都演绎着太多的故事，那腥臭的风中充斥着满满的故事。许之俊拿着她的身份证，闷笑了半天才说：“原来你叫未来啊！真是人如其名，奇怪得要命！”未来微微一笑，什么也没说。许之俊又说：“我去缴费，你等我。”

未来点点头，她打量着周围，头顶天花板的白色灯光散漫地铺开，像透明的水漫过她视线里每个穿白大褂的脸，一点点、一丝丝，水位慢慢升高，淹没了他们的嘴唇、鼻子、眼睛……未来觉得鼻腔里一热，一低头，几滴鼻血低落到衣服领口，她慌忙扶住墙壁仰起头。许之俊拿着缴费单走出来看到未来正在流鼻血，急忙上前帮她按住。未来虚弱地笑笑，安慰他：“发烧最容易导致流鼻血了，没有关系的。”许之俊担忧地蹙起眉头。

靠在医院长椅上等待检查结果时，她低头看着自己的脚尖嘻嘻一笑，说：“你这位老板真是员工的福星啊，员工生病不但放假，还亲自陪同。”

许之俊的眼中充满对她的怜惜，还有等待结果的忐忑和心焦，他自嘲地说：“谁让我对这员工有贼心呢，这是对她的贿赂。”

未来白了他一眼，长吐出一口气轻声说：“我多希望现在的生活是一场梦啊！其实做噩梦是件挺幸福的事儿，至少当你睁开眼梦魇就会消失。可比噩梦还要可怕的现实，我怎么去挣扎去苏醒都难以摆脱那些可怕的现实。我宁愿长睡不醒也不愿意去面对眼前的现实。”许之俊静默片刻，伸出手想要抚摸她的头发，可手在空中停顿半天最终无力地放了下去，他叹息着说：“我相信，一切都会好的。”

这时，护士来喊：“未来，谁叫未来？请去医生办公室。”

医生是位胖胖的中年人，他靠在办公椅上，用手扶着自己的额头，一副劳累过度的模样。看见他们进来，他示意他们在面前坐下。医生拿着未来的检查报告，打开看了半晌，眼镜后面的眼睛眯缝起来，他开口问她：“未来？”

她点点头。

“最近有没有频繁流鼻血的状态？”医生问。

许之俊紧张地看着他，答道：“是有，可是并不是经常。对吧？未来？”

医生看了看他，问：“你是她什么人？”

许之俊一愣：“我……是她的……哥哥。”

医生一皱眉头，又问：“你妹妹最近有没有频繁犯头疼？”

许之俊定定地看着医生，眼眸里浮现出凌厉的火花。他冷冷地说：“你到底要说什么？”未来握了握他的手，冲他摇了摇头，对医生答道：“是的。有时候，我感觉头特别地疼，如同爆炸一般。”

医生轻咳一声，指着 CT 单说：“你的脑部 CT 显示有一个直径 5 厘米的肿瘤，肿瘤已经压迫脑部血管神经，所以你会经常流鼻血……”

许之俊猛地一把抓住医生的胳膊，一脸错愕又茫然地看着他，仿佛他说了一句多么不可思议的话。医生有点恼怒地说：“请放开你的手，不要激动。人吃五谷杂粮，生病也是很正常的事……”

未来一把抱住许之俊用力地把他推到门外，冷静地说：“不要这样，是我自己不争气，你不要迁怒于别人。”许之俊的眼眸里是一片零落，什么话也说不出来。

未来转身又走进医生办公室，对医生道歉："对不起，我哥哥很难接受，真是对不住您，还请您谅解。"

医生看了看她，叹了口气说："我能理解。"

"我能活多久？"她问。

医生愣了愣，说："目前不知道肿瘤是恶性还是良性。需要进行脑血管造影、脑断层检查扫描或核磁共振检查来确认，良性肿瘤进行手术痊愈的概率非常大，但若是恶性的话……"

未来点了点头，淡淡地说："我明白了。谢谢。"

走出医生办公室，许之俊双手抱头坐在椅子上，未来把手轻轻放在他的肩上，他抬起头，眼圈红红的。

"未来，我们去最好的医院！现在的医学这么发达……我给你找最好的医生，我们尽快动手术……"许之俊的嗓子哽住了，再也说不下去。

未来的眼神像是一个飘忽的火苗，在冰冷的死水里滑行，她茫然地说："你，为什么要对我这么好？我，并不爱你！我不想欠人太多……"

许之俊心如刀割，他摇着头说："没有关系。只要你肯给我机会，让我好好照顾你，那就是对我最好的回报。"

未来捂着脸蹲下身体哭了起来："我该怎么办？我不应该这么脆弱，我应该找个地方一个人静静待着，我不能这样做……我不能让你照顾我，我不能太自私……"

她的话让许之俊听得酸痛难当，未来是多么善良的孩子呵！他把她拉起来拥入怀里："未来，从今以后，我就是你的亲人。以后，我就是你的哥哥，我比你大很多，让你叫一声'哥'不委屈你吧？

请你让我心安，不要跟我说什么欠不欠的，觉得欠我的，你就给我好好活着，今后做牛做马地报答我。更何况，也许是我上辈子欠你的，所以这辈子才要遇到你，偿还我上辈子的债，我求求你让把债还了吧，要不然这么利滚利的，下辈子我需要还你更多……”

未来扑哧一声笑出声来，呵呵，这就是许之俊，即使在煽情的时候也可以如此吊儿郎当。

搬到许之俊那里的时候，未来只带了几件棉布裙子，手里拎着几双高跟鞋。许之俊觉得奇怪极了，他从来没有看见未来穿过高跟鞋。

“鞋子是我母亲的。”她笑笑对他说。

阳光中，许之俊的眼睛眯了起来，“未来，今天我要好好地庆祝！”他说，“为咱们开始同居的第一天庆祝一下。”

未来白了他一眼：“同居？”

许之俊挠挠自己的耳朵：“呃……若你大发善心，偶尔也可以留我在此借宿……”

未来叹了口气：“唉，你看看你挠耳朵的动作，还有一丝帅哥的模样吗？分明就是孙猴子下山了，让那帮迷恋你的模特看到了，一定让她们大跌眼镜。”

许之俊笑笑，不以为忤。他兴致勃勃地为未来布置着卧室，她坐在一边默默地看着，偶尔也过来帮帮忙。最后，许之俊拍拍手，说：“这窗帘太男性了，我想把它换下来。”

未来笑笑，随便他去折腾。

窗帘店的老板娘穿着精致的缎子旗袍，脖子上戴着一条鸡心项链，站在五颜六色的布料中丝毫不逊色。

未来忽然被一些卡通布料吸引住，她站在那堆布料面前饶有兴趣地摸了摸。老板娘娇柔的声音突然响起：“小姐，那是用来做床单的，不是窗帘布。”

未来愣了一下，然后指着纯棉的蜡笔小新图案对老板娘说：“就要这个了。”

许之俊一看，笑喷了：“真幼稚啊！”

老板娘也笑着说：“你女朋友很有童心。”

买好窗帘布，走出店门，天突然又下雨了。这个城市，这个季节，有些事物来得好不讲道理。例如这雨。雨丝飞在脸上，分外凉爽，楼厦在雨中沉默无声。

走出窗帘店，天空忽然划出一道闪电，像上帝发出冷漠的眼光，注视着这座城市。街上人们的嘈杂和汽车的呼啸混成一片。不远处是一栋正在施工中的楼房，苍白的塑钢窗歪斜地倚在暗红色的阳台上，如同一张被撕开的脸，墙面上吊在雨中工作的工人，像那张被撕裂的脸上的泪水。

天有些暗了。暴风雨就要来临了。

街上路灯已经打开，寂寞地站在那里任凭风吹雨打，泛着惨淡的青光照着未来苍白的脸。她海藻般的长发软软地搭在肩上，使她看上去有些憔悴，像个落魄的小精灵。回到车上，许之俊打开音乐，理查德的钢琴曲流泻出来。他发动引擎，问她：“冷吗？”她摇摇头，又默不作声地看着窗外。

“我想下个星期就帮你动手术，医生已经联系好了，是位刚从美国回来的脑外科医生，全球知名医生排行榜上，他排在第七。”他忽然开口说。

“我们去吃点东西，我饿了。”她绕开这个话题。

他把车靠路边停了下来，轻轻拍拍她的脑袋说：“好，我带你去吃烧烤。”

她听话地点点头，幽亮的眼睛微微眯着，这双映满忧愁、冷漠、炽热、坚持、脆弱的眼睛，让他心疼让他中邪，他用力地咬了咬牙，她柔柔地冲他笑着。

到了一家烧烤店，他们要了一个包厢，烤着牛肉。烤肉发出“嗞嗞”的响声，牛肉慢慢地溢出油，不一会儿空气中就充满了肉香味。

“你知道吗，我现在感觉很幸福。”她漆黑的眼睛柔和地闪烁着，“我多么幸运，可以有个像你这样的哥哥陪在我身边，让我不至于那么害怕。”

许之俊凝视着手中的牛肉，突然无法克制地微笑起来，“未来，吱吱请你一直幸福下去！”

离开烧烤店，雨下得很大，她坚持要去 KTV 唱歌。

她闭着眼睛唱，声音有些沙哑，唱得有些歇斯底里，调子跑得一踏糟，坐在角落里的许之俊却深深被感动着。

到家已经是次日凌晨 1 点。洗过澡，她躺到床上，疲倦地闭上眼睛。她像株美丽绝伦的植物，散发出致命有毒的香气。

许之俊轻轻帮她盖上被子，他的手指不小心触及她的脸颊，那里湿而冰凉。

听到他离开时的关门声，未来睁开眼睛木木地看着天花板。她并不害怕死亡，比起死亡，她更加害怕离别。在手术前，她想去跟中宇道个别。

也许，告别之后即是永别。

李佩一直昏迷着，这段时间中宇忙得焦头烂额。父亲一直在医院陪护母亲，公司的事情他已放手。中宇接管了父亲的公司，一边还要忙着自己的公司，还得去医院，他恨不得自己会分身术。中宇感觉父亲这些天衰老了很多，每当他看到父亲坐在病床前默默凝视着母亲时，他的心里就发酸。他害怕跟父亲一起面对昏迷不醒的母亲，父亲的难过让他感到无所适从。

下午，当他匆忙赶到医院时，满脸憔悴的父亲正握着母亲的手流着眼泪，见到中宇，他连忙拭干了泪，说："你妈醒了，但是医生说脑部受到撞击，所以对一些记忆有些遗忘。你不用担心，她会慢慢恢复起来的！还好，她还记得我们。"

中宇走过去，轻轻叫了声："妈！"李佩伸出手抚摩着他的脸，柔声地说："不要担心，我以后再也不开车了！让你们担心了！"母亲的脸依然美丽，明媚的笑容让中宇的心豁亮起来，他情不自禁地抱住母亲。李佩摸了摸他的脸："哎呀，我的中宇瘦了不少！"

中宇笑了，母亲的抚慰像是一顿舒心的早餐，以一种最质朴的方式安慰着他的心。

苏醒过来的李佩立刻吵着要回家，她再也不愿意住在医院里。于是中宇打电话叫来王伯帮忙收拾东西，办完出院手续回到家天已经要黑了。李佩执意要中宇留下来吃饭，中宇不忍心拂意。此时，中宇一颗放下来的心，特别地想要见到未来。他掏出手机拨打她的号码，可她却关机。他闷闷地把手机搁放一旁的茶几上，一顿饭吃得心神不宁。匆匆忙忙吃完饭，他赶紧告别，他恨不得立即见到未来。李佩疑惑地问道："为什么这么急着走？你不是还没有结婚吗？碧寒竟然这么管着你？"

中宇红着脸说："妈，我和碧寒早就不在一起了，我们早就分手了。"

李佩一愣，她努力地在脑中搜索着记忆，一些片段在脑中闪电般掠过但又捉不住看不清，这种感觉令她的头剧烈疼痛起来。父亲站起来走到中宇跟前，拍拍他的肩膀说："中宇，既然喜欢她，你们真心相爱的话就结婚吧！"

中宇愣了一下。父亲看着他，继续说："什么时候带回来，家人在一起见个面吃顿饭！如果，你们真的相爱，那就结婚！"

中宇笑了笑，匆匆告别驾车离开。

任鑫楠摇了摇头无奈地笑笑，真是儿大留不住啊，这段时间中宇太忙了，想必都没有时间去恋爱。李佩突然惊叫起来："呀，这孩子，手机都忘记带了。鑫楠，你赶紧给他送过去。"

任鑫楠接过手机，穿好外套拿起车钥匙准备去追中宇。李佩叮嘱道："你路上开慢点，注意安全。"想了想，她又叮嘱道："你别追他了，干脆给中宇送过去吧，再给他捎点糕点。"任鑫楠无奈地摇摇头，儿子再大，在自己娘的心中还是像个孩子，总惦记着他的吃喝。

一路上，中宇把车开得飞快，他像一只蝴蝶在夜色中隐匿穿行。来到她居住的巷子，他这才发现自己竟然不知道她的具体住址。敲开几户人家，当别人问他找谁，他犹豫了半天却说不出来自己找谁。她说过，她并不叫亚亚。闷闷地回到车上往回赶，他的心里五味杂陈。

任鑫楠到了中宇居住的楼下，楼梯间的感应灯坏了，他摸着黑上楼梯。当他的眼睛终于在黑暗中适应时，看到有个人坐在门前的楼梯上，他吓了一跳，连忙打开楼梯的应急灯。

未来双手抱着膝盖，头深深地埋在两腿间，突如其来的强烈的光令她不由自主地抬手挡在眼睛前，她试探地问："是中宇吗？"

"你是？未来？是你吗？你怎么坐在这里？"任鑫楠又惊又喜。

听到他的声音，未来缓缓放下手，满脸错愕。任鑫楠眩惑地看着她，就像看一道谜题："未来，真的是你！我找了你很久，可是……我一直找不到你。"

未来慢慢地站了起来，像被人施了咒语一般，眼睛一眨不眨地望着任鑫楠的身后嗫嚅道："中宇！"

中宇站在任鑫楠的背后，他紧紧地握住拳头，就这么静静地和她对峙着。

任鑫楠感觉体内所有的血都冲向脑门，他转过身，眼睛一眨不眨地盯着中宇："中宇，你，什么时候遇到未来的？"他的声音有些歇斯底里。

中宇的嘴唇毫无血色，当他从父亲嘴里听到"未来"这两个字时，顿时所有未解的一切都清晰了。她的痛苦、她的尖锐、她的矛盾、她所有的一切都有了解释，他终于明白了她！

中宇仍然不死心，他挣扎着甩甩头，软弱而无力地说："她不是未来，爸，你不要认错人了！"

任鑫楠痛苦地望着他们，未来冷漠而淡然的眼神飘忽着。他虽然不想去思考，但一个想法仍然迅速地在他心中成形，他只觉得心脏沉进了地底下，手脚变得冰冷，他一字一句地问："中宇，难道一直以来，你喜欢的女孩……竟然是她？"

中宇困难地思考着，他探询而又求助地望着未来，哀求的眼中布满血丝，他多么期盼可以从她嘴里说出："中宇，不要听你父亲胡说，他是骗人的！我不是未来！"那他会毫不犹豫地带她逃离这里。可是，未来收回她冷漠的目光后转向他，她残忍地盯着他苍白的脸，对他清清楚楚地说："是的！我叫未来，我并不叫亚亚，我的母亲叫安亚。"她嘲讽地笑了笑："你现在还要送我那枚 Darry

Ring 吗?”

“啪”,任鑫楠甩手给了未来一个耳光,“你在胡说什么?你究竟干了些什么?一直以来让我儿子痴迷的女朋友就是你吗?你恨的是我,为什么要把气撒在中宇身上?”

“因为我要你们尝到害怕的滋味!我的母亲,她那么爱你,你为什么要逼死她?”未来仰着头,平静地看着眼前这个如同困兽般的男人,“就连死,她都不忘用那条你送她的蓝色丝巾吊住自己。”

任鑫楠悲痛地望着她:“未来,我是对不住你母亲,可是,中宇是无辜的……”

这时,中宇终于明白了,也绝望了,他感到自己浑身的血浆烧沸了一样地爆裂开来:她真的是未来?那个小小的女孩?她是他的姐姐?真的是姐姐?

望着她,中宇的心慢慢爆出一条条裂缝,疼痛出血。他伸出手抓住她的胳膊:“为什么?为什么你要这样?原来你一直是故意让我痛苦,难怪说什么你可以嫁给任何一个男人,唯独我不可以……你怎么能这样对待我?你的心,到底是什么做成的?”他狂吼着推搡着她,就像在搓揉着自己流血的伤口。

未来毫无表情的脸抽搐了几下,猛烈的疼痛吞噬着她。她低下头捂住自己的胸口,发不出任何的声音,她大口大口地喘着气!

呵!中宇,我的心也很疼很疼。

呵!中宇,其实我并不想伤害你,我今天只是来道别的!

呵!中宇,真的很抱歉在这种情况下让你知道了真相。

未来颤抖着嘴唇,她握紧了拳头,指甲深深陷进手心,她不觉得痛,牙齿咬破了嘴唇,也不觉得痛,她只有心在绞痛,疼得她其他任何感觉都没有了。

中宇缓缓地松开了手，默默地站在那里，痛苦地看着未来。时间和空气几乎都停顿了，他几乎崩溃了，所有林林总总的往事浮现在眼前：灯光下天使般的她、粉生生的脸……

中宇成了无知无觉的橡皮人，他悲哀地看着未来，那死灰般的眼神令未来在这一刻产生了致命的恐慌，她嚅动着嘴唇，想说点什么，但怎么也发不出声音。

“未来，你……你真不该啊！”任鑫楠的声音模糊又苦涩，他的五脏六腑紧紧绞扭成一团，一阵剧烈的绞痛逼得他用手捂住自己的心口往墙上靠去，中宇见状慌忙上前扶住他。

“爸，你怎么了？心绞痛又犯了？”中宇急忙用发抖的手掏出父亲口袋里的救心丸放进他的嘴里。

水……水……哪里有水？中宇手忙脚乱地掏出钥匙打开门，他飞快地进屋倒了一杯水放到父亲的嘴边。任鑫楠用力地咽下药丸。过了好一会儿，任鑫楠的脸色终于好点了。未来提着的一颗心这才放下，她悲哀地发现，原来伤害的目的达到以后，自己竟然一点儿也不快乐。

此时，中宇是一句话也不想说，甚至连看她最后一眼的力气也没有了。

最后，他用复杂的眼神深深看了她一眼，那眼神里面复杂得看不出任何的感情，也看不出任何的内容。

呵，未来，原来时光与我，一直都在等你！

“你走吧！此生，我永不想见你！”中宇低声说。

未来克制着自己那呼之欲出的眼泪，拖着沉重的脚步缓缓朝楼下走去，月光像泉水一样倾洒在她的周围。不知走了多久，她那脆弱到不堪一击的泪腺还是轰然倾塌，记忆中的那个小男孩似乎仍然站在她面前对她说：

“未来，晚安！”

“未来，我不会生你的气。”

“未来，我永远原谅你！”

……

第八章：你是我此生不负的未来

我希望一切
都变得迟一点
直到让你的脸，淡得像
可有可无的月光
月光
是均匀的呼吸
呼吸安静得可以
停止
然后在我的帝国里
再也没有其他人了
甚至连你也没有
我就可以将一切毁灭
毁灭自己体内的，和体外的
将自己制成标本，标本兼治的标本
所有的人都不会为我而忧伤

就这么一路走了回去，未来累到了极点，上楼梯时她的步伐越来越拖沓，她的脚后跟无力提起，在台阶上弄出很突兀的声响。可她并不在意，还有什么好在意的！她的人生乱成这个样子，她还有什么好在乎的？她觉得心跳的节奏也如自己的脚步一般缓慢迟滞，掏出钥匙打开门，屋子里直挺挺站着的碧寒并未让她感觉惊讶，倒是碧寒吓得一个激灵，瞪着眼睛看了她半晌。微妙的气氛幻化成一股风卷残云的力量，四目相对之后未来忽感沉堕，仿佛灵魂被刮去了真实的重量。她一声不吭地换好鞋子走到冰箱前拿出一瓶冰水仰首喝起来。碧寒呆呆看了她半晌，闷闷地说："这么凉的水，喝死你才好！"

未来目不斜视地与她擦肩而过，径直走近了沙发躺下来紧紧地闭上眼睛。

受到漠视的碧寒气到极点反而觉得好笑，她讥讽说："难怪我哥这段时间经常不见人影，原来你们竟然到了这个份上，都住到一起啦！未来的大嫂，对我这个小姑子态度该好点吧！除了我这个当妹妹的，他可从来没有带过任何女人走进这房子的。害我刚进门看到女人的物品吓个半死，为我这个浪子哥哥终于能够找到真爱激动得要命，没想到居然是你，真让我大失所望……"

“你会喝酒吗?”未来打断她的话。

“呃……什么？喝酒?”碧寒愣愣地看着她，觉得真窝火，她这是在挑衅鄙视自己吗？她刚想反击，未来突然一骨碌坐了起来，轻描淡写地说：“一起去喝一杯吧，我得了脑瘤，抢走你男朋友的情敌终于得到了报应，不该好好庆祝一下吗?”

碧寒震惊地看着她，傻傻地杵了半天，碧寒只觉得未来脸上挂满了对死亡的翘首以待。不知道为什么，碧寒的心里一下子变得酸酸的，她嘲弄地笑笑：“你这女人就是突然出现在我生活中的一个毒瘤，可……为什么见你就要被剔除掉，我却一点儿也高兴不起来呢？我忽然发现自己真的是太善良了！”

未来笑着说：“那就善良到底吧。陪我去喝酒。”

有缘私房菜。

在这条街道上，这家饭店名气很大。木制的门被进进出出的顾客推得吱吱呀呀地响，碧寒的心也随着门吱吱呀呀地抖。未来的脸上虽然没有任何表情，但她那在酒精的作用下依旧煞白的脸，却让人看了顿生寒意。

“许碧寒……”未来苍白的嘴唇勾勒出一丝笑意，可即使脸上带着笑，她看上去依然孤傲冷清，“许碧寒，我知道你恨我。我不怪你，虽然我是无意，可我的的确确对你造成伤害。来，为了补偿你，表达我的歉意，我来给你讲个故事吧！”

未来的故事冗长又寒冷，它长满了绿黑色的青苔。碧寒觉得自己在这个故事中慢慢蛰伏了，就像一个需要冬眠的动物一般渐渐没有知觉……

听完整个故事，碧寒艰难地直起了身子，苦笑一声，像是逃离了一场声势浩大的劫难。

未来轻声说:“现在你该明白了吧,我永远没有机会当你的情敌……我,叫未来。我是中宇同父异母的姐姐。”

姐姐?可是,中宇并不是任鑫楠的亲生儿子!她该告诉她吗?

她要是告诉了她,那她许碧寒就是天底下最善良的女子,也是第一号大傻瓜!

碧寒的心微微灼热,她不忍再看一眼未来那张冷清的脸,她只有把目光投向窗外。窗外,旖旎的霓虹灯点燃了城市的夜空,夜的冷气在四周莫名的雾气中陡然扩散开来。碧寒裹紧了风衣的领口,艰涩地开口说:“尽快动手术吧!”

把未来送回去,碧寒驾着车往家赶。车外,黑暗暗的,间或有灯光闪过,有车辆疾驰而过,路在急速后退,碧寒仿佛步入一个特别忧伤的时空。她觉得未来像狐狸精一般,在散发着一种气味,迷迭香似的魅惑着自己的哥哥和中宇。可她的身上偏偏还有着一种走心的、高雅的气质,碧寒知道,未来在某个方面打动了自己。碧寒用力踩了一脚刹车,她无力地趴在方向盘上,懊恼地揪着自己的头发。

她对天发誓,她真的后悔听了未来的故事,那个故事沉重得令她无所适从。

碧寒回到家里,父亲正在沙发上看报纸,她意外地看见哥哥竟然也在父亲旁边翻着一沓报纸杂志。

许之俊那副装模作样的样子让碧寒看了就来气,她忍不住讥讽他:“哥,今天不跟你的那些模特打情骂俏,怎么有空闲陪爸爸在家里看报纸?”

许之俊朝她瞪了瞪眼睛,骂道:“死丫头!什么打情骂俏,你哥在你心目中就这形象?我回家陪陪父母也不对吗?我这是尽孝道！”

碧寒不屑地说：“尽孝道？以前几个星期都不见你回来住一晚，最近天天晚上回来陪家人，我说你的私人空间里莫非藏着一位美娇娘，你嫌挤得慌才回家的？”

许之俊吃惊地看着她，又紧张地看了一眼父亲，见父亲正饶有兴趣地看着自己，他讷讷地说：“呃……你这死丫头今天说话奇奇怪怪，话中有话的。我不跟你说了，睡觉去了。”说完，他扔下报纸准备逃走。碧寒跟在后面追到他房间门口，许之俊瞥了瞥客厅方向，压低声音咬着牙说：“你这死丫头，你去我那里干吗？”说完，他一个激灵，紧张地看着她追问，“你不会把她怎么样了吧？我可告诉你，她身子骨弱，可比不得你强壮如牛……”

“哥！”碧寒气愤地打断他，许之俊赶紧一把捂住她的嘴把她拖进房间关上门，他嘘了一声，哀求道：“你小声点，让爸听见了他又会逼着我结婚！”

碧寒一巴掌拍开他的手，气呼呼地走到椅子旁坐了下来。

“碧寒，我知道你不喜欢她……毕竟她抢走了中宇，没有哪个女人大度到喜欢自己的情敌，可是，她……我爱她！”

“那么，你能暖了她的心吗？哥，你好好努力，我相信你一定能够打动她。其实，我并不讨厌她。”碧寒叹了口气，说，“但是，我也不喜欢她！”

许之俊目不转睛地看着她，望着碧寒消瘦许多的脸，他不由得苦笑一声：“为什么我们兄妹俩的感情会这样的失败？我的妹妹这么优秀的女人，也……中宇没有爱上你是他没有福分！”

碧寒双眼噙着泪，怔怔地望着自己的脚尖。她又何尝不明白哥哥的心，她从未见过如此消沉的哥哥，他吃饭的时候常常会陷入沉思,偶尔在屋子里走走停停踱着步,甚至不由自主地自言自语……

“碧寒,”许之俊不满地提高了声音,“我在跟你说话的时候你能不能看着我?”

碧寒抬起头,注视着他的眼睛,有些无奈地说:“这样行了吧?我的好哥哥!”

许之俊拍了拍她的头,微笑着说:“碧寒,实在握不住的东西,就放它走。这个世界上,有些人,他们的出现是为了帮助你成长的。路过他们,你才会遇见和你一起生活的人。相信会有那么一天,有一个人,会走进你的生活,他会让你明白,为什么你和其他人都没有结果。相信我美丽优秀的妹妹一定会获得幸福!”

碧寒的眼眶一热,泪水已夺眶而出:“可是,哥,我似乎陷入了灭顶的恐慌之中,这是我生命里最冗长最残酷的一场灾难。我不知道你的感受,可是我自己,很难受。在这场灾难中,我失去了从前自己拥有的最宝贵的东西,而我不可能再要回来。也许……我从来没有得到过……中宇,他说他从来就没有喜欢过我。”

许之俊伸出手替她擦干泪水,骂道:“中宇这臭小子……碧寒,有些东西,不是我们可以把握得住的。你长大了!要记住,既然避免不了伤害,那么你只有掉头重新寻求幸福。”

“那你自己为什么不掉头离开?还上演金屋藏娇的戏码!”碧寒鄙夷地看着许之俊。许之俊甩了甩头发,酷酷地说:“我?我为人霸气,才不像你们小女子一般鸡肠小肚!只要她需要我,我会一直待在她身边,出于……道义呗!”

碧寒狠狠地白了他一眼,彻底地鄙视他了。

许之俊看懂碧寒的目光,苦涩地笑了笑。他一直认为,爱情这玩意，如同美酒。喝得半醉刚好舒服，喝多了人就难受了。爱情，若能半真恰好，爱得太深心就容易破碎。

只是，他还是爱深了。他没有办法放下她，即使知道，她喜欢的人并不是自己。

未来，如果有一天你后悔放弃我，你会记得我曾经像乞丐一样求你爱上我吗？许之俊叹了口气，在他难过的时候，他会开车晃到很远的郊外，看见柳絮飘来翻去，然后会在骤然间，想起一些与她谈话的枝蔓，如同放置在高倍显微镜下的植物，纹理脉络，丝丝分明。

“哥，我知道你放不下她，你也就别在我面前装霸气了，谁不知道你为她神魂颠倒啊！女人的心只要焐暖了，她就会彻底爱上你。中宇，他和她之间是不可能的。”碧寒站了起来，认真地说。

“为什么不可能？他们两个人，彼此相爱……”许之俊愣愣地问。

“我说不可能就不可能！”碧寒烦躁地打断他的话，“有亲姐弟彼此相爱结婚的吗？未来，是中宇的姐姐！他们是亲姐弟！所以，我也不会放弃中宇的，他是我的初恋，也是我将来共度一生的人！”说完，碧寒头也不回地走出房间，用力地关上房门，剩下许之俊一人沉浸在巨大的震惊中。

安亚：

一切都好吗？

外婆也离开了。

我不知道，这个世界上，还有什么东西可以永久留存？现在只剩下我，独自在孤寂的黑夜中徘徊，你能明白我内心深处隐隐的痛楚吗?

我错了吗? 我不知道。

我想我一定是错了,所以我受到了惩罚。

我不知道我还可以活多久,其实我并不害怕死亡。我是个不完整的人,拥有着残缺的灵魂。我一辈子只能不完整,能够就这么离去也是一件美好的事。外婆也离去了,我想,这个世界上已经没有东西值得我留恋。

安亚,请原谅我无法仇恨中宇。曾经我努力想要使这个世界更加公平些,失去你,我想要得到一个他。可是,你不知道,当他的手拂过我的脸庞时,我躁动不安的灵魂会变得宁静平和。

他是个善良的人! 他让我忽然觉得自己变了,变得连我自己都不认识自己。我以为我是恨他的,若是手中有刀,我以为我可以毫不犹豫地刺向他。可是突然有一天,他的脸猛入眼帘,他的声音突入耳鼓,我的心翻江倒海,原来我爱他! 这一点我和你很像,爱上一个人便变得很没出息,明知道不能却无能为力。

我的心告诉我,我爱他!

我的心告诉我,他也爱我!

只是,我明知道他是我的弟弟却还爱上他。

而他,是在毫不知情时爱上我的。我想,他现在一定很恨我,一如我曾经恨他那般地恨我。

安亚,此时,我真的很想你! 不久以后,就让我们永远在一起吧!

未来丢下笔，再也写不下去，她跪在地上紧紧地抱住自己，长发盖住了她的脸，眼角渗出的细小的泪珠滴落在地上，迅速地在空气中干涸。未来感觉内心脆弱又无助，什么时候开始，她是这么控制不住自己的情绪呢？

也许，快乐总是短暂易逝的，做人只有不清醒才没有绝望。

中宇，现在，你的心也如我这般难过吗？

未来躲进卫生间坐在地板上抽烟，一直到天亮。

这个黑夜以一朵幽兰的姿势绽开，中宇一个人坐在窗前盯着手机屏幕如星光闪烁。当他忍不住在手机通讯录上翻到未来的电话号码时，似乎有一颗流星从他的心上划了过去。

“未来”这个名字彻彻底底地、不遗余力地给他当头一棒，打碎了他所有的希望。而她，什么也没有留下，甚至是一个眼神，她就那么镇定自若地从他眼前离开。如果当时她回过头，看见他悲伤的眸子中的泪水，她会不会对他说一句“对不起”？

中宇将手机用力地砸向自己的手背，手背传来的疼痛让他麻木的心再次疼起来，蚀骨的疼在胸腔中蔓延。他嚅动的嘴唇艰难地发出声音：“未来，你可知道，拿刀子剜心的疼痛，不及这万分之一。”

这伤心、绝望和疼痛，都是她给予他的，可他努力地在内心深处搜寻，竟然找不出丝毫对她的怨恨。

呵，未来，即使这般地伤害他，他依然原谅，就让他一个人万劫不复吧！

这个世界上的沉默有很多种，碧寒觉得人有时候得为了自己的幸福适当地学会保持沉默。人，为了自己的幸福而去努力去争取，这没有错吧？她不是圣人，她只能做个祈求幸福的小女人。在她最悲伤痛苦的时候,她也曾想要忘记中宇,忘记这段感情。可是,舍不得。她就是没有办法割舍。她相信岁月的更迭能够让一个人容颜变老,更能够让人遗忘很多别的什么。今后在中宇的生命中只有她许碧寒,其他女子,都是别的不相干的人,只是用来遗忘的。

只是,每当自己从中宇身边经过时,中宇那毫无焦点的目光还是令她难过。她再怎么晃动在他眼前,他照旧视而不见。她脸上明丽的笑容在他的视而不见中一次次地冻结凝固,这让她的心实在不好过,却也只能不好过。

上午,碧寒帮李佩做好康复治疗,收拾好东西时,李佩突然说:"碧寒,你的耐心令我佩服。谢谢你所做的一切!中宇是善良的孩子,我相信他会感动的。"

碧寒的眼眶一红,她把头一低,说:"我去楼上找中宇。"

推开中宇的房门,中宇一动不动地坐在窗前,碧寒不知道他以这个姿势坐了多久。她走到他跟前,望着他那张憔悴的脸,眼窝深陷,下巴胡子拉碴,碧寒的心里有种恍如隔世的感觉。

"中宇……"

"请你出去。对不起,我想一个人待着。"中宇在她刚出声之际打断她,碧寒酝酿的千言万语也只得吞到心里去。她恨恨地看着中宇,她已经把那一头长发剪掉了,她再也不要有人来爱上她的长发。可是,对于她的变化,他丝毫没有发现。她真的不明白,善良纯净如婴儿的中宇到底喜欢未来什么。未来到底有什么好?脾气古怪,浑身散发着沉重的味道,如同刚从古墓中爬出来一般。碧寒抬起手摸了摸中宇的脸,他的脸冰凉,她的心一下子就疼了。中宇把头一歪,避开她的手,闭上眼无力地说:"求你,让我一个人待着吧。”

碧寒无奈地离开，走出中宇的房间，她看到任鑫楠从那个梦幻公主房间走出来。看见她，任鑫楠冲她点头一笑，回头冲房间里的王妈吩咐道：“王妈，待会儿打扫吧，先去给碧寒泡杯参茶。”

碧寒忙摆手说：“不用了，我这就回去，医院还有病人要处理。”她好奇地朝任鑫楠身后望去，她猜这房间应该是未来小时候住过的。果然，任鑫楠叹了口气对她说：“很奇怪吧？其实，这个房间是中宇姐姐小时候住过的。”碧寒顿住，她想就未来的话题说点什么，可一时半会儿她又不知道该怎么开口，只好点点头。任鑫楠看了她一眼，问：“想进来看看吗？”

碧寒跟着他后面，第二次走进这个房间。梦幻般的粉红色调，看得出来设计者很用心。只是，碧寒觉得所有材料的色泽都偏艳了一些。

任鑫楠说：“碧寒，有些事情，你有权知道。中宇有个姐姐，她叫未来……中宇跟你分手也是因为她。她恨我们。当年，我和她母亲离婚，她母亲因为抑郁症自杀……她一直把她母亲的死归结于我们……其实我们是想真心对她好，这个房间，是当年佩佩亲手选的材料为她装潢设计的……”任鑫楠不好意思地笑笑，解释道，“佩佩就是你李阿姨，我叫惯了没改口，让你见笑了。”

碧寒摇摇头：“不，伯父，你和李阿姨这么多年来还如此恩爱，我真的很羡慕你们。”

任鑫楠苦笑：“也许我当年确实错了，我不该在结婚后又爱上别人。未来这孩子，她的心很冷，也很硬，我们怎么做也暖不了她的心。我们都掏心掏肺地对她好，你看这个房间，你李阿姨大夏天亲自跑市场选材料，热得中暑……她来了以后，我们极力给她最好的，就连几岁的中宇都知道把最喜爱的物品让给她。我们这么待她，她却依旧仇恨我们，甚至伤害中宇，中宇被她推到池塘里差点淹死……后来，我们只能送走她。从那以后，她就消失在我们的生活中，我再也找不到她。可是，这么多年过去了，她又回来了，中宇……已经认不出来她，她刻意地接近中宇……碧寒，中宇只是一时糊涂，他会重新回到你身边的。在他最艰难的这段时间里，我恳求你，不要放弃他！”

碧寒笑笑不语，任鑫楠看到这一笑里有说不出的苦涩。

碧寒打量着整个房间，她蹲下身体摸了摸地砖，那粉红色的抛光砖色泽鲜艳，这么多年过去了，看上去依旧崭新。碧寒伸出手指敲了敲，地砖的声音沉闷、涩浊。

“噢，当初你李阿姨为了营造一个梦幻般的童话世界，大部分材料都是选择粉色系。你看，就连墙壁都刷上了粉色的漆，还有窗帘……”

任鑫楠的声音在空气中散播着，突然，碧寒的脑海里风云突起、电闪雷鸣，一个念头突兀地浮现——以自己对李佩的了解，精明又工于心计的李佩会心甘情愿地接受未来，并且如此掏心掏肺地对她好？冒着酷暑亲自选装修材料？碧寒摸了摸心口，自问若换成自己，她是无论如何也做不到的。她再仔细地打量着房间，越发觉得别扭，太鲜艳了。这些材料颜色艳到这种程度，质量过关吗？会不会有辐射？

辐射？莫非，当年李佩亲手为未来布置了一个高辐射、高污染的房间，未来的脑瘤也跟此有关？

这个念头令碧寒心惊，她浑身打了个激灵，慌慌张张地跟任鑫楠道别：“伯父，我突然想起来上午还有个手术，我先告辞了。”

任鑫楠点点头："嗯，有空多来陪陪中宇。"

回到车上，碧寒愣愣地看着前视镜中一脸惊恐的自己，宛若雕像。她的心尖颤了颤，如果她的猜测是真的，那李佩真是一个可怕的女人，未来的母亲哪里是她的对手。李佩表面柔和端庄，可她眼里的凌厉精明谁又能够知道？碧寒可是领教过的。碧寒回忆起自己知道中宇并非任鑫楠的亲生儿子时，李佩看着她时眼中闪现的逼仄气势令她胆战。碧寒暗暗琢磨着，李佩这种表面上耐得住寂寞，内心里却受不了任何冷遇，在感情受到挫折时便去酒吧买醉导致失身的女人，她又怎么能够有那种气度来接受情敌留下的孩子呢？

碧寒摸了摸自己的指甲，再度打了个寒战，她知道的秘密是不是太多了？这些秘密堵在心里真让人难受。碧寒驾着车缓缓离去。

未来躺在医院冰冷的仪器中，看着自己随着仪器被缓缓地送进扫描区，那种感觉很奇怪，让人不知道是活在梦境还是现实。

梅医生是著名的脑外科专家，也是世界脑科专家的权威人士，为了联系上他许之俊费了不少功夫。看着梅医生一脸凝重仔细端详未来脑部的 CT 和核磁共振片子，许之俊的手心都冒出汗，他回头瞧了一眼正坐在外面长椅上等待的未来，压低声音紧张地问医生："梅医生，是……良性还是恶性的？"

梅医生用手指往上推了推自己的眼镜，皱着眉头问："患者居住的地区是不是有一些辐射源？"

许之俊不解地看着他："没有啊，她居住的是很正常的居民区，那里不可能有辐射源。"

梅医生指着片子皱着眉对许之俊说："很奇怪，你看，直径5厘米的肿瘤长在了颅内松果体区，内静脉已经被压迫得弯曲变形，中脑导水管也即将被压迫闭塞……"

许之俊紧张地打断他："医生，请你不要跟我说这些专业术语，我听不懂。"

"是这样的，患者得的是脑膜瘤，这个部位长脑膜瘤比较少见，长这么大的脑膜瘤更少见。这个瘤，估计已经在她的脑内生长了十多年。"

许之俊只觉得身体僵硬，他低低地问："脑膜瘤？很严重吧？还……可以手术吗？"

"这样跟你说吧，脑膜瘤的发生与一定的内环境改变和基因变异有关，颅脑外伤、放射性照射等因素都会造成脑膜瘤。患者脑部从没受过创伤，所以我考虑是跟居住环境有关……高辐射可以导致细胞染色体突变，脑膜瘤属于良性肿瘤，生长慢，病程长。建议患者尽快手术，考虑病人的这个肿瘤已经很大，手术会有一定的风险。"

许之俊激动得站起来一把抓住医生的手，语无伦次地说："医生，你是说，这个瘤是良性的？哎哟妈呀，医生你说了那么多我压根一句没听明白就听到一个良性肿瘤，你真是太可爱了……"说完他竟然低头在医生的手背上用力地亲了一口。看到许之俊从医生办公室跑出来，未来慢慢站了起来，微笑着看他朝自己奔来。她脸上的笑，安静，清澈，明亮。望着她，许之俊的嘴张开又合上，合上又张开，巨大的喜悦和感动令他说不出话来。原本以为她可能要永远地消失在他的生命里，失而复得的感觉让他感激上苍，她不爱他，没有关系。什么都没有关系，只要她能够活着，那样就好。

未来轻轻地握住了他的手，她说："没有关系，能够认识你这个朋友，即使死亡我也不会感到孤独。"

许之俊一把抱住她，把她的脑袋揉进自己的怀里，红着眼睛骂她："你这个傻瓜，什么死不死的。医生说，肿瘤是良性的，我们尽快动手术。"

压抑许久的情绪破堤而泄，未来闭上眼，咸涩的液体从嘴角滑过。

彼时，李佩正坐在院子里细数前面大理石道上一块块的小方格子，偶然间的一抬头，她看见中宇正站在氤氲着薄雾的阳光下，清瘦的面容在阳光下一览无余。李佩提着的心稍稍放了下来，她朝中宇招招手："儿子，快过来！"中宇缓缓走到她跟前蹲下了身体。李佩用手掌心搓揉着他的脸，心疼地说："是妈妈没有保护好你，让你吃苦了。瞧这脸，瘦成这个样子……我的儿子，你长得这么英俊，你看，你有着世上最漂亮的侧脸，无论什么阴霾都遮掩不住你的光芒！会有更好的女孩子爱上你的，相信妈妈，你值得世上最优秀的女孩子爱你。"

中宇摇了摇头，他的眼里闪现出一丝歉意："妈，我要去找未来，我不能再让她像十几年前一样从我的生活中完全消失。"

李佩的手顿住了，巨大的震惊令她手足无措，她尖着嗓门喊："什么？你还要去找她？你去找她干什么？我差点死在她的手里，还不够吗？你瞧瞧我，我到现在还没有办法正常行走。她是个恶魔，你爸去找她，你也要去找她，你们父子俩是不是都想逼死我？不是说她外婆已经死了吗？说不定她已经跟着她外婆一道上天入地去了……"

“妈!”中宇像一只受伤的小兽,哀求着打断她,“妈,我没有办法就这么放开她。这么多年,她是怎么凄凉地活着啊!失去母亲,也失去父亲,孤苦无依的她,该活得多么痛苦。妈,她是我最在乎的人……”

李佩扬起手狠狠地给了中宇一巴掌,愤怒地喊:“那我呢?我现在又是为什么变得这么凄惨连站都没办法站起来?她是你的姐姐,你怎么能爱上你的姐姐?以前因为不知道,现在知道了事实为什么还是放不下她?”

中宇静默许久,用手轻轻拂去李佩的泪水,然后缓缓直起身子,带着指痕的嘴角勉强扯出一丝笑意,他轻描淡写地说:“妈,我爱她!今后,我会像爱姐姐那般爱她,我永远原谅她,我永远不会松开她的手!”

望着他几近蹒跚地离开,李佩终是忍不住,号啕大哭。

中宇来到许之俊的公司,许之俊正在忙碌着,不用问他也知道中宇来找自己的目的,可他存心就是让中宇着急。他穿梭在模特和设计师之间,理也不理中宇,中宇也不催,他静静地坐在一旁耐心地等。

半小时,一小时,一晃几小时过去了。许之俊对他视而不见,中途他停下来打了个电话。中宇听出来这个电话一定是打给未来的,许之俊在电话中对她千叮咛万嘱咐,让她好好休息。对他这种表演性的挑衅,中宇置若罔闻。最终,许之俊气恼地站起来离开大厅,朝办公室走去,并且用力地关上门。中宇握了握拳头,一声不吭地走过去敲门。许之俊不开,他再敲,许之俊依然不开。中宇的嘴角扯出一丝嘲笑,他抬起脚把门踹开,面无表情地走到许之俊身边,在他对面的椅子上坐下。许之俊头也不抬,继续低头翻阅着桌子上的文件。

“她在哪儿？”中宇径直地问。

许之俊哼也没哼一声。

“我，求你！”中宇低声说，“如果你是因为碧寒怪罪我，我恳求你的原谅！”

一团怒火朝脑门涌了上来，许之俊咬了咬牙，铁青着脸没有发作。看着依旧不吭声的许之俊，中宇忍不住了，他站了起来伸手想要抓住他的衣领，低头的许之俊头顶如长了眼睛一般，一把扼住了中宇的手腕用力一压，再一个旋转，漂亮地将中宇制服，中宇的手臂被他按在办公桌上，动弹不得。

“你还敢提碧寒？我们俩多年的好朋友，当初见到我妹妹，你就说她那头长发真好看……可后来你是怎么对她的？你居然说你从来没有爱过她，你就是看在我的面子上也不应该玩弄她。你还敢跟我动手？虽然读书的时候每次打架你都赢我，但今天我一定得给你个教训！”许之俊怒道。

“她在哪儿？”中宇执拗地追问。

“哈，真好笑！你能给她什么？她是你的姐姐，你还要出现在她面前干什么？你能不能不要打扰她，让她过几天安稳的日子？你还来找她干什么？她已经得了脑瘤受不得你的刺激……”许之俊杀气腾腾，手下不由得又用了几分力。

许之俊的话如同一支伤人的利箭朝他射来，中宇的脑子里仿佛有颗炸弹嘭的一声，将他整个人都击得粉碎。他一下失去理智，两眼变得猩红发直，他使出全身力气哀号一声，挥动着另一拳头迅猛地朝许之俊袭去。许之俊迅速地伸出手，又一把握住中宇另一只手腕猛力下压，中宇便丝毫不能动弹。挣扎片刻，中宇只觉得浑身的力气全部散掉了，他心如死灰。许之俊被他眼里的凄厉惊住了，他呆呆地看着中宇，好半晌不言不语。终于，他缓缓地松开手，语气开始软化："她得了脑瘤。不幸中的万幸是，肿瘤是良性的，可以手术。准备后天手术。"许之俊把一串钥匙扔给他："她在我那里……别用这种眼神看着我，她外婆去世的时候她大病了一场，她又没有任何亲人，所以我就把房子腾出来让她住了，我自己回父母那边住。"许之俊看了看中宇憔悴的脸，认真地说："去见她的时候，收起这副痛心疾首的丑相，别刺激她啊！我可告诉你，我没那么大度，要不是看在你是她亲弟弟的分上，我会把她藏起来让你一辈子都找不着。咱们俩，既然你不愿意成为我的小舅子，那么，就让我成为你的姐夫吧……"

亲弟弟？中宇的目光直直的，许之俊的话如同魔咒令他的心透骨寒冷，他接过钥匙，看也不看许之俊一眼，径直离去。望着他的背影，许之俊怔了半晌忍不住骂道："妈的，踹坏门不说，跟姐夫我招呼都不打一声就走。"

路上，中宇默默看着手中的钥匙，他能听到岁月窸窸窣窣剥落的声音，记忆中的那个如同天使般的小女孩，原来她一直悠然地待在他的梦中。中宇的思绪再也无法整理，他的眼前一片混乱。他看不见人群，看不见阳光，也看不见自己。他把车停到路边努力平复自己的情绪，闭上眼睛，他对心底那个天使暗暗发誓：他绝对不会再让她一个人带着悲伤消失！他再也不让她一个人被岁月越抛越远，见面时，他再也不会问她——你是谁？

站在门前，中宇抬头看了看天空，有几只鸟儿在视线里疾驰而过。

飞鸟们，如果可以，请你们不要急着远去，请你们让他再多看几眼，也让你们好好记住他！也许，你们从没有离开过，你们一直待在遥远的天空望着他。

打开门，屋子里静悄悄的。

未来正对着一面镜子画自己，望见他，她的表情一僵，眼圈立刻红了。许久，她抬起头冲着他笑了笑：“你瘦了很多。”

中宇朝她走过去，桌子上的颜料乱七八糟，画纸上的女孩一脸落寞地看着他。她的头发寂寞地流泻在肩上，左手拇指和食指之间捏着一支烟，一个苍白的手势。

“以后，不要抽烟了。”他抚摸着画纸，仿佛要抚去她所有的忧伤。

“嗯，好。”她用手指掐灭剩下的半支烟，“以后我再也不抽烟了。”

有些雾气隐隐约约地缠绕在她的眼里，她看不清眼前他的脸，她深吸一口气，说：“刚开始，我是刻意隐瞒自己的身份。后来，我是害怕失去……对不起。”

中宇摇了摇头，用一只手小心翼翼地摸了摸她的头，她的头发光滑柔软如绸缎。

“傻瓜，说什么对不起。未来，我感觉很幸福，跟你在一起！真的！这种幸福感是真实的，其他什么都不重要。”他紧紧地拥住了她，“未来，在我还是孩子时，我把自己最心爱的颜料盒画笔送给你的时候，我觉得很幸福。那个时候，你是我的整个世界。曾经我一个人，很孤独。父亲总是很忙，母亲不开心时会哭，后来父亲终于跟我们住到一起，母亲很开心，而我依然感觉孤独。直到有一天，父亲带你回来，见到你时，我高兴得不知道怎么办才好，我恨不得给你我的所有，只为了你能开心对我笑一次。而直到你离开，最终你也没有冲我笑过。这么多年,我永远都记得你的头发,它们一直在我的梦中柔柔地飘着。”

未来泪流满面:“中宇……为什么要对我这么好……为什么要一直对我这么好……都怪你对我这么好,我……才会爱上你!”

中宇紧紧地搂着她,泪水不住地流下来,感觉心都要碎了,他把下巴抵在她的头发上:“未来,不要再跟我说‘对不起’。未来,知道吗?我用塔罗牌算命,塔罗牌告诉我不要相信任何与命运有关的说法,除了水瓶座。水瓶,亦水,有波然有浪。那瓶中之水,尤物。当她迷茫无措时,请不要打扰她,要请相信,她会找到该走的路。未来,我的水瓶座女孩,我相信你一定会找到你该走的路!你是我此生永不负的未来,其他什么都不重要……”

身后,许之俊呆呆地看着他们,眼前的中宇和未来,他们之间肆意横流的又何止是姐弟之情,他们分明是一对天造地设的恋人,看上去是那么的契合自然。许之俊感脑海深处不由自主地咔嚓一声,将这个镜头定格于内心,成为永不褪色永不泛黄的美好画面。许之俊的心里酸酸的,却只能假装镇定,抬起脚朝他们走去,揶揄道:“喂,中宇,都警告你不要让她哭了,我就是不放心才跟过来,你果然又让她伤心了。我真不应该让你找到她!”

“既然知道不应该,为什么还要让他找到?哥,你这人真是天底下第一大傻瓜!”身后传来碧寒恼怒的声音,许之俊回过头一看,碧寒手里拎着蔬菜鱼肉瓜果等食物,带着一脸的不满站在门口。中宇和未来已经分开,站在那里茫然地看着他们。碧寒跺了跺脚,把手里的物品往地上一扔,讥讽道:“许之俊,你明知道他们是姐弟,又何必再让他们相见?就这么让他们永远消失在对方的生活中不是皆大欢喜吗?你到底安的是什么心?把自己当成救世主还是故意让他们痛苦……”

“既然是亲姐弟，见面也是不可避免的。中宇，你说对吗？”许之俊转过头，用他一贯的笑脸看着中宇那紧握着未来的手问。

中宇慢慢放开未来的手，未来冰凉光滑的手指仓促无助地脱离了他的手心，瞬间定格，像一只扑火的飞蛾，无声飞离。

中宇的眼角不由得沁出泪水。碧寒看在眼里，她咬了咬嘴唇，望着未来愤愤地说：“你后天就要做手术了，所以买些菜来帮你加强营养，好让你别死在手术台上！真没想到，咱们两家兄妹姐弟的都聚齐了，场面却混乱得一团糟，真让人倒胃口！”

未来走到碧寒面前，她抓起碧寒的手用力地掐了掐，碧寒吃痛地甩开她。未来忍不住笑了：“疼吧？吵架我不是对手，打起架来你一定是我的手下败将！”

碧寒目光复杂地看着她，说：“你可真是个神经病，如果可以，我恨不得掐死你！我敢把手按在《圣经》上发誓，我也根本不想你成为我嫂子！”

未来朝她瞪了瞪眼睛，冲她举起拳头，碧寒吓得赶紧后退几步，一脸戒备地看着她。未来哈哈大笑：“呀，真是只纸老虎，牙尖嘴利的纸老虎。走，我们去吃冰淇淋好不好？”

碧寒不敢置信地看着她：“你是病人，还敢吃冰淇淋那么凉的东西？”

“我是脑子里长了瘤，又不是嘴里长了瘤！为什么不能吃凉的？”未来淡淡地说。

碧寒张了张嘴，不知道该怎么回答。

“当然可以吃！”

“好，我们走！”

许之俊和中宇都持赞同意见，碧寒看了看他们，恨恨地骂道："重色轻妹，男人在美色面前都毫无立场……"

碧寒带着一脸的不情愿被未来和许之俊硬拽着出了门。中宇缓缓地跟在他们身后，一种眩晕的痛苦与幸福交融，他的心像鸟一样，在空中，在风中，疾飞，却不知方向。

冷饮店里，生意特别冷清，服务员们慵懒地靠在柜台前聊着天，暖气嗖嗖地从空调机里放出来。

未来手中捧着一杯新西兰水果雪露，她伸出舌头舔了一口，发出一声轻轻的叹息："好吃，好吃。"她把冰淇淋递到碧寒的嘴边，冲什么也没点闷坐在那里的碧寒说，"来，你也尝尝看，真的很好吃。"碧寒嫌弃地看了她一眼，把头朝一边扭了过去。许之俊瞥了一眼碧寒，对未来说："你别理她，她爱吃不吃。"

"哥！"碧寒气得直跺脚，抗议地冲许之俊把眼睛瞪得圆圆的。

未来低着头，脸上露出淡淡的微笑，一边吃着冰淇淋一边说："活了这么多年，终于感受到深深的幸福了！"她抬起手指一一指着他们，"你，许碧寒，虽然你想掐死我，我也不是很喜欢你，可能够跟你这样坐在一起吃冰淇淋，很幸福。还有你，许之俊，模特心目中的完美恋人，超级万人迷，能遇到你这个朋友，很幸福。中宇，是你，我才能放下所有的恨，一身轻松，然后，我才能知道这寂寥的人世间还有一种感觉叫幸福……"未来头一低，她害怕自己的泪水会掉下来。

许之俊自嘲地笑笑，打趣道："其实，我压根不想当你的什么狗屁朋友，我可是万分地想当你的未婚夫。"

碧寒嘟哝着："真是个矫情的女人，受不了！好好准备后天的手术吧，治好病你才能继续祸害人间。"

这时，未来的手机忽然响了。电话中一个陌生男子用生硬的声音，问她是否认识一个叫木本的人，这里是南口看守所，她朋友木本请求她去一次。

挂掉电话，未来十分焦急，木本进了看守所，那么柳情呢？她在哪里？

“我要去南口。”未来心急如焚，急急地说，“我朋友，我的朋友她现在一定有麻烦了，她男友在看守所。”

“明天去吧，明天我开车送你去，南口看守所很远，现在动身的话，等我们到了那里天都黑了。”许之俊建议道。

碧寒皱了皱眉头，不相信地打量着未来，说：“就你也有朋友？你不是从古墓里爬出来的嘛，整天臭着一张脸的人居然也有朋友？”

许之俊的嘴角抽了抽，这死丫头报复心理真重啊，一点都不放过打击别人的机会。他忍不住悄悄伸出手用力地掐了碧寒胳膊一下，碧寒吃痛地闷哼一声，怒视着许之俊。许之俊把嘴凑到她耳边低声说：“死丫头，能不能跟你未来的嫂子和平相处？”

碧寒不屑地嗤笑一声。

未来看着碧寒，嘴角露出淡淡的笑：“我当然有朋友了，你们不都是我的朋友吗？”

“我是你的朋友？”碧寒不敢置信地指着自己的鼻子，见未来肯定地点点头，她真要抓狂了，打死她也不想成为情敌的朋友。

这时，一直一言不发的中宇凝视着未来，低声说：“要去南口的话，我们尽快动身吧。”

许之俊瞪大眼睛看着他：“你疯了？她后天就要动手术，按理说她今天就应该住进医院了，你……”

“正因为后天就要动手术了，我希望她能够安安心心地去接受手术，我不想她带着担忧和焦虑走进手术室。”中宇打断他的话，平静地对他们说，“你们有事就先去忙你们的，我一个人送她就可以了。”

许之俊怔了半晌，从牙缝里迸出一句：“我能有什么事？我没事……我当然要跟你们一起去！”他看了看碧寒，伸手拽了拽碧寒的胳膊，“碧寒，你也会一起去的，对不对？”碧寒有点受不了地看他一眼，愤愤地说：“我当然不会去！我忙得要命，我可比不得你们俩当老板的，我要去医院上班……”

“你那个破班可以请假的！”许之俊咬着牙凑过来低声哀求道，“你得跟我一起去，否则我感觉太不自在了。”他跟在他们俩后面，怎么有种当电灯泡的感觉？

碧寒真要崩溃了，她发誓，许之俊这副没出息的样子她实在是看不下去了。

一路上，四个人默然无语。中宇静静地开着车，路边的广告牌、高大的建筑物、行人快速地向后退去，天渐渐黑了。等到他们到达南口时，已经是晚上 8 点。

前方在修路，导航无法指认正确路线，于是中宇把车停在路边，下车问小卖店店主南口看守所的具体位置，等他回到车中时，看见未来靠在车里睡着了。他正想脱下外套，许之俊已经冲他瞪了瞪眼，然后飞快地脱下自己的衣服替未来披上。中宇忍不住笑了笑。

到了看守所门前，未来立刻醒过来，她跳下车，飞快地冲向看守所，大门关闭着，她使劲地拍着门。门卫是个五六十岁的老伯，很迟钝地走出来看着他们说：“下班了，早过探视时间了！明天再来吧！”说完，便自顾自地走进门卫室，啪的一声，老伯关闭了门卫室的灯。

回到车中，未来一直不说话，闭着眼睛靠在座位上。

中宇驾着车找了一家宾馆，刚好还剩下两间房。碧寒嫌弃地生着闷气，抗议着说：“我才不要跟她住一间房呢。”

许之俊白了她一眼：“难不成你要跟我住，还是你色心大发要跟中宇住？”

“哥！”碧寒红着脸叫道，她瞅了中宇一眼，中宇恍若未闻。这世上，有的人看似遥不可及、铁石心肠，可一旦有个人在他的心中有了位置，这个位置就坚不可摧。碧寒叹了口气，也许自己这辈子都不可能在中宇的心中占有那个位置了。

洗好澡，碧寒用毛巾擦拭着自己的头发，忍不住问未来：“你朋友到底是谁啊？她在你心目中就这么重要？后天要动脑部手术的人，还为她跑这么远。”

“是的，她是我一个很重要的朋友！”未来疲倦地说。

碧寒转过脸看着她认真地说：“说真心话，我真不认为你这种人也有朋友。”

“碧寒，”未来困难地说，“你相信缘分吗？缘分这东西真的很奇妙，一个人可以对一个非亲非故的没有任何血缘关系的人投入太多太深的感情，就像我对柳情。”

碧寒走过去，在她旁边躺下，未来的身上散发出淡淡的香味，像婴儿身上的奶香味。碧寒瞪大眼睛看着天花板，低低地问：“未来，你还恨佩姨和你父亲吗？”

过了许久，未来才用模模糊糊的声音，梦呓般地说：“我不知道。可是我不想再有任何伤害，因为在伤害别人的同时，我自己的心也会受到伤害。”

碧寒没有吭声。

“真的！碧寒，小时候，我弄死中宇那些心爱的金鱼，我把它们捞上来放到他的被子下面。黑夜中，我看着它们无声无息地挣扎了很久，它们一定死得很疲惫。它们睁大着死亡的黑眼睛，看着我。”她叹了口气，声音缓慢而低沉，“那一刻，我感受到了它们的绝望，我很伤心。现在我终于明白了一个道理，没有人能够在伤害别人后，可以全身而退。伤害，一定是相互的。”

未来的声音慢慢低沉下去，最终被黑夜淹没。碧寒紧紧咬着嘴唇，她的心沉重得仿佛沉入一口不见天日的井中。

窗外，一轮弯月寂寞地挂在天上。

第二天早上，走进看守所大门，门卫老伯对着他们翻了翻眼皮，领他们到值班负责人的办公室。办公室摆设很简单，几张办公桌椅，墙上挂着电子日历，墙角的一盆万年青为这里添了几分生气。他们走进去的时候，负责人正在通电话。

“几位请坐，找谁的？”负责人长得很面善的样子，见有人进来，便放下电话问他们道。

“我来探望一个叫木本的人。”未来开口说。

负责人脸上的笑有点僵，他看了看她，又仔细地打量了中宇，叹了口气对他们说：“你们是他什么人？他的罪很重，可能要被判死刑。”

隔着接待室的隔音玻璃，木本在未来对面坐下。未来默默拿起对话机，木本的脸清癯憔悴，一双曾经美得有些妩媚的眼睛深陷下去，里面沉溢着一些忧郁。未来冷冷地注视着他，木本脸色苍白，眼睛一眨也不眨地盯着她看。终于，他缓缓地伸出那双修长而白皙的手拿起对话机。

“柳情呢?”她短而直接地问。

“我知道你会来的,我就知道你一定会来。”他笑了笑,眼睛弯成一道弧线。

“我不是为你来的。柳情在哪?”她握着电话的手有些发抖,很是不耐烦。

木本的眼中一下子就充满了泪水,用近乎哀求的口吻说:“请你对我友善一点好吗? 可不可以也分点关心给我?”

“如果不是柳情,你对我而言,就是一个陌生人,我跟你不可能有任何的交集。”她残忍地盯着木本变得更加苍白的脸,“而你,毁了柳情!”

“不是,”木本摇了摇头,喃喃地说,“我跟你一样,我们属于同类的人,都拥有着扭曲的心,我们都向往着阳光,我跟你一样需要柳情,她那么灿烂,跟她在一起,我会感到很平和。”

“可是你一直在毁灭她。我跟你不一样,我是无公害的,你却是一只蛀虫。”她冷冷地说。

木本拿着电话的手剧烈地颤抖着,他面如死灰,无力地说:“是的! 我毁了她。我带着她学会吸毒,我让她跟我一起在贫穷、荒谬、罪恶、痛苦中挣扎。没有钱,后来我贩毒,”木本的眼睛迷离如梦,“在一次毒品交易中,我和柳情被捕,她已经有了孩子了。求求你救救她吧。这些都与她无关,她不知情的。你要救她。”木本突然盯着她的眼睛,笑了起来,“你变了! 你的眼里少了许多的冷漠,却多了一丝暖意。你,是不是恋爱了?”

未来默然,久久才用干涩的哑声问:“柳情,她还好吗?”

木本凄然一笑,黯然地说:“她再怎么不好,至少世上还有人在意她关心她。而我，我再也走不动了，我已心灰意冷万念俱灰，这红尘没有我依恋的，我也不怕入地狱。明天就是开庭的日子，如果可以，请你救救柳情吧，她原本就是无辜的。”

放下电话，未来默默地看着木本，看管人员带走他的时候，未来把脸贴在玻璃上望着他。他孤独地随着看管人员向前走着，灯光把他瘦长的影子投在地上，显得那样寂寞凄凉。忽然，未来觉得心中一阵痛楚，她感到：也许这是最后一次见到木本了。

走出看守所，未来坚决地说：“我不走了，你们先回去吧。我要等柳情开庭。”

“可是……你后天要手术！”许之俊急急地说。

中宇皱着眉头，沉思片刻一脸严肃地说：“也好。手术往后推迟吧，你这个状态也不适合手术。”

碧寒嘲讽地勾了勾嘴角，伸手拦了一辆出租车，说：“那我可不奉陪了！你们慢慢等吧，三个疯子！”她低头钻进出租车里，又探出头来对他们喊道，“梅医生是我同学的导师，我回去找找他，把手术往后推迟几天！”

看着出租车扬长而去，许之俊收起一贯的吊儿郎当，很郑重很严肃地说：“其实我妹妹，嘴恶心善，她可真是个善良的女孩，鉴定完毕！”

中宇忍不住扯唇一笑，说：“你能不能在夸自己妹妹时，不要这么一本正经！”

未来也低头露出暖暖的笑。

终于等到第二天开庭。开庭时，木本把所有的罪都扛了下来，未来在观众席上远远地看到柳情。那清新如水果、阳光如女神的女孩，看到了未来，却面无表情地移开了眼睛。审判结束，木本被判死刑，一个星期后执行。柳情被判两年有期徒刑。

柳情一直木然地注视着木本，她的目光从头到尾都不肯离开木本的脸，当听到木本死刑时，她愤怒地把脸转向审判庭长，啊地尖叫了一声，然后倒了下去。

走出法院，未来一声不吭。

“别难过了！其实……判得已经够轻的了，可惜木本……年纪这么轻……”许之俊安慰道。

未来忽然蹲下身体，低声哭泣：“我要救柳情出来！我一定要救她出来！木本死了她一定接受不了，她自己还要坐牢，她已经怀孕了啊……”

中宇驾着车，三个人奔波在各个部门，可是由于毒品案件情节严重，所以在柳情正式服役之前，连面都见不到一次。未来惶恐不安，脸色越发雪白，眼珠黑幽幽地闪着光，她不时地喃喃自语：“柳情她一定受不了，她会想不开的……怎么办？我们要怎么办？”

中宇把心一横，硬着头皮对许之俊说：“虽然感觉很难开口，但还是要提醒你一下，你不是有个当外交官的父亲吗？这么好的资源为什么不用呢？求你父亲帮帮忙吧。”

许之俊一愣，结结巴巴地说：“我父亲？可……为了我结婚的事情，老爷子已经跟我闹翻脸了，好几个月都懒得看我一眼……”当他看到未来那张憔悴的脸时，他再也无法抗拒也不忍回绝，只好期期艾艾地说，“哦……我试试看吧。”

只怕老爷子见到他就会冲他高高扬起巴掌啊！许之俊叹了口气。

许之俊回到家中时，父亲正靠在沙发上翻阅着一本厚厚的书，在许之俊的记忆中，父亲在家的时间基本都在阅读。许之俊把外套挂在衣架上，换好鞋子后朝父亲走去，自言自语地说："哎哟，累死了！"他瞅了瞅父亲，父亲对他的归来置若罔闻。他想了想，实在不知道如何跟父亲开口，于是干脆在父亲的旁边坐了下来，拿起茶几上的一本书装模作样地翻起来。大概是他翻书的动作太快，惹得身边的父亲实在看不下去了，父亲把手中的书用力一拍，冲他说："这本《枕草子》需要用心去慢慢品味，你这翻书的速度像是看书的样子吗？很少回家的人，怎么最近经常有空陪老父亲坐沙发上看书呢？"

许之俊的眼睛睁得圆圆的，嘴巴张得大大的，表情丰富得令人想笑，他挠挠头发不自在地说："有时间陪陪家人也有错吗？"

父亲提高了嗓门对他说："有时间你能不能好好谈个恋爱，给我带个媳妇回来，生个大胖小子让我这老头子早日抱孙子……"

许之俊受不了地揪了揪头发，说："爸，既然你都看出来我别有所图了，那我就直说了啊。我有个朋友，她叫柳情，不小心惹上了毒品案，她不是主犯，现在又怀孕了，被判了两年，能不能想办法把她保释监外执行呢？"

父亲一愣，用手扶了扶眼镜，诧异地说："怎么你们兄妹两个都为这个人操心？跟你们什么关系？碧寒刚才也在为这个人求我……咦，不小心惹上了毒品案？你这孩子是不是长时间不恋爱脑子里面都长皱纹了？毒品案是不小心惹上的吗？明明是犯罪，偏偏还要说得这么无辜……"

许之俊受不了地闭上眼睛：碧寒这臭丫头什么时候已经跟父亲说了？早知道就不跟父亲开这个口了！

第九章：我永远站在离你不远的身后

捡起地上所有碎片

别看只是碎片

若你将它们拼合

你看到的将是

我追逐你的影子

宛如通透的水晶

诠释了我对你

遇见的那一眼

医院里，碧寒和未来的主治医生聊过后，面色沉重地出来对中宇和未来说："我看了片子，肿瘤很大，压迫着脑神经和血管，手术很危险。未来，你最近是不是频繁地头疼？"

未来看了中宇一眼，冷静地说："是的，有的时候，头很疼。手术可能会出现哪些危险？"

碧寒犹豫了一下，坦白地说："你可能在手术过程中死亡，即使肿瘤切除成功，也可能会瘫痪，或者成为无知无觉的植物人……"

中宇内心冰凉，他冷冷地打断她："够了！你说的情况不会出现在她身上！"

未来皱了皱眉，脸色苍白的她越发显得一双眼睛乌黑清亮，她神色自若地看着他们，说："碧寒、中宇，有些告别，要早点说出口来，否则我怕再也没有机会说。如果人真的有来世，我希望我们能有一个好点的相遇。普普通通平平常常，不要大悲大喜。"

对她的话，中宇一点也听不下去，他一把抓住她的手腕，紧盯着她的脸，不容置辩地说："不会有任何告别！"

碧寒抬起睫毛看了他们一眼，她张了张嘴想要说点什么，可最终咽了下去带着沉重的心情转身离开。

中宇，真的没有办法爱上她吗？

泪水缓缓流了下来，碧寒突然觉得自己那隐藏了太多秘密的爱情，太沉重了。

未来，对不起。碧寒在内心默默念着。

未来看着碧寒的身影，轻声吐出一句：“中宇，能不能爱碧寒呢？”

什么？中宇一时没反应过来。

“中宇，在我手术后，能不能让我喝你们的订婚酒？我希望我的弟弟，能够获得幸福。”

中宇没有吭声，他的脑子里混混沌沌一片模糊。许久，他缓缓地说：“能让你感觉幸福的事情，我都可以去做。”

未来的脸上微凉，她伸手一摸，笑了，自己越来越喜欢流泪了。她看着外面的阳光，叹息着说：“中宇，等柳情的事情过后，我们去旅游好不好？我想去海边看看。”

中宇淡淡地笑着，红着眼圈说：“好。”

许之俊外交官的父亲出面帮忙，柳情又因为怀有身孕，事情办得很容易，柳情被保释监外执行。接柳情回家这天，天很闷，空气很潮湿，感觉会有一场大雨。

见到他们的时候，柳情神情平淡闲适，无惊无喜。

未来一声不吭地替她打开车门，柳情冲她笑笑，低头钻进车中。

到门口时，许之俊在门口的一个铁盆里燃起一堆火，笑嘻嘻地对他们说：“来来来，跨过这个火盆，大家的霉运都会过去。”

碧寒受不了地翻了翻眼皮，大声地说：“哥，你越来越俗气了！我不跟你们玩这个，我走了！”

柳情顺从地跨过火盆，未来低头看了看，问："我也要这样做吗？"

许之俊肯定地说："那是当然了！"

未来深吸一口气，抬脚跨过火盆。许之俊鼓着掌叫道："大吉大利，祝你们健康平安！"他和中宇帮忙收拾好物品，中宇对她们说："好好休息吧。最近都累坏了。"

许之俊看了看未来，抗议道："走了？我打算……"中宇没等他把话说完便拽着他的胳膊朝门外走去。

未来捧出洗换衣服，对柳情说："去洗个澡吧。"

柳情洗完澡后，无声地伏在沙发上，苍白而疲惫。未来伸手抚摸着她光洁的额头："对不起，柳情，我没有保护好你！"

柳情对她微笑着摇摇头："你能保护我吗？你连自己都保护不了！未来，答应我，以后好好生活，不要再为任何事情折磨自己，顺从自己的心去活。"

未来热泪盈盈地看着她："柳情，以后你要怎么办？"

柳情抬起手抓住她的胳膊，认真地说："未来，你爱的人是那位任中宇先生吧？他也爱你，我从他的眼神中可以看得出！我从没有见过比他更温暖的眼神！未来，我完全放心地把你交给他！"

"不要说我了，你呢？说说你自己吧！"未来淡淡地笑着，"你有什么打算？"

"我要生下这个孩子，为他我可以做一切。我要重新生活，重新写小说！我要养活他！"柳情坚定地说。

"你这样说我就放心了。"未来站起来，"我去帮你弄点吃的。"

看着未来的身影，柳情的眼角湿润了。哦，未来，水瓶座的女孩对朋友总是掏心掏肺地好，把朋友看作是生命中最重要的。

很幸运，我是你的朋友。

等她做好鸡蛋挂面，柳情已经睡着了，未来轻轻为她盖好被单，然后打开门，走到阳台上。雨很大，闪电像毒蛇一般吐着芯子。这是个多雨的季节！

第二天一早，当第一缕阳光透过窗帘照射进来时，未来便睁开了眼，拉开窗帘，雨后天晴，又是一个晴朗的好天。走出房间，客厅空荡荡的，柳情已经不在了。沙发边的茶几上压着一张纸条：

未来，很抱歉我再一次地不告而别。因为亏欠你太多，实在无法当面把道别的话说出口。上次离开你，是为了抛弃过去的生活。这次，我离开你，为了去找回过去的生活。你放心，我会重新好好生活的！未来，请答应我，忘记你心底的那些伤痛吧，也忘记那些埋藏在你心底最阴暗角落的记忆。他是个好人，你会幸福！我相信他，他会让你幸福！

未来把纸条握进自己的手心，目光轻飘飘地投向窗外。她深深地叹息，突然感觉到内心的空洞，柳情，为什么一定要离开呢？她是多么的不想再有离别啊！

安亚：

我真的很需要你。感觉自己一个人独自走到现在，是那么的寂寞！一直到现在我都想不明白当初你为什么要留我一个人？

有时候，我会恨你！我不知道你除了给我留下那些恨和痛苦外，还留下些什么？你总是寂寞地在我面前走来走去，穿着那些该死的高跟鞋。那鞋跟与地面之间发出的空洞的响声总是在我的耳边出现。

安亚，你留给了我什么？那些声音吗？幸好，这世上，最终我们什么也不能留下。包括痛苦、快乐、时间，以及生命。

最近我经常会想起以前跟你在一起的日子，那时候的你一个人默默地守在家里，切断自己跟外界的一切联系。每天送我上学，然后做好饭等我放学。每当我放学回家，看见你系着围裙在厨房忙碌，为我端上烧好的菜坐在我的对面望着我吃，这种感觉让我幸福得眩晕。那个时候，我希望时间能永远这样持续下去。可后来，你把窗帘拽下来当成衣服穿着去菜市买菜，路人都用猜疑的目光盯着你，好像你是某种神智错乱的怪物，我是多么的害怕他们的目光啊！你对我的害怕视而不见，你每天都会从花市买回一些植物，你用剪刀刺破它们的根筋，用它们流淌出的汁水洗着自己的手。你对着阳光端详着自己的手，对我说："未来，我有一双植物般香甜的手！"而我在发抖，你看见了没有？有时候，突然间，你就会发出歇斯底里的尖叫。你甚至当着我的面用香烟在自己身上烫出一个个伤口，嘴里发出残忍的笑……安亚，也许我的心，在那个时候就已经被磨得脆弱而坚硬。我突然又记起，当爸爸带着你去看心理医生时，哦，安亚，请允许我这么称呼他，我突然有点理解他了。他带你去看心理医生的路上，你挣脱了他冲向一个陌生男人的怀抱，指着他喊："他是魔鬼，他天天虐待我！"你当着众人的面把身上的那些伤露出来给他们看，结果，他进了派出所。我想，那个时候的他一定是心力交瘁。

安亚，你为了惩罚他，你可以为所欲为，你灵魂深处的暗涌不但淹没了你自己，也把幼小的我掩埋。有时候我想，那个时候，你若是能够选择放手，带着我去重新生活，那该多好啊。也许你会收获一份真正的感情。记得你抱着我要从楼顶跳下去的时候，爸爸冲过来一把拽住你。他把你拖回家，使劲地掴你耳光，我哭喊着抱住他的腿求他放了你。而怒极的他却一把拉住你的胳膊把你拖进卫生间，打开淋浴的水阀，冰冷的水立刻激烈地喷射下来，他把你推到里面去。你一声不吭地躺在浴缸里，任凭激烈的水流冲击着自己。愤怒让他发着抖，他大口大口地喘着气猛地拉起你的头发，上气不接下气地喘息着对你吼："告诉我，你感觉到痛吗？你感觉到痛吗？你知道我有多痛吗？你让未来多痛啊？"你倔强地闭着嘴。他的双眼因为愤怒几乎喷射出红光，脸上的肌肉抽搐着。

激烈的水流对着你的脸冲下来，你只能闭着眼睛。我冲了上去，恶狠狠地在他的小腿上撕咬着……他突然抱起我痛哭，对我说："未来，未来，跟我走吧。"他哭得很大声，好像长久的压抑都想通过这一次的痛哭放释出来。这一刹那，我真的动心了，想要跟他一起离开，离开你！可是你却微笑着对我说——未来，你敢跟他走，我就去死！

我没有跟他走，可你还是去死了。

安亚，那些记忆最近突然清晰地浮现出来，我想，这大概是跟我脑子里长的肿瘤有关系。哦对了，忘了告诉你，我的脑子里，长了一个肿瘤。我也许会死掉。但没有关系，我已经在黑夜中行走这么久，我现在找到了自己的灯，我已经看清了所有的路。

安亚，抱歉，我想忘记你了。我要走出你留给我的那片空荡荡的荒芜。

安亚，再见吧！

安亚，我爱你！

点燃这封写给母亲的信笺，未来站在阳台上，阳光像白色透明的琉璃一样滞重地倾覆在她的周围，她闭上眼睛，跟母亲道别："安亚，这是我写给你的最后一封信了。我爱你，但我也会忘记你！"

拖着行李下楼，中宇接过她的行李箱放进后备厢，朝机场驶去。

中宇去停车的时候，未来坐在机场大厅的椅子上，安静地看着大厅里面来来往往走动的人群。她穿着一件天蓝色的大衣，大衣的下摆有着叠绉的刺绣蕾丝花边，依旧是多年前他第一次看到她时的那种海藻般及腰长发。中宇缓缓地朝她走来，他仿佛又看到那年如同天使般的小女孩。也许那天，是灯光把她修饰得太完美，幼小的他一不小心看见了最完美的她，从此就把自己的眼睛遗忘在她身上。

她对着他笑，说："我们就这么不管不顾地跑出来，真有点愧疚啊。"

中宇也笑："是啊。招呼都没打一声，就这么跑出来是够愧疚的。"

相视一笑，他牵起她的手，头也不回地朝安检走去。

就这么静静地待几天，就几天而已。忘记身份，忘记一切喜怒哀乐。

几小时后，下了飞机，南方海岛天空中的太阳像个被捣碎的蛋黄，空气中的轻尘盖住了千疮百孔的稀疏树影。

树叶，空气，阳光，总是美好的。

美丽的小岛，金色的沙滩，大片大片的树林，碧蓝的海水。岛上小镇的居民热情礼貌。他们选了家最靠近海的旅馆。旅馆老板是个胖胖的约三十岁的女人，笑眯眯的。她注意到老板的右耳有七个耳洞。

老板看了看他们，说：“你们是夫妻吧？要标准间？”

她愣了一下，脸上有些狼狈。

中宇却很高兴地对老板说：“嗯，要个标准间。”

老板冲他们笑了笑说：“你们真有夫妻相，看上去好般配。”

未来把目光遥遥地投向前方的摊位上，有个老太太正在卖麻绳编织凉鞋，她喜欢那样的鞋子。

他们选了一个窗户对着海的房间。房间装饰得很清雅，低低的吊灯、雪白的墙，门框和窗框都是紫色的，很少有人用这种色调的。拉开窗帘，阳光便从大幅玻璃窗外透射进来。左边是卫生间，浴缸边放着一盆叫不出名的紫色小花，绿绿的叶子衬着紫色的花，很是可爱。

第一天，未来在房间几乎睡了一天，长途的跋涉让她的身体感觉很衰弱。中宇静静地在她身边守了一天。她睡觉的姿势让中宇很心酸，她蜷缩着身体，头几乎碰到了膝盖。

中宇闭上了眼睛，眼前顿时一片黑暗：未来，不管什么时候，请你记住，我就站在你的背后！

第二天早晨，刚刚睁开眼，未来便跳下床拉开窗帘，流云在飘舞，天空是那么的蓝。

“中宇，中宇，快起来，我们今天要行动啦！”她跑过去掀开他的被子对他嚷道。

中宇揉了揉惺忪的眼睛，冲她笑笑，然后飞快地洗漱。

岛上的山顶处有一座小庙。据旅馆老板说，庙里的签很灵。顺着青色的石板道往山上走时，未来第一次在中宇面前显露出她的天真。她一会儿采朵野花，一会儿爬上小山坡的树上去摘个野果，一会儿又要和他赛跑，让他追她。当他不慎摔了一跤，她乐得哈哈大笑。中宇为她清脆的笑声所感动，他躺在地上眯起眼睛看了看天空，天空蔚蓝。

到了山顶，小庙孤零零地屹立着。庙里只有两个和尚，和尚们正在做功课。

求签的时候，她抽到了一支下下签。

中宇再抽，结果抽到了同一根签。做好功课的和尚来解释说是孽缘签，然后意味深长地看了他们一眼，打了个佛号便离开了。

中宇微笑着说："我才不相信。"

回到旅店，未来的情绪一直很低落，她用被子紧紧裹住自己，一会儿便沉沉地睡了。

醒来的时候已经是黄昏。她似乎忘记了不愉快，脸上又恢复了那种固有的懒洋洋的冷漠。

"睡得好吗？"中宇爱怜地抚摩着她的头发。

未来笑着点点头："嗯，中宇，走，我们出去吃饭。我想吃海鲜。"

走了很长的路去渔村的小饭店吃海鲜，有各种稀奇古怪的鱼和螃蟹。吃过后她又吵着要去海边捡贝壳，中宇飞快地跑回旅馆取来相机。

太阳懒洋洋地挂在海的那一面，几抹彩霞升到空中，海水被染成淡淡的粉红色。

未来一边拣着贝壳一边摆着古怪的姿势让他拍，中宇不停按着快门。

海水有节拍地涌向沙滩，又有节拍地退了回去。风吹起了她的裙子和头发，她尖叫着用一只手按住裙子。

天快黑的时候，她已经拣了一大捧的贝壳，但还不舍得轻易放弃任何一个被海水冲上沙滩的贝壳。中宇不禁笑了，说："拣几个好看一点的比较少见的不就行了？"

"可是，每一个贝壳都不一样，我都眼花缭乱了，我觉得它们都好看！"她耸耸肩膀，很无奈地说。

中宇没有办法，只好脱掉上衣让她装贝壳。她抱着贝壳欢天喜地的样子让他想起普希金童话里的那个渔夫的老婆，一下子从海边的穷婆子变成了富足的女王。

天黑了，她恋恋不舍地回到旅馆。进了房间，她把贝壳一股脑堆在地上，捧起一只贝壳贴在耳朵边听着什么，放下一只又拿起另外一只。她认真听的样子，像个天使洁净得一尘不染。中宇的心中浸满了感动。

呵！未来，即使你这位天使没有翅膀，他也不会在意！

中宇忍不住问："未来，你在听什么？"

"我在听贝壳在跟我说话。"

中宇忍不住笑了，说："胡扯，贝壳怎么会说话呢？"

"认真用心去听，贝壳们就会跟你说话，"她认真地对他说，"你看，我能听到贝壳在唱小人鱼的歌，还听到人鱼公主的哭泣，王子宴会上的歌舞声……"

他呵呵地笑着说："傻瓜，小时候童话故事看多了吧？"

"我并没有看过什么童话，唯一的童话是人鱼公主的故事，那是我母亲给我讲的！我不喜欢那个故事，从此我讨厌童话！”未来放下贝壳，有点寥落地叹了口气：“中宇，我一直不明白为什么王子会忘记人鱼公主？”

中宇默然。

未来漆黑明亮的眼睛深深地望入他的心底：“中宇，在我很小的时候，我便什么都不想得到，不想去拥有，不是因为我与世无争，而是我害怕失去的那种感觉。我妈妈告诉我，夜里的梦越美丽浪漫，早上醒来的时候就越茫然所失。”

中宇轻轻地叹了口气：“未来，我不知道你的母亲为什么要这样待你。”

未来看着他笑了，说：“可是，外婆告诉我，有一种向阳花，它在最贫瘠干燥的沙地里成长着，日出而开，日暮而闭，一生只与太阳起舞，在它的生命里，没有阴暗潮湿萎靡。外婆说，只要我们一心向阳，岁月便不寒，也无谓悲伤。中宇，我的人生再怎么不幸，能够有你在我身边，我又是何等幸运。请你答应我，今后，即使我离去了，请你的心一直向着阳光，始终带着微笑去生活。因为，我若是离去，一定是带着一颗向阳的心奔赴温暖的太阳而去的。只要有阳光，我就会随着那些阳光一起留在你的身边。”

渐渐地，她的声音低了下去，最终沉沉地睡着了，安静得像清晨的海面，没有一点儿波浪。

中宇低头注视着她熟睡的脸，悲伤如疯长的藤蔓将他整颗心都包围起来，泪水决堤而出，仿佛要把这辈子所有的泪全部流光。他伸出手帮她拨开额前的一缕头发，努力止住自己的泪水。不要再流泪了，因为流再多的泪，也无法止住内心的那些伤。未来，再也不会让你一个人的，任何时候，只要你回头，我就会站在你的背后。即使是死亡。所以，无须悲伤。

旅游结束了，返回的时候，她寸步不离地跟着中宇，依着他、赖着他、抱着他。在船上的时候，她有些晕船，一直靠在他的肩膀上睡觉。醒来的时候，她看着他的侧脸，依稀他还是童年中充满稚气的模样。她的记忆像一张受了损坏的留声机唱片，断断续续地播放着，却总有那么几句无意中深入脑海，像一滴落入湖面的水荡起数圈涟漪。她的中宇，竟然长成这般英俊。转过脸，看着她嘴角的笑意，中宇也跟着笑起来，问："傻瓜，干吗笑得这么白痴？"

她长叹一口气："唉，真是男大二十四变啊，当初流鼻涕的小男孩居然长得这么好看了。真叫人嫉妒！"

他愣了愣，抗议道："鼻涕？我从来不流那个玩意！"

她白了他一眼，点着头讽刺他："是呀是呀，身为广大女性的男神怎么会流鼻涕呢？怕是连厕所都从来不会去一趟吧！"

中宇瞪大眼睛弹了她额头一下："丫头，你什么时候变得跟许之俊那家伙一样地油嘴滑舌了？"

"喂，对你姐姐说话请礼貌，什么丫头不丫头的，这也是你能叫的？"未来一巴掌拍开他的手，撇了撇嘴说。

中宇笑了笑，抬眼看了看前方，满眼氤氲。她用手摸了摸船舷，抬起头看了看天，她的笑脸融合在海之上的阳光中："中宇，回去以后，请你，让我当你的姐姐！我们，今后就像这世上其他的姐弟一样相亲相爱。"

淡蓝色的天空中，没有一朵白云。中宇看见有几只海鸥奋力飞过，他的思绪飘过海面，穿越云层。他冲她羞涩地微笑，漂亮的眼睛如同夜晚时海面倒映的星星。

抱着洗漱用品朝病房走去，未来忍不住再一次问碧寒："我真的一定要住进来吗？手术不是定在三天后吗？我一定要现在就住进来？"

碧寒恶狠狠地瞪着她说："必须住进来！真是头白眼狼，有你这样招呼都不打一声拍拍屁股就走人的吗？旅游？中宇那家伙也是昏了头才同意你……"

"吃醋了吧？呵呵。"未来拍了拍碧寒的肩膀，抿起嘴一笑，"吃醋也很正常，毕竟我们中宇长这么帅，不过，吃中宇亲姐姐的醋就有点不应该了。"

"什么亲姐姐……"碧寒恼羞成怒，脖子都气粗了。

未来拿胳膊顶了顶她："不是亲姐姐是什么？别小气了，跟一个快要上手术台的人生气，而且这人还可能是你未来的大姑子，在得罪她之前你要想好喔。"

碧寒抓狂地跺了跺脚，她愤愤地说："天啦，我上辈子一定是干了杀人放火的坏事，说不定还贩卖人口，否则这辈子怎么会遇到你这种人！"

未来没理她，一路上，她奇怪地看着走廊和台阶角落的小额钞票，问："这里为什么会有这些钞票呢？好像是人故意丢的。"

"那是病人家属祈求财去人来的意思！"许之俊的声音在身后响起，他扬了扬手中的钱包说："我已经帮你在医院的所有角落都散了钞票，我们美丽的未来今后一定儿孙满堂……呃，当然，是咱俩儿孙满堂……"

碧寒鄙视地看着他，嘟哝着："天啦，真不要脸！"

许之俊斜斜的眼神警告地瞟了碧寒一眼，他把未来手中的物品接过来往碧寒怀里一塞，说："你去帮她把这些东西放到病房里，哦，对了，记得帮她整理好啊。"说完，他牵起未来的手拽着她扭头就走，"未来，我有话要对你说。"

碧寒抱着满满一怀的物品，闷闷地看着他们的背影，欲哭无泪。唉，果真是亲哥哥！

未来和许之俊沿着医院里的小青石路缓缓走着，早上的空气很凉，不时有水珠从树叶上往下跌落，在空中划出好看的弧线。落地的瞬间，未来伸手接了一粒，晶莹剔透，她小心地吹出口气，露珠便听话地迂回流动。

"我现在，觉得很幸福。"未来突然说。

"幸福？"许之俊愣了愣，他不解地看着她，一个即将要做脑部大手术的人，竟然说觉得幸福。

未来笑了笑："嗯。幸福。在我最困难的时候，有你陪在我身边，帮助我。还有碧寒，她是个善良的女孩，嘴里说讨厌我，可却一直在为我的病操心。我还有中宇，他……是我的亲人。"

"嫁给我吧！"许之俊像变戏法一样拿出一枚戒指，"这是我考虑很久才鼓足勇气买回来的，当我买回它时，你已经和中宇去旅游了。现在，我恳求你能收下它。今后，不管手术后的你怎么样，我都会对你不离不弃，照顾你，陪伴你！"

未来愣了愣，她很无奈地淡淡一笑："你是不是疯了？我能否可以健康活着都不知道，你居然来求婚？万一我死在手术台呢？万一我成了植物人或者永远瘫痪在床呢？"

"未来，我说了，不管发生什么事，我都会不离不弃，照顾你。"

"我要是死了呢？"

"你永远是我的妻子，我此生不会再娶！"许之俊的目光深情而真挚。

永远是多远？人生能轻易地说永远吗？

在这一刻，未来生发出一种奇怪的情绪，是受宠若惊？她内心腾腾地升起莫名的激动，头脑一热，几乎要将这样的情绪演化成感动了。未来糊里糊涂冲他笑笑，仿佛是应允。她的笑令许之俊眩晕，就在他向她伸出手的一刻，未来突然斩钉截铁地说："不可能！我不愿意。"

许之俊不相信地看着她，半晌，他笑着说："看来，疯的人是你！我这么优秀的人，为什么要拒绝我呢？因为中宇吗？他，是你的亲弟弟。"

许之俊的话让未来内心的惶惑剧烈地涌动起来，她仿佛站到一个巨大的舞台上，头顶上全是迫人的光芒，无处遁形，手足无措。

她转过身背对着他大口大口地呕吐起来。吐过之后，她的脚步踉跄，仿若行云涉水般飘忽。许之俊心痛地揽住了她孱弱的臂膀。

"放手！"她面无表情地说。

"未来，你又何必如此地伤害别人跟你自己？"许之俊的声音有些激动，"未来，接受我，试着去接受我好不好？以后我来照顾你！"

她奋力地抗争，许之俊索性将她两臂钳在背后，紧紧地拥她入怀。精疲力竭之后，她不再挣扎，软软地靠在他怀里，不肯说话。她的沉默又令他手足无措了。

"未来，对不起！请你不要拒绝我，我虽然脸皮厚，可也是有自尊心的！"许之俊松开她，叹了口气说。

未来眼里的哀伤如水般涓涓流泻而出，她淡淡地笑了笑："你知道吗，这个世界本身就是不完美的，你这么优秀，英俊有钱又年少有为，简直就是天之骄子。所以，上天为了平衡一下，让我来伤一下你的心。许之俊，伤害了你，我一点都不抱歉，真的！”

许之俊无奈地看着她，憋屈得要死。他臭着一张脸，瞪着她说：“喂，你也太不知好歹了吧？我说你啊，趁我现在还爱你，你能不能不要错过我？我说，你今后还能找到像我这么优秀的男人吗？你看看你那个臭脾气……”

未来摇了摇头，鄙夷地瞪着他说：“你的王子病又犯了，而且病得真不轻，不如也去治治？”

许之俊无语。

未来抬起头，天空传来鸟儿振动翅膀的声音，阳光落在叶片上泛出亮丽的青色，反射入鸟儿的眼睛，她抬头看见它们盘旋而下，飞舞在头顶。那个小男孩，仿佛又伸出手对她说：未来，我在这里，带你去捉蝴蝶好吗？

中宇无奈地闭上眼睛，客厅里一片狼藉，李佩铁青着脸气得直发抖，她咬牙切齿地说：“我真不敢相信，我一手带大的儿子竟然这么对待我！你胆敢，连个招呼都不打一声，就带着那个可怕的魔鬼出去游玩，你就不怕她把你推进海里淹死吗？”李佩的咄咄逼人在中宇的预料之中。他轻声说：“妈，也许对你来说，未来是个跟你没有任何关系的人，但她跟我有血缘关系，她是我的亲姐姐。今后，我会一直陪在她身边！”

“哈哈哈哈哈哈哈，亲姐姐？”李佩只感觉有一阵乱针在猛刺自己的心脏，她死瞪着中宇，“你是真的把她当成姐姐吗？你怕是被她这只狐狸精迷得晕头转向吧，你敢发誓你只把她当成姐姐吗？荒唐，真是太荒唐了，她从一开始就是利用美色来接近你，你不是把她当成结婚的对象吗？你今后要怎么陪在她身边呢？哈哈，她得了脑瘤，那都是报应，报应啊……”

“妈！”中宇越听脸色越白，最后实在听不下去了。他打断李佩的话，吃惊地看着她说：“妈，我知道你对未来有成见，可是我不知道你对她的成见竟然深到这个地步。当年，她还是孩子，做什么都可以被原谅！她的童年、她的母亲、她的人生都是因为我们才被毁掉了，妈，你还有什么理由去怪她……”

李佩气得几乎晕倒，她上前几步扬手重重地扇了中宇一巴掌：“你这个鬼迷心窍的东西，你已经被那只狐狸迷住了心窍！你是不是一定要我死在她手里才能清醒啊？”

“够了！”任鑫楠怒气冲冲地走进来，他把外套脱下来递给王伯，“一进门就听见你们娘儿俩争吵！中宇说得对，未来那孩子，其实是善良的，是我对不住她！”任鑫楠黑着脸对中宇说，“不管怎么样，你也不该跟自己的母亲顶嘴。还不快走，杵在这里碍我们的眼吗？”中宇朝父母点点头，转身离去。

李佩双眼发直，怔怔地站在那里一动不动，不知道如何形容自己的心情。既然得了脑瘤，为什么偏偏是良性的呢？恶性不更圆满吗？脑膜瘤？李佩用力咬着嘴唇，整个人像一座冰雕般透凉。她想起自己咨询当医生的碧寒时，碧寒告诉她，脑膜瘤的术后治愈性很大，只是要注意手术前一定要让病人放松，不能受刺激，这样手术时脑神经才不会崩溃……李佩的眼中露出冷冷的光，她不能这么坐以待毙吧，她有必要去会会未来！

穿着病号服的未来显得很憔悴，可是，她的脸上却一直带着灿烂的笑。护士来量血压测体温时，中宇才相信，明天她真的要上手术台了，跟死亡近距离接触。未来见中宇一直沉默不语，她开始给他编笑话，想逗他笑一笑。中宇果然笑了，却红了眼睛，他一把拥住她，把她的脑袋揉进自己的怀里。一刹那，未来就定格在那里，世界仿佛静止了。

未来的泪水慢慢浸湿他的衣服："那个善良的男孩长成一位身材挺拔眉目英俊的男人，中宇，我很开心。即使是长眠不醒，我也会梦见你的脸，因为那张脸，已经深深地印进我的心里。他笑，我的心就跟随着展开，很开心。他难过，我的心也会跟着难过。中宇，如果我离开，请你不要为我难过。"

中宇的神色平和，慢慢吐出一句话："未来，如果你离开，我陪你一起。"

站在门口的碧寒惊得张大了嘴，她就那么傻傻地立在那儿，忘记动弹一下身子，她的视线仿佛粘在了他们的身上，连眨眼都不会。眼前的中宇，分明有一张病入膏肓无药可救的脸，碧寒的心跌入深渊，她仿佛看见中宇如同一只断了线的风筝，不见了。

未来抬起脸，阴郁地看着他冷冷地说："你敢！"

中宇望着她笑了笑，淡淡地说："嗯，我随便说的，你不要在意。"

随便说的？碧寒扯唇冷笑，他脸上坚定的表情可不像说着玩的。她算是彻底看清了他。这一刻，碧寒变得无比清醒冷静，她咳嗽一声，冲他们嚷道："喂，即使是亲姐弟，也不该走得这么近吧！都是成人男女了，要避嫌！"

中宇和未来不自然地分开，四目对视时，又能清晰地看清对方眼里的爱意，未来尴尬地垂下头。

"喂！"碧寒受不了地瞪大眼睛，她郁闷又沮丧地说，"你们俩不要动不动就秀恩爱，也要考虑一下别人的感受吧！我说你这女人，我哥哪点配不上你？你怎么能那么干净利落地拒绝他的求婚呢？害他昨晚喝得酩酊大醉让我爸给猛揍了一顿，可怜的人啊！还有我，你们眼里还有没有我这个人了？我恋着任中宇的事情恐怕连外星人都知道，你们俩压根拿我不当数啊，一点都不照顾我的心情！”碧寒长吐一口气，“妈的，真是气死老子了！”

中宇看了未来一眼，默然片刻，他转过头看着碧寒真诚地道歉：“对不起！”与此同时，未来也异口同声地道歉：“对不起！”

碧寒实在是受不了，这是什么状况？两个人心有灵犀到这种程度了？连内心的抱歉都是一致对外？她慢慢地朝中宇走过去，以一种充满兴趣的研究目光上上下下地打量着他，说：“喂，任中宇，明知是亲姐弟，这么做是不是太不应该了？”

中宇看着她，苦笑着轻叹一声。

碧寒双眉一扬：“喂，亲弟弟，跟我一道去签字，一堆单子等着你这位家属签字呢！”

“哦，好的。”中宇顺从地跟随碧寒走出病房，路上，中宇突然伸手拍拍碧寒的头，“短发很精干，很适合你！”

碧寒没好气地说：“当然！我怕不剪掉的话，万一哪天你一不小心又爱上我的长发，那我可真受不了这么大的刺激了。”

中宇尴尬一笑，不再吭声。

真该死心了！碧寒在心里嘀咕着。

碧寒和中宇前脚离去，李佩那张似笑非笑的脸便猝不及防地撞入未来的眼帘，未来的心一颤，身上的血液迅速凝结。李佩摘下那副遮住大半张脸的墨镜，眼皮上挑：“还认识我吗？你心里打什么主意，别以为我不知道！”

未来毫无畏惧地迎上她挑衅的目光，但还是感到心被狠狠刺了一下。眼前的李佩脸上皮肤依旧光滑，她似乎并没有什么改变，一直优雅而高贵地活着，能看得出来她的生活是多么的滋润啊！而她的母亲安亚却烟消云散，再也找不到丝毫的踪迹。但，那又能怪谁呢？安亚，其实这个世上没有什么浓烈得可以用生命去坚持！

未来淡淡地笑了笑，沉沉地开口打招呼："佩姨！"

李佩冷冷地说："别叫得甜，我可不是你姨！"

未来皱了皱眉，目光坦然地看着她说："今天来，不会是特地来看望我的吧？有什么话，你直接说吧。"

李佩上上下下地打量着她，慢条斯理地说："我今天来是要告诉你，连你妈都不是我对手，就凭你一个黄毛丫头，也想跟我斗？"

未来的脸一下子变得通红，她怔怔地看着她，半晌说不出话来。可只过了一会儿，她便释然了，毕竟自己之前接近中宇的动机不纯，也难怪做母亲有意见。未来叹了口气，真诚地说："我不想跟你斗了！我压根就不想跟你斗。以前恨过你，恨得要命。可是现在，因为中宇，对你的恨意已经全部没有了。"

李佩怀疑得看着她，过去那些不愉快的记忆像闪电般冲出来，顿时，她的眼中仿佛有两团火在燃烧，她冲未来吼道："你胆敢提中宇？你还胆敢当着我的面提我儿子中宇？你到底是怎么对他的？你给他吃了什么药迷得他神魂颠倒？你还想怎么样？再次把他推进池塘吗？你母亲真是有大本事啊，死了都不肯安分，还要给我留下你这个祸害，当初你要是能跟那个疯女人一起死了该多好啊……"

"闭嘴！"未来深深吸了一口气，她用手擦了擦额头上渗出的汗珠，眼神越来越冷："对于已经过世的人，这样说话是不是太没有礼貌了？"

李佩的嘴角轻蔑地上扬，她慢悠悠地说："你母亲是个固执的人，对于已经不属于自己的事物死抓着不肯放手，非要活活地逼疯自己，死了也活该。可她也太变态了，竟然把自己吊进衣柜里！"她盯着嘴唇煞白战栗的未来，一字一句地说："不过，也只有这么变态的人才能生出你这样变态的女儿，居然勾引自己的亲弟弟，难道你母亲都没教你伦理道德吗？"

未来的脸色由白转红，由红转青，最后泛灰，她感到窒息和耳鸣，闭上眼睛，她把头仰靠在墙壁上，脱口喊道："那你呢？一个破坏别人家庭的坏女人，你的母亲没有教过你伦理道德吗？"

李佩再也控制不住自己，她上前抓起病床旁桌子上的玻璃杯、手机、书本等物品使劲地朝未来砸去，尖声叫道："你这个没教养的东西，你母亲死得早没人教育你吗？你外婆只顾着养你？"

未来一边躲闪一边激烈地驳回："身为长辈的你，嘴里能说出这种话，难道你现在的行为是在展示你所谓的教养吗？"

李佩的眼底跳动着愤怒的火焰，她对准未来的脸"啪啪"地扇过去，挨了这力道不轻的两耳光，未来只觉得天旋地转。当李佩的巴掌再次扇过来时，她一把抓住李佩的手，冷冷的目光像一把匕首，她咬着牙，抖抖索索地说："那两耳光，是我欠中宇的。看在中宇的面子上，我不跟你计较，再有第三巴掌，我绝对以牙还牙！"

"哈哈哈哈哈哈哈哈哈哈哈，你欠中宇的？"李佩疯狂地笑着，"你何止是欠中宇的，你就不欠我的吗？为了你，我受了多少煎熬啊……"

"妈！"

“李阿姨！”

中宇和碧寒的声音同时响起，他们简直不相信眼前的一切。中宇冲上前去一把拉开母亲，未来脸上的伤令他整个人如同烈火焚身，他冲李佩痛心地狂喊：“妈！是我们欠未来啊！你不但抢走了爸爸，也逼死了未来的妈妈！如果不是你，一个已经有了孩子的家庭怎么会变得四分五裂？若不是你抢走了爸爸，未来的妈妈又怎么会得抑郁症？又怎么会自杀呢？你令一个几岁的孩子丧母，变得无家可归，你怎么还能当着那孩子的面说起相欠的话？你明知道她明天就要上手术台，你不但用恶毒的语言来刺激她，还冲她动手……妈，你的心竟然这么狠毒吗？她也是爹生娘养的啊！”

李佩闭上眼睛，痛心的泪水如同断了线的珍珠一般滴落：“中宇，你竟然……竟然这么对待你的母亲！你可知道，我所做的一切，都是为了你！”

碧寒无力地扶着未来，眼前的状况令她不知所措，她困惑不解地看着李佩，眼前这个可怕又疯狂的女人真的是那个优雅高贵的李阿姨吗？碧寒打了个冷战，她怀疑地看着李佩，她想起自己告诉李佩，未来的手术很危险，手术前一定要保持良好的情绪，否则很容易在手术过程中发生意外……难道，李佩是存心要未来死？天哪，女人真是一种可怕的动物！碧寒觉得自己整个脊梁骨都发凉。

中宇挡在未来身前，满脸泪水地看着李佩，哀哀地说：“妈，如果你真是为了我，请你再也不要出现在未来的眼前！你，欠她太多，看到你她就会想起那些不好的回忆。你知道她童年过着什么样的日子吗？她和母亲相依为命，小心翼翼地讨好着整天昏昏沉沉病着的母亲。她的母亲，因为被你抢走了丈夫整夜不能入睡不能习惯黑暗，她要彻夜地亮着灯，只要关闭了灯她就会发出刺耳的尖叫。未来半夜醒来,看到母亲坐在地上一遍又一遍地擦拭着高跟鞋,她吓得直哭。听到她的哭声,她的母亲才放下那些鞋子,抱歉地看着她说'对不起'……妈,因为你,让一个小女孩过着什么样的日子啊?你,真的不觉得抱歉吗?如果你真是为了我,那么请你回去祈祷吧,祈祷她的手术成功,因为,我决不会让她一个人去那种冷冰冰的地方,天堂还是地狱,我都会随她一起去的!"

李佩震惊颤地瞪着他,眼前一阵天旋地转,她感觉两腿虚软颤抖,忍不住连连直退。碧寒呆呆地看着中宇,她的内心深处有种感动又震撼的情绪,像海浪一般涌动着,从中宇那张坚定而固执的脸上,她意识到他不是说着玩的。同生共死?这世上真有如此强烈的感情吗?碧寒凝视着中宇,泪已糊住了她的喉间,心情沉重地无以复加。

"妈,请你离开!再也不要出现在她的面前了。"中宇面无表情地说。

李佩惶恐地点着头,她真的被中宇吓住了,她抹着泪拖起沉重的脚步离去。

未来满脸泪水,哽咽着问他:"是真的吗?中宇,你刚才说的是真的吗?"

中宇轻抚着她的头发,把目光投向窗户,柔声说:"不是真的,我是吓唬她的。"未来抬起手背用力地擦了擦泪水,白了他一眼,责怪道:"真是傻瓜,怎么能说出这样的话来吓唬自己的母亲呢!以后,这样的话,不要再说了。因为听在耳朵里,真让人揪心。"

碧寒拿来热毛巾替未来敷在脸上,轻叹一口气,问:"还疼吗?"

未来斜睨着她,从鼻子里哼了一声,说:"不疼你来试试!"

"咦?"碧寒苦恼地看着她,"我说你这家伙的性情真是令人倒胃口啊！”

未来微微一笑，真心地道谢：“谢谢你！”

“嘁！”碧寒毫不领情，嘟哝着：“道起谢来更让人觉得别扭！”

未来突然用双手一把捏住碧寒的脸蛋，说：“瞧瞧你，关心别人时也总带着一脸的别扭。”碧寒急了，挣扎道：“喂，快点松手！你这死女人，你这么用力我脸上的妆会被你弄花的……”

“弄花就弄花吧，我们碧寒天生丽质难自弃，弄花了也好看呢。”未来笑嘻嘻地说。

碧寒一脸不敢置信地看着她，刚刚受到别人伤害的人真的是她吗？要是换成自己的话，一定气得七孔冒血一命呜呼了。她拍开未来的手，试探地看着她问：“真的不要紧吗？明天的手术。”

未来淡淡一笑：“不要紧。只有我在乎的人才能伤害到我！其他人，做出再疯狂的事情，跟我有什么关系？他们伤不了我的心。”

碧寒不禁红了眼眶，她无法想象眼前的未来要遭受多少的伤害才能练就如今的百毒不侵，和未来相比，自己又是多么的幸福啊，从小就泡在蜜罐里，有父母、哥哥、爷爷、奶奶、外公、外婆的疼爱……碧寒想着想着，泪水忍不住一颗一颗地跌落下来，未来叹了口气，她摸着碧寒的头忐忑地说：“挨揍的是我，你哭什么呀！好了好了，不哭不哭！”碧寒一把推开她，瞪着红肿的眼睛骂道：“去你的！你会不会哄人啊？当是摸小狗呢？”

未来扑哧笑出声来，碧寒真是太好玩了。中宇也笑了起来，未来的笑脸真是世界上最美的表情。碧寒抹了抹脸，瞥了中宇一眼，对未来说：“喂，把你这位英俊的弟弟借我用一用，我心里装了太多话要跟他说，再不说出来的话，我想我要长白头发了！”

眼睛红红的碧寒让中宇的心挺难受，碧寒对他的感情他能体会到，可是被别人爱着却无法回报对方的那种为难，真的很让人内疚。看出他的为难，碧寒的心碎得跟猪肉饺子的馅儿似的，她瞪视着他正气凛然地说："喂，你别自我感觉良好了，又不是跟你表白，少给姐摆出这么一副为难的表情，你想气死我啊？"

"就是就是！即使是要表白，你也不该露出这副作死的表情来气我们的碧寒小姐嘛！快去快去！"未来使劲地把中宇往外轰，"我要睡觉了，我要休息好，全力应付明天的手术。哦对了，碧寒啊，若是想表白也不要控制自己啊，虽然我不舍得中宇，但与其便宜了别的女子，还不如让你占有他呢！"

碧寒嚷道："我真的不是要表白啊……"话没说完，她已经被未来推出门外，咣的一声门在身后关上，她扑上前去还想争辩几句。未来隔着门缝冲她挤挤眼，碧寒的眼珠子都要掉下来了——天啦，这女人的性情真是太复杂了！什么叫与其便宜了别的女人，不如让她来占有中宇？她任碧寒也是追求者众多排队排到太平洋的人物，凭啥跟中宇在一起是她占了便宜呢？碧寒还在抓狂地跺着脚，中宇拦到她前面，努努嘴笑着说："不是说有话要说吗？走吧。"

中宇把手插进口袋，不徐不疾地朝前走去。碧寒用手捋了捋头发，紧随其后，不远不近的距离。

"中宇，请我去喝一杯吧。"

中宇回过头，碧寒默默地瞅着他，眼里有着纠结和郑重。

"好。"

"那就再去一次 Waiting 酒吧，我要点一杯最贵的路易十三，这样才能对得起我这颗饱受伤害的心。"碧寒恶狠狠地说。

"好。"中宇爽快地答应，"随便你喝，尽管放我的血！我去停车场取车。"

Waiting 酒吧正在播放着一首经典的轻柔音乐，如同百合香水一样飘散着淡淡的清香。碧寒突然发现原来 Waiting 酒吧还有一面许愿墙，上面写满了“我爱你！”“我要和你永远在一起”之类的话语，以前来了那么多次，竟然从来都没有发现。

他们在靠窗的位置坐下，阳光透过玻璃窗和淡紫色纱帘洒进来，碧寒怔怔地看着中宇，坐在自己对面的中宇像一幅立体的、生动的油画，像梦那样真实又虚幻。一时间，她怅然若失，沉闷不语。服务生过来问他们需要点什么，中宇看着碧寒说：“给她上一杯你们酒吧最贵的路易十三！”

“路易十三黑珍珠 1.2 万元一杯！”服务生面带着微笑提醒。

“给我来两杯！”碧寒用力地一拍桌子。中宇侧过脸对服务生说：“给她！给我一杯果汁。”

服务生诺诺地点点头，转身去取酒，不一会儿又折了回来说：“对不起先生，消费达到 5000 元以上需要先买单。”

中宇站了起来跟随服务生去刷卡，碧寒一个人默默地坐在那里发呆。

服务生刚把酒端上来，碧寒端起一杯仰首咕嘟几口便全部喝光，她接着端起第二杯又是几口解决掉，服务生的眼珠子都快要掉下来了，讷讷地提醒她：“这……这可是限量的白兰地……是直接从法国空运过来的路易十三黑珍珠呢，需要小口小口地品……”

碧寒手一挥，指着中宇对他说：“姐愿意这么喝。他欠我的又何止是区区几杯酒就能偿还的！”服务生同情地看着中宇几眼，弯弯腰打个招呼离开了。碧寒用手背抹了抹嘴，把身体往前凑了凑，戏谑地说：“中宇啊，我接下来要告诉你的事情，你可得做好心理准备，那简直就是惊天大爆炸啊！”

中宇狐疑地看着碧寒，碧寒叹了口气用手背盖住眼睛：“其实，我是多么的不想告诉你啊！不喝点酒壮壮胆，我真不知道该怎么开口。中宇，我深爱着你，而你却没有办法爱上我！这么不幸的事情居然落在我许碧寒的头上，可是我若连不爱我的你都没有办法留住，那我的人生真是太悲哀了。所以中宇，今后请你以朋友的身份对待我，让你做我永远的朋友吧。请你不要再冷冰冰地对我。”

中宇无奈地笑笑，不吭声。

碧寒长叹一口气：“中宇，你知道吗，我的心里藏着很多秘密，它们像一把闪着寒光的剑悬在我的头顶，我真的害怕它会掉下来刺破我的心房。我知道你刚才在病房里说，如果未来有什么意外，你会陪着她，这样的话你并不是说着玩的。中宇，我知道你对未来，还有未来对你，都不是姐弟之情。你们彼此深爱着对方……”

碧寒的声音哽咽了。中宇深深地望着她，坦白地说：“是的。我对未来，并非姐弟之情。我，深爱着她，像爱着恋人一般地爱着她。在我还是小孩子的时候，我就那么的爱她，以至于后来看到拥有和她一样长发的你，那海藻般的长发，令我一眼就爱上了。碧寒，我真的很抱歉自己爱上你的长发。”

“中宇，对于今后，你有什么打算吗？”碧寒凝视着他，问。

中宇默然，半晌，他才淡淡地说：“没有任何打算。她若活着，我一辈子守护她，她恋爱，我让她风风光光地出嫁，看着她幸福地生活。她若……离去，我陪她一起。”

碧寒痛苦地闭上眼睛，泪水充溢在她的眼眶，她无比清晰地说：“中宇，你，并不是未来的亲弟弟！”

中宇惊异地看着她，他伸手拍了拍碧寒的脑袋：“是不是酒劲上来了？喝多了？”

“中宇，你不是你父亲的亲生孩子。你是你母亲在一次醉酒后和陌生人发生关系怀上的。还记得上次你喝酒后过敏被送到医院急救吗？就是在那一次，我发现了你的血型是O型，而你的父亲却是AB型。AB型的父亲，母亲不论是什么血型，都生不出O型的孩子。中宇，你并非未来的亲弟弟！”碧寒擦了擦眼泪，平静地说。

中宇整个人都蒙了，他嗫嚅着嘴唇喃喃地说：“怎么可能……怎么可能……”

碧寒一把抓住他的手，认真又热切地说：“真的！中宇，这就是我要告诉你的惊天大爆炸的秘密！我也多么的希望你是未来的亲弟弟啊，可事实上，你跟她没有任何的血缘关系。还有，中宇，你的母亲，她是一个可怕的人……对不起，我这么说你母亲！可我一直很害怕她，她表面上优雅柔和，事实上她是一个心计很深的人。我接下来要说的话，是我自己的一个推测，我也没有机会去证实，可是你有。未来小时候住的那个房间，是你母亲亲手选材装潢的，你没有感觉房间挺奇怪的吗？地面为什么要用地砖？孩子的房间用木板的不更加好吗？如果我猜得没错，那些装潢材料都是不合格的，甲醛、苯、氨等等都是超标的……未来脑子里的那个瘤，已经生长了十几年了，我若猜测得对，应该跟这个有关。你的母亲，当年亲手为未来准备了一个毒房间，她哪里是真心地接受未来啊。还有，你母亲今天来医院也是存心的，因为我告诉她未来手术前不能受刺激，她是故意的，她一定是故意的……”

中宇只感觉眼前天旋地转，他受到的冲击实在是太大了！中宇满头大汗双手颤抖，悲愤和绝望像火山一般在身体里喷薄而出，他摇着头下意识地否认：“不可能！不可能！我母亲不可能是这样的人！我父亲呢？他就不管吗？”

“中宇，一个男人被爱冲昏了头，他的眼里再也看不清其他的什么。你若不相信，你可以去买个室内装修污染检测仪回去。若是劣质材料，即使过了这么多年，污染还是存在的。更何况，那个房间从未来走后就一直紧锁起来。”碧寒急急地说。

中宇像大病一场似的浑身无力，他扶着桌子缓缓站了起来，碧寒的话像一只只细小幼白的虫子钻入他的脑子里，由内而外地蚕食着他的大脑，他的头剧痛起来。他拿起车钥匙，眼神凌厉：“好，我现在就去证实！”

碧寒一个人呆呆地坐在那里，看着他踉踉跄跄离开。

中宇，你永远看不到我眼里的忧伤，那么今后，我所能为你做的，就是在我还能微笑的时候，尽情地对着你微笑。

太阳突然隐退，天慢慢阴了下来。中宇打开车窗，雨丝便飞在脸上，分外地凉，细细的雨像张蛛网般罩住了所有。

妈，你到底做过什么？爸，不知道我是否应该继续这么叫下去？知道真相后的你，该是恨我了吧！中宇闭上眼睛，脸上湿漉漉的分不清是雨还是泪。

汽车慢慢爬上了盘山公路。下车后，中宇没有拿伞，父母的别墅在雨中沉默无声。

按响门铃，王妈来开门，见到他很惊喜地叫道：“中宇回来啦！”

“我爸在家吗？”中宇面无表情地问。

王妈愣了愣，说：“不在。中宇，怎么没打伞啊？淋雨会生病的……”王妈慌不迭地拿来干毛巾帮他擦拭着雨水。

“中宇，是中宇回来了吗？”楼上传来急促的脚步声。李佩紧张地冲下楼来，当她看到中宇的眼神时顿住了脚步，呆呆地看着他。中宇凝视着她，他觉得她一下子老多了，她的脸憔悴，苍白而浮肿。中宇缓缓地走到她面前，冲王妈说："王妈，你去忙吧，不用管我！"

中宇两眼直直地望着屋顶，这是一个沉闷的时刻，世界仿佛瞬间凝固了，整个客厅压抑得让人透不过气来。

"妈，真的吗？我，不是爸爸的儿子？"中宇喃喃地问。

巨大的震惊令李佩痴了，她久久地不发一言，似乎忘记了中宇的存在。中宇静静地立在她面前，久久地，似乎经历了半个世纪的沉寂。中宇抬起脚步从她身边经过，朝那个曾经属于未来的房间走去。

许久，中宇才拖着沉重的脚步从楼上下来，他走到坐在沙发上像个石头人一动不动的李佩面前。用力地把一个便携式污染度检测仪摔到地上，像审视陌生人一样将目光久久地停在她的脸上，泪如雨下地说："甲醛、苯超标三倍……妈，你，好狠啊！"

李佩的手剧烈地抖动起来，她惶恐又无助地抓住中宇的胳膊，急切地说："中宇，中宇，你不要听别人胡说……我，我也是迫不得已的啊！"

"一个因为你失去母亲的小女孩，她还是个孩子，你怎么能狠得下心这么做？哪怕不接受她，也不能要了她的命啊！妈，她是那么的可爱，你怎么能下得了手？"中宇泣不成声，脸上满是泪水，他只觉得肝肠寸断，眼前的人真的是自己的母亲吗？为什么她看起来像一个怪物呢？

李佩的脸煞白，她摇着头歇斯底里又哭又笑地说："她恨我，你不知道她有多么的恨我吗？还有你，你是我的儿子，你以为她不恨你？在她的眼里，你和我是站在一起的，你是我的儿子啊！她的那些恨根深蒂固……我走投无路，我没有办法，我只是想维护自己的利益，那也有错吗？”

一股寒意从中宇的心底升起，他摇着头说：“妈，你所做的一切，我要告诉爸爸……”话一出口，他立刻惨笑：“不，我没有资格叫爸，我不是他的亲生骨肉，我只是个野种！”

李佩目瞪口呆地看着他，突然，她死命地扑上前去一把抓住他，喃喃地说：“不行！绝对不行！我们几十年的母子之情，在一个女人面前就什么都不是吗？除非你想我死，你若说出去，我就当着你们的面从楼上跳下来。是，我是想置她于死地！可是，你知道曾经的我过得有多辛苦吗？那时候，你父亲一直无法离婚，因为未来，因为他的女儿！出于责任，他要待在他们母女身边，他一直犹豫着，痛苦着。那段时间，我生不如死度日如年，我只有去酒吧喝酒来缓解内心的痛苦。一次喝醉酒后我去赌马，后来……一半出于赌气，一半是输了很多钱，我跟一个陌生的年轻人发生了关系。这个时候，你父亲已经很长时间没有来见我了，我想他那时候是决心要跟我断了关系吧。发现怀孕后，我怕得要命，可当我冷静下来后，我立刻觉得这是一个机会。既然他那么看重责任，那我就让他来负责任。我便去找你的父亲，见面后我哀求他不要离开我，我告诉他我已经怀了他的孩子。那一夜，他抱着我痛哭……”李佩的目光如梦，“你不知道我有多恨未来，如果不是她，你父亲早就离婚了，我又何必过得那么辛苦，还怀上不明来路的孩子。”

“你——”中宇两眼发黑，“你就拿我这个来路不明的野种糊弄了他一辈子！”

“不是的，”李佩急躁地说，“你去照照镜子，中宇，你跟你父亲长得那么像呢！有时候连我自己也忘记了这件事。你忘了这件事吧！你就是他的孩子！绝对不能说出来，说出来的话，你就什么都没有了。你父亲的财产……”

中宇怔怔地看着她，心中空洞洞的，好像灵魂和思想都已经脱出了身体。这就是他的母亲，这个时候居然还在念叨着财产……中宇拭干眼泪，站起身平静而坚决地说：“以后，你若敢再出现在未来的面前，我就将你的一切秘密都说出来！至于什么财产，那都是未来的。”

中宇带着木然的表情走出家门，他回过头看了看，他再也不想回来了，这个家，太沉重。

生活中变化的速度让人猝不及防，呵，未来，看到我没有？现在的我有多狼狈！

雨停了，太阳又在乌云的身面探出了头。春天赶紧来吧，那样的季节应该无法再储存太多的悲伤吧？

中宇紧抿着嘴唇面无表情地朝医院赶去，无论发生什么，城市在他的周围依旧辉煌而壮丽。桥梁、摩天大楼、地铁、隧道依然在城市的中心腹地诞生。所有人都在这个城市频繁出入，躲避各种危险。死是容易的，活着也是容易的。好吧！像个男人一样再也不要哭泣，生活不相信眼泪！

来到医院，未来那光溜溜的头皮是那么的刺眼，触目惊心，如一把刀子刺向中宇的心脏。一股寒意从中宇的心底升起，中宇吃痛地弯腰一把捧住心口。未来看见他，尴尬地笑笑，黯然地说：“被我这光亮的脑袋给吓住了吧？没有办法，动脑部手术必须要剃光头发。我现在一定很难看吧？”

中宇强忍着内心的悲痛，面颊微微抽搐，他上前用力地搂住她一脸严肃地说:“怎么可能呢! ……我的未来永远是世上最可爱最美丽的人!”

未来嗔笑道:“是最可爱最美丽的女人吧?”

中宇点点头,强忍着胸腔里那汹涌的泪意。未来扬了扬手中的一封信,说:“柳情给我来信了。许之俊带来给我的。柳情现在在南方的一个小镇上。中宇,等我手术之后,我们一起去柳情那里看望她,好不好?”

中宇点点头,他接过信打开,信中说:

未来,你还好吧?

快点结婚吧!

请原谅我的来信是这么的简短,因为铺开信纸的时候,我真的无从下笔,我厌倦了回忆。

这里的天气很适合我,空气有些潮湿,总让我感觉飘在海中。我住的是一个美轮美奂的绿房子,房子的墙壁爬满了浓郁的爬山虎,远远望去,就像童话故事里的绿色城堡。

我现在很好,真的! 从照片上你可以看出,我变得相当臃肿,预产期在明年3月份。

我始终会在这里。

我不会离开。

未来,你要好好地生活。你随时可以来找我。

信封里夹着一张照片,浓密的树荫下面,穿着孕妇装的柳情浅浅地笑着。天空,飘着几朵白云。

中宇收起信,深深吸了一口气:“未来,等你恢复后我们就去柳情那里。不要害怕，我就在外面等你，我一直等着你，再也不会走开。”

未来，这次，我将永远站在离你不远的身后！

未来沉静地笑了笑，把头搭在他的肩膀上，耳边传来远处教堂的钟声，钟声依旧，而许多事物都已不在了。

时间总是肆无忌惮地溜走，而生活永远在继续。

第十章：这一眼的初见

轻轻，她打了个酸酸的呵欠，眼睛闭上
这些虫子，曾经疯了似的
将她咬伤
轻轻，他跟在她身后
踩痛她的脚跟了
她的忧郁在傍晚发出叹息
从等待时找到了遗失的美
轻轻，在气候完美的季节
草疯长起来对接渐短的阳光。
他只想做一只她身边的麻雀
在没有星星的夜晚
他会看见她脆弱的细节
其实，那个与她对视的男子
他在她的孤独中，扮演两个角色
轻轻，不想再说话，
但是
她一定要记得——他是谁？

未来换好衣服在房间等候着，手术的时间定在上午9点后。中宇铁青着脸在房间里走来走去，许之俊拍了拍他的肩膀，轻声说："坐下来休息一下吧。你晃得让我都晕船了。"倒是未来自己，跟没事人儿一样，和碧寒说说笑笑。当护士来叫未来的名字时，未来微笑着跟他们摆摆手道别："再见！不要担心，我很快就会回来！"中宇脸对着墙壁不看她，心在滴血，说："未来，不要跟我道别。等你回来再跟我好好打个招呼。"未来笑了笑，转过身平静地跟随护士朝手术室走去。碧寒冲中宇骂道："应该送她进手术室嘛！你这个笨蛋，她现在一定害怕得要命……"许之俊拉了拉碧寒的手，摇摇头叹口气说："算了，随他吧。"

当手术室的灯亮起来，他们三个人坐在手术室外面的长椅上，凝视那红色的"手术中"三个字，都神情黯然。

"傻瓜，后悔吗？"许之俊用手轻轻抚开碧寒额前的碎发，问。

碧寒看了他一眼，叹了口气："后悔什么？一个人心里藏着别人的秘密，实在是太撑得慌。我现在感觉轻松了许多，虽然会难过，可是我不后悔说出真相。"

许之俊摸了摸她的头："我的妹妹真的长大了！"

"不是长大了，是老了。我感觉自己的心很苍老了。"碧寒玩笑似的说，“哥，就是觉得对不起你呢，你怕是彻底没有机会了吧？哈，我的情圣哥哥终于有失恋的机会了！”

许之俊瞪着她，反驳道：“什么没有机会啊？机会大把大把地有！读书时，除了打架，中宇什么都是我的手下败将！这次也是！不是还没有结婚吗？怎么就可以下结论说我失败了？”

碧寒鄙夷地看着他：“哈，哥，你想亲自把‘不到黄河心不死’演绎一次吧？”

许之俊受不了地站起来朝中宇走去，说：“哥懒得跟你说，你这丫头总是挑人家最疼的地方戳。我跟未来的小舅子聊聊去！”

中宇静静地靠在长椅上闭着眼睛睡觉，他的脑子变成空白。仿佛只要闭起眼睛，就能让一切进入静止状态。许之俊在他身边坐下。他看着紧闭双眼的中宇，一时沉寂无语。许之俊的心中思潮起伏，眼前的中宇令他震撼，从来不知道温润如玉的中宇竟然有如此强烈的感情，他是真的为之而感动。许之俊深深呼出一口气，说：“中宇，以前我看过一个故事，说如果把自己喜欢的人的照片当作手机屏保，过了一周无人发现的话，那么你所期盼的这份爱情就会实现。记得当时我嘲笑它的幼稚与可笑，但是，当后来我自己也这样做，我才终于明白，当爱一个人时，再傻的事也愿意去尝试，哪怕是奢望。这次，我真的看到了爱情。可是这份爱情，真的是我的奢望。但我一点不觉得委屈，中宇，我为你而折服！”

中宇依旧闭着眼睛，仿若老僧入定一般。

许之俊自顾自语地说：“中宇，你说咱们俩要是能亲上加亲，那该是多么圆满的结局啊！春暖花开的时候，咱们四个人驾车出游，去看油菜花……哦，不好意思，对于花我的品位一直就停留在油菜花的档次上，不过今后大家可以帮我提升嘛！我们还可以带着孩子们去放风筝,比比谁放得更高,你家娃肯定比不过我家娃,这点自信我还是有的。冬天的时候,打起雪仗来,我们家肯定又胜过你们家……就是孩子的长相吧,肯定也是我家娃胜过你家,你看,我比你帅多了,未来也比我妹子好看多了……”

“好吵!”中宇眼皮动都没动,淡淡地说。

碧寒也冲他嚷道:“喂,哥,你吵死人了!”

许之俊讷讷地说:“说说话减减压嘛!难道你们不知道人生最可怕得就是等待吗?我怎么有一种坐以待毙的感觉?”许之俊咬了咬牙,只觉得心里空落落的如同秋日里的晴空飞过一排大雁后,只留下漫无边际的碧蓝。

未来,你现在是徘徊在一个阴阳交错的十字路口吗?

当手术室的灯终于灭掉时,许之俊和碧寒几乎同时跳了起来迎上去,主治医生一把抓下头上的帽子,擦了擦额头的汗水笑着说:“很幸运。这个巨大的脑膜瘤压迫着很多血管和神经,但手术却非常地顺利,肿瘤已经被顺利剥离,并没有损伤到神经系统和血管,不会造成患者瘫痪。至于有没有其他的副作用,要等患者清醒过来后进一步检查才能知道。一般来说,她静养数月应该就能恢复健康了,你们不要太担心。”

许之俊狂喜,他抓住医生的手用力地抖着,喊道:“谢谢你了,梅医生啊,你简直就是天使啊!”梅医生吃痛地制止他:“别别别,再用力天使的翅膀就被你掰断了!”碧寒的一颗心也终于放了下来,她高兴地说:“谢天谢地,中宇……中宇,未来终于没事了。”她回头一看,中宇竟然还坐在那里,他的眼睛瞪得圆圆的,一动也不动,满脸都是泪水,这四个小时的等待已经把他“凌迟”得形销骨立,漫长得仿佛度过一生一世。巨大的惊喜令饱受煎熬的他无法动弹,他看着他们，定定地说："怎么办？我——突然站不起来了……"碧寒一下子哭了出来，泪涟涟地看着他。许之俊一言不发地走过去，抚慰地抱住他。中宇推开他，僵硬又紧张地说："你们，快去看看她，让我一个人……坐这里冷静一会儿……"两个身穿绿衣裳的护士推着手术床出来，喊道："未来，未来，谁是未来的家属？"碧寒和许之俊慌忙迎了上去，用手推着手术床，和护士一起推着她进了电梯。中宇红着眼看着未来离去的方向，泪流满面。未来，你没有辜负我此番的等待。

未来对麻醉有点反应，一直没有完全清醒的她却开始呕吐。碧寒手忙脚乱地把她的脸轻轻地朝一边侧去，她冲坐在一边手足无措的许之俊嚷道："哥，去打盆水来！"许之俊应了一声，赶紧去打水。他走到门口撞见任鑫楠，惊讶地喊了一声："任伯父好。"任鑫楠紧张地问："未来怎么样？手术成功吗？好好的一个孩子怎么生这么大的病？"许之俊端着盆让开路，示意任鑫楠进去。

碧寒一边擦拭着未来的呕吐物一边对任鑫楠说："伯父，未来的手术很成功，你就放心吧。"

任鑫楠看着病床上的未来，低声问："中宇呢？"

话刚落音，中宇的声音突然在身后响起："你怎么来了？"

碧寒尴尬地看着他们。任鑫楠回过头怔了怔，骂道："你这臭小子，未来是我女儿，她出这么大的事你总应该跟我说一声吧？还有什么你不你的？就这样称呼你爸吗？看来我对你管得太松了……"

"爸，我问你是怎么知道的！"中宇提高了声音。任鑫楠这才发现中宇面目憔悴眼圈红肿，整个人都瘦了一大圈，不由得大大一震："中宇，你这是怎么了？生病了吗？怎么瘦成这样？我……是你妈告诉我的，她告诉我未来生病了……你妈说，怕你一个人照顾会太累……"

中宇沉默了一会儿，他笑了笑平静地说："没事！爸，你回去吧。这里有之俊和碧寒帮忙照顾呢，人太多了反而不利于未来休养。"

碧寒也赶紧点点头，附和着说："对对对，伯父你赶紧回去吧，这里有我们就可以了。"任鑫楠怔坐了一会儿，他略一定神，说："也好。她刚动手术，不宜受刺激。她不想看到我，我还是等她身体好了以后再来吧。"说完，他便缓缓起身离去。

中宇望着他的背影，一颗心沉甸甸又乱纷纷的，这个世界似乎没有狭路相逢就没有精彩，他这戏剧性的人生如何才能理顺呢？

许之俊端来水后，中宇伸手打算接过来，许之俊赶紧侧身一让，瞪着眼不满地说："我打来的水，当然由我来为未来擦拭了。"碧寒叹了一口气，无可奈何地说："哥，你怎么像个孩子似的？真没出息！"许之俊没理他，自顾自地把毛巾浸湿扭干小心翼翼地替未来擦拭着脸。中宇看着紧闭眼睛的未来，担忧地问碧寒："她什么时候才能醒过来呢？"

"应该快了。在她耳边小声叫她的名字，醒来会快一点。"碧寒说。

中宇看了看碧寒，见她面露疲倦，劝说道："时间也不早了，你去弄点吃的，然后回家好好休息一下吧。"

碧寒看了看时间，说："也好。未来醒来后可能会口渴，但她不可以喝水，你可以用棉签蘸点水擦拭她的嘴唇。"中宇点了点头。碧寒又对许之俊说："哥，你要不要跟我一道去吃点东西再回来？

也给中宇带点吃的！”

许之俊想了想，又紧张地看了一眼中宇说：“不！未来醒来后，我怎么能不在她身边呢？虽然求婚遭到她的拒绝，但我可不是遇到一点挫折就放弃的人。就吃医院的盒饭好了。中宇你说呢？”

碧寒咬了咬嘴唇，低声咕哝：“真受不了你！”

中宇笑了笑，坐到病床前的椅子上注视着未来。窗外的暮色已经很浓很浓了，这应该是一个星光灿烂的夜晚。

不知道过了多久，未来突然呓语道：“水……水……好渴……”正在打瞌睡的许之俊惊得跳起来，傻傻地看着中宇问：“她要喝水，要不要给她？”

中宇沉静地打开一盒棉签，用棉签蘸着水擦拭着她的嘴唇，棉签刚贴到她的嘴上她立刻张大嘴巴贪婪地吮吸着。许之俊啧啧叹气：“哎呀，她似乎真的很渴，你多蘸点呗。”

中宇置若罔闻，他耐心地用棉签蘸着水一点一点地浸湿她的嘴唇，未来依然闭着眼睛轻声喊：“水……水……”许之俊叹了口气，同情地说：“我们未来现在一定感觉自己在上甘岭。”

一连三天，未来都陷入沉睡不肯醒来。梅医生每日都来几次给她做各项检查，面色沉重，他跟碧寒说：“照理说应该醒来了。但她也许对麻醉药比较过敏。醒来比较晚的话，我怕会对脑部细胞有影响……”

“那她到底什么时候能醒来？”许之俊急急地问。

梅医生沉思了片刻，如实答道：“这个我也不好说。你们轮流陪护吧，再观察一段时间看看。”

碧寒看了看胡子拉碴憔悴不堪的中宇和许之俊，说：“今天晚上我来陪护，你们俩都回去休息一下。明天，我来请个护工照顾她。”

许之俊闻了闻自己身上的味儿，点了点头：“也好，身上都臭了，回去洗洗。”

碧寒询问似的看着中宇，中宇对着她微笑了一下，疲倦的眼睛依然那么温暖清澈，他淡淡地说：“我来陪护，你们都回去。我回去也睡不着，待在她身边反而能睡一会儿。我相信她很快就会醒来。”

许之俊看了看他，侧头想了想，低声说：“那我也不回去了……”

“你回去休息吧。”

“哥，你别添乱了！”

中宇和碧寒的声音同时响起，许之俊挠了挠头发，感觉头发都打结了，难受死了。他认真地打量着中宇，怀着一颗等待的心的中宇，如同云端漫步那般淡然，他是彻底地服了中宇。走出病房老远，许之俊还忍不住回头懊恼地抓着头发冲碧寒嚷道：“你说中宇……他怎么，他怎么就这么令我不自在呢？”

碧寒拽了他一把：“哥，你就别跟中宇比深情了，我要是未来啊，也会选择中宇的……”

许之俊急急地表白：“哎……我说碧寒，你到底跟谁亲啊？我可告诉你，我对未来的爱一点不比中宇少，我……我回去洗个澡就回来……我只是比那小子爱干净！你不知道他啊，就那么呆坐在那里，连脸都不洗，不讲卫生……”

又是一个清晨，病房里静悄悄的，中宇亲着未来的额头，轻声说“晚安”，呵，未来，只要有你的身影和晚安的亲吻就好。

呵，未来，能否睁开你的眼睛？你闭着眼睛时，我只有寂寞的想象。在恐惧的时候、心里疼痛的时候、无助的时候，我只有牵起你的手紧紧地盖住自己的脸……未来，未来。你能听见我的内心发出的声音吗？我是那么的疲倦和狼狈。中宇轻轻地闭上眼睛，他想起她曾经用手掌托着自己的脸，长长的头发垂着脸颊前，她告诉他："中宇，你知道吗？世上有两种人，一种是烟，一种是火。烟，终会飘走的，而火，会永远留在你的身边。"未来，你是我的烟吗？你会飘走吗？

望着一动不动的未来，中宇听到自己心底所有假装填满的裂缝，一条条撑开。

他只有像一只鸵鸟一样，把自己的害怕都隐藏起来。

未来，你不要真的像烟一样飘走好吗？

未来的眼皮轻轻地跳了跳，中宇大吃一惊，他怀疑自己看错了，定睛一看，未来的眼皮确实在动，他慌忙捧住未来的脸急切地唤道："未来，未来，你睁开眼睛，睁开眼睛啊……"他又紧张地按了按床头的呼叫器，大声喊："护士，护士，医生，她的眼皮动了！她的眼皮动了！"很快，梅医生带着几个护士急匆匆地赶来，替未来做检查。

疼痛！浑身像被绳子捆住一般的难受。

未来的眼皮猛烈地跳起来，床前匆忙交替的身影不停地切割着阳光，在她的眼皮上留下倏忽而过的阴影……她感觉自己浑身都泡在水里，因为那些声音是从四面挤压过来的，夹杂着水流的闷响，蛮横地朝她的脑子里挤过来。

许之俊和碧寒在医院门口碰见任鑫楠，他们沉默地朝任鑫楠摇了摇头。任鑫楠的眼圈一红，执意要跟他们一同过来劝说中宇回家休息。他们刚走进病房，见这么多的护士和医生，着实吓了一跳，许之俊冲上去问："怎么了？未来有什么危险吗？"

碧寒也紧张地问："梅医生，她的病情有什么变化吗？"

"不，你们不用紧张。患者的眼皮开始跳动，这是苏醒的前兆，是好事。等着吧，她很快就会醒来了。"梅医生说。

医生走后，任鑫楠伸手拍了拍中宇的肩膀，恳求道："中宇，爸来替你，你回去洗洗换套干净衣服吧。"

许之俊也附和着点点头："对哦对哦，未来醒来后，你这么臭烘烘地坐在她面前，她会被你熏得再次昏迷……"话没说完，他恨不得咬咬自己的舌头，自言自语地说，"童言无忌，刚才的话不算啊！"

"都快 30 岁的人了，还童言！"碧寒没好气地说。

中宇看了看未来，他终于点头答应："嗯，我马上就回来。"说完，他站起来飞快地离去。许之俊冲着他的身影喊："别急啊，慢慢洗，估计你身上的污垢能肥两亩地……"

走出医院大门的中宇发现天空开始下雪，记得昨夜探出窗外看天空，还有满天星斗。现在居然没有丝毫征兆地下起初雪来了。这雪渐渐下得出奇地大，鹅毛大雪簌簌地落下来，打在车窗玻璃上成了湿淋淋的"羽毛"。中宇打开车窗，伸手接了一片雪花，慢慢感受它的融化。他对着医院的方向注视着，在心底默默地说：未来，今年第一场初雪来了，我很喜欢。你喜欢吗？曾经有人说，下初雪的时候，你接到手的第一片雪花代表着一个祝福，那么未来，我祝福你醒来，从此远离那些疼痛的过往。

病房里，碧寒站在窗前感叹地说："下雪了！"与此同时，病床上的未来缓缓地睁开了眼睛。她的目光缓缓从正在低头翻手机的许之俊、垂着头发呆的任鑫楠和背对着她的碧寒身上一一扫过，她感觉自己好像是突然从什么地方跳出来似的，很急。未来打量着周围，她不知道这是什么地方，就好像电影中白色的场景里只有她一个人，来回地走动，独自在表演，没有观众，没有导演……

未来努力地想在脑子里寻找一点其他的什么，但依然一片茫然。她急促起来，受不了这样的空白，她觉得能听见自己的心跳，还有汗珠滴落的声音。努力回忆让她又开始头疼了，她深呼吸一口气，冷静地问："我……在哪儿？"听到她的声音，他们三个人几乎是同时扑到她面前，异口同声地喊道："你醒了？"未来的目光一一从他们的脸上掠过，他们脸上的惊喜和激动是那么的真切，可是她为什么觉得他们是那么陌生呢？碧寒已经跑出去叫医生了，许之俊抓住她的手高兴得语无伦次："未来啊未来，你总算醒过来了，谢天谢地！"未来怔怔地看着他，艰涩地吐出三个字："你，是谁？"许之俊愣住了，他指着自己的鼻子结结巴巴地说："你你你……你不记得我了？"任鑫楠的眼中迅速涌入泪水，他急急地说："那我呢？我是你爸爸！未来，我是你爸爸啊！还记得我吗？"未来艰难地思索着，她的头又开始疼了起来，记忆一片茫然，那种感觉太让人难受。梅医生带着护士急匆匆地过来，说："我要带患者去做一些检查。"许之俊焦急地抓住梅医生，问："她怎么不认识我了？她为什么不认识我？"梅医生拍拍他的肩膀，吩咐护士带未来去检查室。许之俊还想跟上前去，碧寒拦住他："等医生检查后再说吧，耐心等一会儿。"任鑫楠心酸地说："这孩子，命运如此坎坷，受了那么多的苦……"

二十分钟左右，未来被护士送回病房，梅医生站在走廊对他们说："也许是患者昏迷的时间太长，也许是手术的影响……怎么说呢，总之患者失去了大部分的记忆，她不记得自己是谁，不记得自己有哪些亲人朋友，她现在像个初生的婴儿一般对整个世界充满着陌生感……”许之俊焦急地问：“那她的记忆什么时候会恢复？”梅医生看了看几位带着一脸期盼等待答案的他们，抱歉地说：“这么跟你们说吧，她脑子里的那个肿瘤就像一块橡皮擦一样，把她所有的记忆都擦拭掉了，之前的记忆她不会再记得。也许在特定的场合下，会有一些零碎的记忆片段跑出来，但她的大脑已经没有办法把它们连贯起来。所以，以前的事情她怕是再也想不起来了。还有，你们不要逼迫她去回忆，对她的脑部恢复不利。但也没什么，关于以前的事情，你们家属可以说给她听，让她知道就行了……”

三个人面面相觑，许之俊闷了半晌，突然拍了拍头，高兴地说：“也就是说，现在我们对她来说，都是陌生的？”碧寒纳闷地看着他：“你高兴什么啊？”许之俊激动地一把把碧寒拉到自己面前，让她正视着自己的脸，兴奋地说：“也就是说，以前的感情她都忘记了，现在是一切从零开始啊！我一定要把握这个机会，让她爱上我！从零开始，多好……”碧寒眨了眨眼，无奈地白了他一眼。

未来看着站在自己面前的三个人，沉寂无语。任鑫楠伸手摸了摸未来的脸，怜惜地说：“好女儿，受苦了。”

未来默然地看着他，许久，她终于空洞地开口：“你……是我爸爸？为什么我对你一点印象都没有呢？”

任鑫楠噙着泪看着她，许之俊忙接上口说：“那我呢？我可是你的男朋友……呃，男性朋友，你记得我吗？”未来看着他，摇了摇头。碧寒微笑着安慰她：“我，你肯定也不记得了。不用担心，以后有的是时间，让你慢慢对我们大家熟悉起来。”未来苍白的脸上浮出一丝笑意，微微点了点头。

门，突然地被人打开。中宇走了进来，他站在那里，静静地看着未来。未来看见中宇的刹那，那颗迷茫无措的心像被吹了一口热气，瞬间温暖。她的目光开始迷离，眼眶渐渐浮出几颗盈着的泪，她低声说："你是谁？我不认识你……可是，我的心为什么这么奇怪呢，看到这张脸就想流泪……"

中宇和她对视着，他淡淡地对她笑了一下，说："我是中宇。任中宇。"

未来的嘴角露出笑意，可是泪水却盈满眼眶，缓缓掉落。任鑫楠的声音冷不丁地响起："他是你的弟弟！"

中宇的眉头皱了一下，他看着未来，未来的脸上波澜不惊，她静静地说："原来你是我的弟弟！难怪，我感觉好像认识你好多年……"

这一眼的初见，记忆深处依然有个他！

一瞬间，豆大的泪水从中宇的眼眶掉落。

出院那天，中宇在医院门口拦住任鑫楠，中宇的面容有些疲倦，神情阴郁，那双装着自己身世秘密的眼睛，带着一丝的狼狈注视着任鑫楠。在面对任鑫楠时，罪恶感马上浮现出来，他也曾想说出真相，可是那毕竟是自己的母亲，他怎么忍心把她逼上绝路！

"爸爸，请你暂时不要出现在未来面前。"中宇挣扎着终于说出口。

任鑫楠呆呆地看着他，身不由己地往后退了两步，恼怒地说："为什么？她是我的女儿，你凭什么让我不要出现在她面前？我告诉你，虽然她失去了记忆，但你们是亲姐弟这个事实是不会改变的。你是害怕我阻拦你们吗？"

"爸爸，未来刚刚手术后，她受不得任何刺激。你若时常出现在她面前，恐怕会刺激她记起过去的事情……爸爸，未来一直对你是什么态度你应该很清楚。这么多年了，她对你的恨是植入骨子里的，万一她要是想起来……爸爸，我想你也会觉得未来能够忘记一切，对她来说其实一件幸福的事情吧！所以求你，不要出现在她面前了，就让她忘记那些不好的记忆重新开始生活吧。"

中宇的一番话令任鑫楠的心底掠过一阵苦楚，他一半惊愕，一半怯怯地看着中宇，半晌，他低声说："对，你说得对。"

中宇看着任鑫楠落寞地离去，咬紧了牙关，死命忍住内心那汹涌的、泛滥的不忍之情。

许之俊执意要求未来继续住到他的公寓，理由是未来的私人物品都在他那里，省得来回搬。中宇看着未来，淡淡地说："随她。"

未来笑着点点头："那就继续打扰许帅哥了。"

碧寒嘲弄地看着许之俊说："我哥是想近水楼台先得月啊！未来，你别拿他当好人！"

许之俊嘿嘿一笑："窈窕淑女，君子好逑嘛！"

未来定定地看着他，问："逑什么？"

碧寒啧啧嘴，同情地看着中宇："唉，一张白纸啦。看谁先能浸染这块白纸哦！"说完，她又冲哥哥挥了挥拳头，说："哥，我看好你！你要加油哦！把任中宇这小子给打下去！"

中宇摇了摇头，冲一脸茫然的未来笑笑说："他们在开玩笑呢，你不用理会。"

未来有点黯然地说："我是不是变得很笨？我连自己的动作都没办法完全协调……"

许之俊连忙安慰她："会慢慢恢复的，你放心！"

中宇冲她温柔地笑着，说："你并没有什么变化，你还是像以前那样，像一池清水，一眼就能够瞧透心底！”

碧寒崇拜地看着中宇，伸手戳了戳许之俊：“哥，我真替你担忧啊！你瞧人家中宇，安慰起人来听在耳朵里就是顺畅！再瞧瞧你，就会说什么‘慢慢恢复，放心’之类的话语，唉！”

许之俊恼火地冲她挥了挥拳头，恨恨地一踩油门，闷闷地开着车，不再理会他们三个。

回到住处时，保姆阿姨已经做好午饭。碧寒看着餐桌上热气腾腾的菜，再瞅瞅还在厨房忙碌的保姆阿姨，忍不住问许之俊：“哥，安排得真周到啊。你不是不喜欢有外人来这里吗？就连爸妈都从来没来过，现在竟然请了陌生的阿姨来。”

许之俊白了她一眼：“别阴阳怪气地说话，未来需要人照顾，保姆阿姨必须要请的。”

中宇感激地看着许之俊说：“先暂时打扰你了。我也不想再有其他人来打扰未来，所以我那里并不是最好的选择，真的很感谢你。”

许之俊不耐烦地说：“少来啊。我可是为了我自己。我想近水楼台……呃，不说了。”

“谢谢你！”未来突然接过话说，“中宇说谢谢你，那一定是真的应该谢谢你了。”许之俊呆若木鸡，想了半天不明白，追问她：“什么意思啊？”未来扭过头看着他，认真地说：“因为中宇说了应该感谢你，所以我对你真的万分感谢。”

哎，她几个意思啊？许之俊想不明白，不过她的话听起来真让他感觉不爽。

吃饭的时候，未来看了看自己面前的碗筷，她学着他们的样子拿起筷子，却怎么也记不起来应该怎么拿筷子，她求助地看着面前的三个人,说:“不好意思,我不记得筷子应该怎么拿了。”许之俊连忙示意给她看:“你看,首先啊,拿筷子要用右手,用右手拿住筷子中央部,大拇指和食指捏住筷子的上端,另外三个手指自然弯曲的扶住筷子,你看,就像我这么拿,呵呵……姿势很优雅吧……”他的话还未说完,只见中宇已经用筷子夹着菜送到未来嘴边,柔声说:“来,张开嘴!”

许之俊本来微笑的脸立刻暗了下去,他讪讪地放下筷子,低声咒骂:“真他妈泄气啊!”碧寒摇着头同情地看着他,叹气说:“唉,哥,你注定单身啊!”

许之俊不理她,他一定是脑袋被门夹住了才一本正经地给未来演示拿筷子的正确方法。许之俊低头闷闷地往嘴里扒着饭,一下把自己噎住了。未来看透他的心理,忍不住笑出声来,说:“你就算想到也没有用,你夹菜给我吃,我不会张口的。”

许之俊嘴里的饭差点喷出去,他嘴角挂着一粒饭米粒,呆呆地问:“为什么?”

未来认真地说:“吃你喂的菜,中宇一定会难过。我不想让他难过。”

许之俊嘴张得能塞进一颗鸡蛋,他好半天才咬牙切齿地说:“性子真是一点没变啊。说起话来还是干脆直接得令人接受不了!”

未来的目光飘向中宇,她的眼神中有淡淡的忧伤,她轻声问他:“不过,我真的是你的姐姐吗?亲姐姐?为什么我感觉自己对你的感情,并不仅仅是姐弟……是不是我的脑子做手术坏掉了?”

中宇的唇畔闪过一抹轻笑,他又夹着菜送到她嘴边,说:“不是。我们不是亲姐弟!我对你,也不是姐弟之情!”

许之俊猛地把筷子往桌上一拍，大声嚷道："受不了，真太让人受刺激了！失去记忆的人，不是一切都是空白吗？怎么还会……哎呀，真让人有天崩地裂的感觉！不吃了不吃了！太让人生气！"

碧寒替自己盛了碗汤，慢悠悠地说："哥，早就该面对现实了。别气了，鼻子气歪了也没用。我早就想开了，人家这是命中注定的爱！对吧，中宇？"

未来对着中宇笑，她脸上的幸福醒目地跳跃着，一下子就将大家的心感动了。碧寒看着未来叹气说："唉，你这家伙，面对两个失恋的人，怎么也该掩饰一下你的小幸福吧！真让人嫉妒，我还是赶紧走人，否则我怕我控制不住自己动手掐死你……"

许之俊怔怔地看着未来和中宇。这两个人，他一抬头，她一扬眉，一个浓浓地含情脉脉，一个痴痴地笑靥如花，四目相对如电光雷石相击，噼噼啪啪放射出炽烈的爱火花……许之俊打了个冷战，猛地一丢手中的筷子，艰难地合上嘴冲门口方向喊："碧寒……等等我，我跟你一起消失……"

当未来的头发长成板寸时，她不再戴假发，中宇给她买了一个紫色碎花的头巾，扎在头上十分地好看。她逛一条老街，给许之俊买了一个小巧玲珑的紫砂壶，那幽幽的紫砂泛着清纯的山光水色。给碧寒买了一个凤凰发簪，买下来时她才想到，碧寒已经是短发了，一刹那，她有点失神。碧寒说过，因为她不想再有人爱上她的长发，所以才剪掉的。不过，这辈子，她应该还会留长发的吧！

收拾行李道别的那天，许之俊死盯着紫砂壶，看也不看未来一眼。他沉默了半晌，问中宇："真的非走不可吗？"

"嗯。未来不喜欢这个城市。我想带她去南方生活。这个城市，像块干皱的破抹布一样，给我们留下的记忆太沉重。我希望，我和她都可以重新开始，我不希望她能够忆起从前。”中宇说。

碧寒深吸一口气，把泪水逼回眼眶，轻声问他：“那你父母呢？父母也不要了吗？他们同意你们离开？”

中宇平淡地说：“有些事情还是避开好。顶着面，有太多的真实要去解释要去面对，我们离开，对他们来说，也是一种保护。我爸，他年纪也大了，受不了打击了。他若是知道我不是他的亲生儿子，这个打击他承受不住。深爱一辈子的女人背叛自己，并且欺骗了自己一辈子……就这样骗他一辈子吧！”

许之俊轻轻抚摸着手中的紫砂壶，喃喃念道：“睹物思人，睹物思人啊！未来啊，我的初恋啊，就这么结束了……”

未来佯装生气地说：“什么睹物思人啊！我还没走呢，站在你面前你好歹看我几眼吧。重物轻友的家伙！”

许之俊长叹：“我这不是全当你走了正在演习一下嘛！看看我够不够坚强，看看我会不会痛哭流涕难过得撞墙……幸好幸好，还没到那个程度。”

“哈哈！”

“哈哈！”

“哈哈！”

“哈哈！”

四个人笑着笑着就抱到一起，碧寒的泪水大滴大滴地顺着脸颊往下淌，她伸手抓住未来的袖子，恶狠狠地说：“未来，我把中宇交给你了，你要是敢让他伤心，我就杀了你！你可知道，我是那么的喜欢中宇，可是没有办法，他不喜欢我，我只好无奈地把他交给你！你，一定要幸福，把身体养得棒棒的。你幸福，他才会幸福！

我……”碧寒的声音哽住了，再也说不下去了。许之俊的眼圈也红红的，说：“我们这对兄妹上辈子一定是欠了你们的！”

未来替碧寒擦了擦泪，轻声安慰道：“干吗啊，搞得生死离别似的。我们还会回来的，等我和中宇的孩子上幼儿园了，我们就回来！”

碧寒泪汪汪地说：“得了吧！带个孩子回来刺激我啊？”

许之俊瞪大眼睛说：“咱们说好了啊，到时候我和碧寒要是还单身的话，你们带个孩子不许回来，看了让人闹心！”

“说着玩的呢，别当真啊。要经常回来……即使暂时回不来，也要记得给我留点信息，不要一走就杳无音讯。”碧寒说。

中宇看了看他们，说：“我的公司已经关闭了，一些该处理的也都处理好了。我们明天就走，请你们不要来送我们。未来她不喜欢离别。”

未来清澈的眼睛露出抱歉的笑：“对不起。请不要来送我们，离别的场面就免去吧。”

碧寒望着他们离去的背影，低声骂了一句：“坏家伙！”可是，内心里实在是恨不起来。她知道，这次，中宇是真的从她的生活中走出去了，而她却还留在回忆中，不求天荒地老，只求并肩而行。可是就连并肩而行都做不到了。

许之俊摸了摸她的头，把她拖上车：“走吧，哥请你喝酒去。”

许之俊看着泪流满面的碧寒，叹了口气。他们爱上的那个人，只是一痕淡然风云。只求他们再相遇的那天，风云无改，阳光温暖。

尾　声

她把头靠到车窗上，车窗映出一个有着善良淳朴眼神的男人，他叫中宇，任中宇。

她的名字，叫未来。

她的母亲曾经以为有了她，就有了未来。而事实上，她并不是母亲的未来，也没有给她带来任何的未来，但是，她依然叫未来。

还记得那个夜晚，在寂寂的月光下，他坐在她的身边，眼睛似星辰闪亮，他柔柔地对她说：未来，你是我的天使！你是掉落我的世界中的天使！

大概就是从那时刻起，幸福就开始降临在她的身上。她不求来世，只愿今生，能够和他一起安然度过，不离不弃。

中宇带着她去了南方那个小镇。那天，雨不大，天也一片暗灰。两旁的房屋不知是何年所建，墙壁已见了晦暗。细细的雨丝落在青石板的地上，激起薄薄一层水雾。

细雨朦胧，天色微暗，四下一片静谧，正是一座古镇该有的风姿。

见到他们的时候，柳情没有丝毫的惊讶，她平静地微笑着对他们说："来了？"就好像是隔壁邻居来串门一般自然。

中宇笑了笑："是的，我带她来了。"

雨水将未来的视线变得迷离，柳情如同雨天里一株汁液充盈的植物，秀挺的身姿有一种葱郁之美。未来迷茫又抱歉地说："不好意思，我脑部动了手术，忘记了很多事物。我，也不记得你了。"

柳情询问似的看着中宇，中宇点了点头，说："在她动手术之前，我答应过她，等她好了以后带她来看望你。所以现在，我带她来了。"

柳情心里一颤，她望着未来那张美丽又柔和的脸微微失神，她叹息着说："未来，可怜的孩子！你是多么的不幸啊！你又是何等的幸运啊！"

未来靠在中宇的身上望着她，明亮的眼眸流出温暖的光，她冲柳情傻呵呵地笑着问："我喜欢跟你做朋友的原因，是不是因为你经常语无伦次，可以锻炼我的脑细胞？"

柳情看着她的眼睛，浅笑嫣然："学会贫嘴了，你的变化真大啊！来，看看我的孩子。"

未来看到柳情璀璨的眸子里闪着光，她明白那意味着什么。这个叫柳情的女人现在很幸福，她成熟了。

柳情的孩子是个女孩，有着木本一样眼睛的女孩，见到他们的时候，几个月大的她已经会对着他们咯咯地笑。

下午，雨停了，天空特别清澈干净。柳情哄好孩子后，带着他们到小镇上转一转。

这个小镇西面临海，雨后的天空掠过翡翠般清亮的光，整个小镇都迷漫着悲悯的人文亲情以及浓郁的历史气氛。街道两旁一些用石头叠砌的平屋隐约涌动着一些透明的平淡，粗糙的石头表面反射出石英的光芒，那简朴的杉板门散发出古拙的美。未来抬起头，看见几只从遥远的北方飞回来的候鸟，她摊开手。她的手在阳光下微微渗汗，白润精致。她的唇边浮起了一个美丽动人的微笑：“中宇，我喜欢这里！我喜欢这个地方！这里有不沾烟尘的安宁和悠闲，中宇，我们留下来吧。”

中宇的眼中不自觉地涌起了一片温柔，他牵起她的手点头应道：“嗯，我们留下来。”

柳情又惊又喜，她高兴地叫起来：“真的吗？太好了！我明天就去帮你找房子，这个小镇上的房子很便宜，阳光又好。我真是太高兴了，未来，你们赶紧结婚，生个孩子来陪我女儿，让他们一起在这个小镇上健康地成长……”柳情激动得脸颊通红，嘴角下方的小涡深深地漾着，里面盛满了笑和喜悦。

从小镇上逛回来，未来累了，她沉沉地睡了一觉，醒来的时候天已经黑了，中宇不在身边。她惊得跳下床，冲出房间叫道：“中宇，中宇……”柳情忙跑过来嘘了一声，她指着怀里的入睡的孩子嗔怪道：“小点声！你睡着后，中宇说去办点事，你们刚来，需要购买一些必需品之类的。还有，我弟弟刚打来电话，说有家离海很近的房子正对外卖，离我这里也不远，只有 5 千米的路程，明天带你们去看？”

未来吸了一口气：“嗯，知道了。”

柳情把孩子放进摇篮，搬了两张椅子带未来坐到后院的大平台上。漆黑的夜空下，远处昏黄的灯光伴着几缕漫不经心的二胡声，慵懒地沉淀在小镇长满青苔的石板路上，水一样的干净，款款铺开。柳情搂住未来的肩膀，低语道：“未来，你能够幸福，我真的放心了。我一直很不放心你。”

未来抬头看着天空，满天繁星，明天一定是个好天气。她盯着那些闪啊闪的星星发着愣，她突然指着南方的天空说：“我，记得我好像是水瓶座。那里，有个很美丽的王子。我，好像看到他了。”

柳情看着天空笑了：“真是个傻孩子。”

许久，未来又喃喃地问：“柳情，你爱他吗？木本！”

“嗯。”

“你恨他吗？”

柳情看了她一眼，笑了。她神态安详，语气轻柔地诉说：“我没有多余的精力去恨，因为我所有的力气都用来想念。想念一个人，想念到不知道该做什么。吃饭的时候，我在想，他现在在那边做什么？有没有好好吃饭？他过得好不好？有没有想我？应该没有吧，他肯定喝过孟婆汤了，他已经全然不记得我了。每当想到他会彻底忘记我，我就变得很迷惘。迷惘的时候，我曾经在大雨里走了整整三个小时，我看到灯光，看到汽车，看到人群，可我不知道我在哪里，我不知道怎么办，我只好继续往前走，并且我越来越相信只要我顺着这个方向走，就能很快地走出我的迷惘，走出这片带着雨水的灯光、汽车和那些模糊的人群，走出黑暗，在那里，有一个人会认出我，然后对我说‘喂，柳情，我没有忘记你！’，那个时候，我突然摸到自己高高隆起的肚子，一下子清醒起来，我有我和他的孩子，这是他送给我的礼物！就这样，我彻底地醒悟过来，我要好好地生活，这个世界真的很美好。未来，我又重新开始写作，在我的文字下，我看到了自己的重生。”

未来捏了捏柳情的手，不再吭声。殷切的晚风带来夜色的醇香，缀满星星的帷幕与昏暗的灯火拉长了小镇的脊背，此刻未来和柳情的心是如此安详柔和。

这美丽宁静的小镇，正适合无处藏心的女人。

也适合养一份安然归来不染尘埃的爱情，那些的伤痛会在这里慢慢消散、褪去。然后，他们会像个初生的孩子在这南方小镇的卷轴中站稳。

突然，浩瀚深邃的夜空上瞬间绽开千变万化的绚丽。未来惊喜地站了起来大喊："烟花！"那烟花，朵朵都闪烁着斑斓艳丽的色彩，在夜空中徐徐地垂落，犹如无数颗耀眼的流星……中宇踏着那片灿烂缓缓走过来，未来痴痴地看着他，这个温润如玉的男子，挟来这份绝美腾空降落在她面前。她什么话也说不出来，只有屏息静心地仰望着他。时间仿佛在刹那间凝固，永远留住这满天的晶莹璀璨，还有这诗一样朦胧的美丽。中宇走到她面前，掏出那枚Darry Ring，单膝跪下，他凝视着她，紧张又热切地看着她，缓缓地说："未来，我请求你，今后能否和我一起烧水泡茶、带孩子、吃晚餐、看电影……在我们活着的时间里，永远走在彼此的身边，不离不弃。你可愿意？"

未来一语不发，只是痴痴地望着他，中宇紧张得额头开始流汗，他结结巴巴地哀求："未来，请……请不要……不要拒绝我……"

未来仰起脸，她的脸庞在漫天烟花的璀璨中焕发出动人的光彩，她那双幽黑的眼睛是那么的生动，充满了喜悦。砰，又一颗耀眼的花朵在空中迸裂，升起了无数颗金星，在夜幕里闪耀着，似孔雀开屏，如秋菊怒放。未来伸出手去，还有一顶小白伞乘着风徐徐地飘落……柳情看着中宇紧张得满头大汗，实在看不下去了，她上前对着未来的胳膊用力扇了一巴掌，骂道："你这个坏家伙，赶快答应啊！"

未来的嘴边，浮现出一个若有所思的笑，她含着泪水说："中宇，我突然想起了小时候，有个小男孩为我燃放的那场烟火……中宇，倘若当年我们没有遇见，现在的你还会跟在我后面不弃不怨吗？”

中宇深深地看着她，低低地说：“忆当年，便是今天！赌书泼茶，共度此生！未来，此生得到你，便是圆满。”

未来低着头，脸红红的，她咽了一口口水，声音低得像耳语：“你要一直跪着吗？戒指……不知道戴着合适不合适……我手指很细……”

中宇迅速地抱住她，深深地吻住她。头顶，一朵巨大的玫瑰色花朵冉冉放开，柳情就在这片绚丽中替他们流下了喜悦的泪水。

恍若当年，在浅吟低眉的那一瞬，她就像盈盈水边的浣纱女，那一瞬，她邂逅了他，他爱上了她。

而他终于成为她心中不落的烟花，今后愿倾尽时光，迎一场与她最暖的回忆！